한국에서
간호사로
살아보기

한국에서 간호사로 살아보기

초판 1쇄 2020년 11월 23일

지은이 이선영 | **펴낸이** 송영화 | **펴낸곳** 굿웰스북스 | **총괄** 임종익

등록 제 2020-000123호 | **주소** 서울시 마포구 양화로 133 서교타워 711호

전화 02) 322-7803 | **팩스** 02) 6007-1845 | **이메일** gwbooks@hanmail.net

© 이선영, 굿웰스북스 2020, *Printed in Korea*.

ISBN 979-11-972750-2-9 03810 | 값 15,000원

한국에서
간호사로
살아보기

이선영 지음

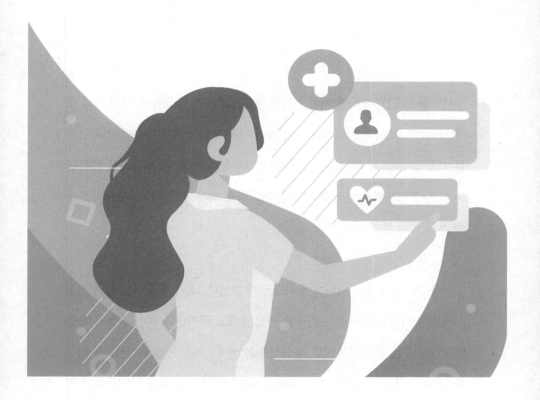

굿윌스북스

간호사로 살던 날을,
간호사로 빛나던 나를 마주하다

사람들은 '간호사'하면 어떤 이미지가 떠오르는지 궁금하다. 어릴 적에 내가 그리던 간호사의 이미지는 마치 천사 같은 모습이었다. 아픔을 어루만지는 미소를 품은 채 환자의 손을 잡고 위로하는 하얀 가운의 간호사. 빈틈없는 간호 술기와 빠른 손놀림, 살가운 태도와 똑똑하고 친절한 전문직의 모습이었다.

막상 간호사가 되고 나니 간호사가 달라 보인다. 1분 1초를 나눠 쓰며 저승사자와 하이파이브 하려는 환자를 목덜미 잡고 끌어낸다. 시간에 쫓겨 밥을 마시거나 굶는 것은 기본이요, 응급상황은 마치 지뢰밭처럼 여기저기서 터진다. 병원 속 간호사는 마치 전시 상황에 내던져진 전사가 된다. 화이트칼라 전문직인 줄 알았는데 사실은 블루칼라 노동자라는 선배 간호사의 뼈 있는 농담이 온몸으로 와닿는다. 삼성서울병원에 입사하고 환영사, 격려사로 자주 들었던 '지덕체(智德體) 중 제일은 체(體)'라는 말의 진의를 제대로 깨닫게 된다.

나는 역대 신규 간호사 중 소위 '레전드 오브 레전드'였다. 물론 나쁜 의미에서다. 그 어려움과 좌절을 누구보다 잘 알기에, 이 책의 1장은 신규 간호사를 위해 할애했다. 간호사로서 여러분의 1년 차는 하루하루가 버거울 것이다. 실수도 많을 것이고 좌절의 늪에 빠져 허우적댈 것이다. 세상 가장 불행한 사람처럼 느껴질 것이다. 내 인생에 이보다 밑바닥이 있을까 할 정도로 마음이 황폐해질 것이다. 꿈 없이는 버틸 수 없는 나날을 맞보게 될 것이다. 이 장을 통해 백의의 전사가 되는 과정을 어떻게 보다 더 효과적으로 보낼 수 있는지 영감을 얻기를 바란다.

2장에서는 간호사로 살며 느끼는 애환과 이를 대하는 마음가짐을 주로 다루었다. 간호사도 인간이기에 우리도 누군가의 돌봄이 필요하다. 간호사도 간호사가 필요한 것이다. 간호사는 아픔, 고통, 좌절, 죽음 속에서도 긍정을 말하고 전해야 한다. 그렇기에 간호사 스스로 자신을 먼저 채우지 않으면 이를 나누기가 결코 쉽지 않다. 신체적·정신적 번아웃에 시달리게 된다. 오랜 기간 간호사로 살았던 선배 간호사의 '이제는 나를 위해 살고 싶다'는 작은 소망이 작지 않게 들리는 이유다. 부디 나 자신을 내려놓지 않기를, 나를 먼저 지키고 그다음 우리의 대상자를 소중히 지키기를 바란다.

3장은 환자 안전과 안녕을 최우선으로 하는 삶을 살며 간호사가 느끼는 보람과 사명을 그렸다. 간호사는 인간이 보여주는 최고의 면과 최악의 면을 모두 겪으며 그들과 동행한다. 참 다이내믹하다. 간호사라는 직업만큼 인간의 삶과 죽음을 가까이하며 삼라만상을 경험하고 보람을 느낄 수 있는 일이 또 있을까 싶다. 또한, 간호사가 하는 몸짓, 말투 하나하나가 얼마나 환자와 가족에게 큰 힘이 되는지는 겪어본 사람은 다 알 것이다. 임상에서 겪었던 크고 작은 보람된 순간을 떠올리며, 삶과 죽음의 의미, 임상의 의미, 자신만의 간호 철학을 다시 세우는 계기가 되기를 기도한다.

4장에서 '탈임상'이라는 화두를 던진다. 임상을 내려놓던 순간을 담아내었다. 불현듯 찾아온 임상의 끝자락에 마음이 와르르 무너졌다. 눈물이 앞을 가렸다. 전문적인 지식과 따뜻한 가슴을 두루 쓰며 내 지경을 넓힐 수 있는 일이 이 말고 또 있을까. 간호사로서 보낸 시간들이 내 인생에서 가장 아름답고 빛나던 시간임을 고백한다. 이와 동시에, 탈임상의 시대의 필연성과 그 중요성을 설파한다. '입사와 동시에 탈임상을 선포하라', '임상은 바로 탈임상을 위해 존재한다', '끝에서 시작하라'라는 파격적인 메시지를 간호사 모두에게 전하고 싶다.

마지막 5장에는 간호사가 되기 전 열정을 가득 안고 간호의 꿈을 좇았던 나의 발자취를 그렸다. 간호사의 꿈을 꾸고 있는 꿈나무들에게 희망이 되길 바란다. 그 어떤 경험도, 그 어떤 발자취도 여러분이 나만의 그림을 그리고, 나만의 스토리를 쌓아가는 데 긍정적인 영향을 미칠 것이다. 이 장을 통해, 여러 가지 진로로 고민하는 사람들이 주저하지 말고 원하는 대로 용기 내어 나만의 길을 당당히 걸어가길 바라는 마음을 눌러 담았다. 다 괜찮다고, 그대가 걷는 길이 곧 꽃길이라고 격려하고 싶다.

나는 탈임상을 하며 문득 이런 생각이 들었다.

'왜 아무도 이렇게 힘든 과정이 있을 거란 걸 알려주지 않았던 거지? 지금까지 탈임상 한 간호사가 수없이 많을 텐데…'

견디기 힘든 고통에서 시작된 이 작은 의문은 이 책을 집필하게 되는 원동력이 되었다. 이전 선배 간호사 세대는 힘닿는 데까지 임상에서 충분히 헌신했기 때문에 그 끝이 후련했을지도 모른다. 나 역시 마치 평생 임상에서 일할 것처럼 옆을 보지 않았다. 마치 임상 외에 다른 세상은 없는 것처럼 임상이 그리도 좋았고 자부심도 있었다. 하지만 급변하는 세상 속에서 탈임상의 시기는 점점 앞당겨지고 있다. 변화무쌍한 우리 시대의 흐름이 그렇다.

현재 임상에 있는 간호사는 당장 병원에서 나올 수도 없다. 그렇다고 이러한 상태를 언제까지나 지속하기도 힘든 진퇴양난의 상황이다. 매일 새벽 무거운 발걸음으로 출근길에 나서면서도 앞으로 어떻게 갈피를 잡아야 할지 가슴이 답답하다. 탈임상의 시대는 마치 나와는 먼 얘기인 듯 하루하루를 그냥 관망하기도 한다.

간호사로 살며 느꼈던 행복감, 애환과 보람, 그리고 간호를 내려놓으며 겪었던 시련과 역경, 깨달음을 담담히 여기에 쏟아놓는다. 간호의 시작도 끝도 눈물이었지만, 삼켰던 눈물이 희망과 긍정의 메시지가 되어 여러분에게 닿는다. 찬찬히 곱씹어보면 여러분도 임상과 탈임상에 대한 나만의 의미를 찾고 영감을 얻는 좋은 계기가 될 수 있을 것이다. 여러분이 시행착오를 줄일 수 있기를, 여러분의 행복한 미래에 작은 디딤돌이 되기를 온 마음 다해 바란다.

♥ 이 시간에도 코로나19 퇴치 최전선에서 헌신하고 있는 의료진에게 존경과 응원을 보내며 이 책의 저자 수익금 전액을 이분들에게 전하고자 합니다.

30년의 산부인과 의사 생활로 깨달은 진리가 있다. 출산의 두려움 앞에 선 엄마들을 살리는 것은 산부인과 의사의 기술이 아니라 최전선에서 온기를 더하는 간호사, 조산사의 손길이라는 점이다. 엄마는 그 따뜻한 간호의 경험으로 이후 육아의 삶을 영위할 힘까지 얻기도 한다. 작가 이선영을 학생 간호사 시절 유독 눈빛이 똘망똘망한 실습생으로 기억한다. 생명과 치유를 향한 경외심이 비친 눈을 보며, 내심 출산 현장에서 함께 일하는 동료가 되길 꿈꾸었다. 그리고 어엿한 간호사가 되어 다시 만난 이선영은 여전히 탐나는, 사람을 살리는 인재이다. 간호사를 꿈꾸는 학생들, 현실에 지쳐 첫 마음을 잃어버린 의료인, 의료인을 교육하는 누구나 이 책을 읽어보면 좋겠다. 자신의 일을 사랑하는 간호사가, 사람 살리는 일의 특권을 이토록 자부할 수 있는지, 그 가볍지 않은 무게를 어떻게 견뎌냈는지 담은 이 책을 통해 자신만의 답을 찾을 수 있을 것이다.

- 정환욱 (산부인과 전문의, 호움산부인과 대표원장)

목차

1장

백의의 전사로
거듭나기

4장

서른다섯,
간호사를 내려놓다

간호사를 지망하는
후배들에게

1장

백의의 전사로
거듭나기

부정적인 생각을
버리는 연습을 하라

매년 3월경이면 간호대학을 갓 졸업한 신입 간호사들이 하나둘 근무를 시작한다. 나는 이들이 처음 임상(병상의 환자를 간호하는 일)을 접할 때 공통으로 느끼는 감정이 뭔지 정확히 알고 있다. 안타깝게도 바로 '이건 사람이 할 짓이 아니다'라는 생각이다. 수년 전 나 역시 그랬다.

넘치는 패기와 열정을 가슴속에 품고 삼성서울병원에 입사했다. 평생에 그리던 간호사의 꿈을 이룬 나는 행복감에 젖었다. 이제 드디어 내가 직접 환자를 본다는 생각에 마음이 들뜨고 설렜다. 하지만 이런 꿈같은 상태는 그리 오래가지 않았다. 학생 간호사로서 1,000시간 이상의 실습을 거치며 몸과 마음을 단련해왔다. 하지만 간호사가 돼서 다시 마주한 병동의 분위기는 사뭇 느낌이 달랐다.

병동 한쪽에서는 암과 전력으로 싸우는 암환자들이 병상에 누워 항암제를 맞고 있다. 누군가의 엄마이자 딸일 환자들. 항암제 부작용으로 머리카락이 다 빠진 환자들이 저마다의 두건을 하고 있다. 옆방에는 누군가의 아빠이자 아들일 사람들. 얼굴에는 핏기 하나 없이 지친 안색의 환자들.

간호사 스테이션을 지나 더 안쪽 병실은 분위기가 더 싸하다. 온갖 생명유지 장치들을 온몸에 끼고 쓴 채 누워 있는 무의식 환자들. 눈길을 돌려 그 어느 곳에 시선을 두어도 아픔, 고통 혹은 죽음과 사투 중인 놀라운 광경들뿐. 숨이 턱 막히던 그 순간. 나는 간호사 면허증의 직인이 채 마르지도 않는 햇병아리 간호사일 뿐인데.

간호사 콜벨 소리가 끊이지 않고 들려온다. 천장의 모노레일을 타고 다니는 검체 이동기기가 철컥 도착하는 소리. 그 뒤에 이어지는 알림 멜로디. 환자 모니터 상의 노란색 빨간색 숫자들의 자극적인 깜빡임. 빨간색 숫자들이 계속되자 더욱 고조되고 빨라지는 알람 소리. 나의 심장박동수도 함께 올라간다. 그때 울려 퍼지는 목소리.

"전동 왔습니다!"

이송원님이다. 근처에 있던 간호사 두 명이 빠르게 달려든다. 그 뒤로 의료기기들을 침대에 걸고 실은 채 누워 있는 환자가 보인다. 역시나 온몸에 주렁주렁 여러 가지 생명줄이 달려 있다. 이미 생명의 불씨가 많이 꺼진 모습.

"여기 입원이요."

복사, 붙여 넣기 한 듯 비슷한 상태의 환자 하나 더.

"간호사님, 저희 ○○호 누구누구 진통제 좀 주세요."

간호사를 찾는 여러 보호자분들의 목소리. 정확히 어디서 들려오는지 모를 정도의 수많은 알람 소리가 오버랩 된다. 이 자극들, 인간적으로 너무 많다….

나는 각각 알람 소리에 정확히 뭘 해야 하는지는 몰랐지만 딱 한 가지는 확실히 알 수 있었다. 당장 내가 제대로 하지 않으면 그 어떤 것도 잘못될 수 있는 상황이란 것을.

'이건 사람이 할 짓이 아니다.'

이 숨 막히는 광경에 놀란 신규 간호사들은 출근길에 심한 긴장감과 압박감을 느낀다. 병원이라는 공간 특성상 아픔, 고통, 죽음이 코앞에 있기 때문이다. 간호사는 백의의 전사로서 그 상황의 일부가 된다. 평소 밝고 활기가 넘치던 사람들도 병원 특유의 음침한 분위기에 압도되기 쉽다. 부정적인 생각이 들 수밖에 없는 환경이다. 간호사가 느끼는 압박감은 시간이 갈수록 오히려 커진다. 독립(선배 간호사로부터 1:1 도제식 교육을 마치고 혼자서 일하는 단계)하게 되면 그 모든 것이 온전히 내 환자, 내 책임이 되기 때문이다.

이 긴장감은 두려움으로 바뀌며 걷잡을 수 없이 증폭된다. 그리고는 결국은 하지 말아야 할 생각이 되어 간호사를 가득 채운다. 선배들이 그랬듯, 내가 그랬듯, 당신 역시 그렇다.

'출근하기 무섭다, 누가 나 좀 차로 쳤으면…'

50대 초반의 이 남자 환자는 폐암 말기이다. 주변 장기로 암세포가 다 퍼졌다. 특히 뼈 전이 탓에 통증이 심하다. 때때로 고통에 몸부림친다. 그는 마약성 진통제인 펜타닐 패치(피부에 붙이는 진통제, 72시간마다 교환)로 통증 조절을 하고 있었다. 병마와 싸우느라 살이 다 빠져 한눈에 봐도 50kg 언저리의 마른 체격이 되어버린 환자. 그는 놀랍게도 펜타닐 패치 300(mcg/hr)을 붙이고 있었다.

펜타닐 패치는 12가 가장 적은 용량의 제형이다. 초기 적용 시에는 그 용량의 반인 6으로 시작하기도 한다. 이만큼 용량을 올리기까지 환자는 하루하루 얼마나 고통스러웠을까. 내게도 당황스러운 용량이지만 실례가 될까 싶어 크게 내색하지 않고 나는 환자에게 묻는다.

"○○님 펜타닐 패치를 300을 붙이시네요? 매일 100씩 새로 붙이시는 거예요?"

물론 묻지 않아도 알고 있다. 진통제 패치 위에 네임펜으로 정갈하고 반듯하게 써놓은 날짜가 보인다.

"네 간호사님, 매일 한 장씩 갈았어요."

환자는 한마디 덧붙이며 옅은 미소를 보여준다.

"지금 그 용량이 딱 좋아요."

극심한 통증 속에서도 간호사를 대할 때 밝은 미소를 보여주던 환자들. 첫인상에 마냥 놀라 음침한 줄만 알았던 병동을 자세히 들여다보니 다른 모습이 보인다. 병동은 환자들과 의료진이 합심하여 긍정과 기적의 씨앗을 심는 희망에 가득 찬 공간이었다. 특히 삶과 죽음의 경계에 서 있는 환자들은 건강의 회복과 안녕을 열정적으로 노래하고 있었다.

기도에 구멍을 뚫어 기관절개관을 가지고도 씩씩하게 스스로 석션 하던 40대 후반의 여성 환자도 기억이 난다. 기관절개관 때문에 어차피 환자가 말을 해도 목소리가 안 나오기 때문에 다른 방식으로 의사소통해야 했다. 입술 모양을 읽어야 하는 걸 알면서도 무슨 말인지 쉬이 못 알아듣겠기에 내 시선이 자꾸 환자의 눈으로 옮겨간다. 환자의 입을 뚫어지게 보고, 다시 눈을 보고, 다시 환자 입을 뚫어지라 보고… 그런 나를 보고는 얼른 수첩에 써서 얘기를 해주시던 환자분. 나오지 않는 목소리로 호탕하게 웃던 그 모습.

환자들을 보며 찰나의 순간이지만 나는 그들이 된다. 나에게 기관절개관이 있다면 이렇게 웃으며 스스로 석션을 할 수 있을까. 고통 속에서 진통제 패치를 매일 100씩 갈며 '아 딱 좋다.' 라고 고백할 수 있을까. 딱 좋다는 말이 이럴 때도 쓰일 수 있구나. 내가 마지막으로 딱 좋다는 만족감과 행복감을 표현한 적이 언제였던가.

임상에서 일하다 보면 과학적으로 설명할 수 없는 현상을 경험하게 된다. 항상 웃고 작은 것에도 감사하는 환자가 대체로 회복도 빠르다는 것이다. 웃으며 지낸 그들은 병원을 나갈 때도 활짝 웃으며 나간다. 나는 이것이 사람을 살리는 피그말리온 효과(Pygmalion effect)라고 생각한다. 병동에는 이렇게 힘든 상황 속에서도 긍정적인 면을 보며 씩씩하게 헤쳐 나가는 환자들이 참 많다. 나는 그런 환자들을 볼 때마다 마음속 깊이 경외감을 느낀다.

환자의 긍정적인 마음가짐과 태도는 의료진을 향한 믿음과 직결된다. 의료진을 두텁게 신뢰하게 된다. 신뢰가 있는 환자는 의료진이 제공하는 치료에 적극 협조하는 긍정적인 행동을 한다. 다른 부정적인 생각들에 정신을 빼앗기지 않는다. 온전히 자신의 건강을 회복하는 데에만 집중하고 다른 위험 요소를 피하는 최고의 자가 간호를 하게 된다. 환자의 이러한 긍정적인 행동은 의료진의 치료와 간호와 잘 맞물려 그 치료 효과를 증폭시킨다. 그 결과 좋은 예후를 가져오게 된다.

간호사는 아픔, 고통, 좌절, 죽음 속에서도 긍정을 말하는 직업이다. 우리 환자들 역시 온몸으로 맞서며 감당하고 있지 않은가. 긍정적인 생각으로 하루를 시작하는 환자의 예후가 더 좋듯이, 간호사 역시 의식적으로 부정적인 생각을 끊어내야 한다. 그래야지만 죽음과 맞서 싸우는 진정한 전사가 될 수 있다. 먼저 나 자신을 긍정해야 그 긍정이 다른 긍정을 또 끌어당긴다.

'이건 내가 할 수 있는 일이다.'
'나는 출근해서 멋진 간호를 한다.'

날아다니는 간호사는
어떻게 탄생하는가?

간호사라면 누구나 이런 질문을 가진 적이 한 번쯤은 있을 것이다. '다른 선생님들도 처음에 이랬을까?'라는 생각이다. 내가 힘들어 죽겠으니 나만 유독 이런 건지, 다 이런 과정을 겪고 그리된 것인지 궁금해지는 것이다.

내가 경험한 두 번째 부서는 감염내과 병동으로 역시 쉽지 않은 곳이었다. 그런 우리 병동에 딱 봐도 최소 십몇 년 차는 되어 보이는 선배 간호사가 부서 이동을 왔다. 나는 이 선생님을 잘 관찰하면 왠지 내가 가졌던 의문을 해결할 수 있을 거란 촉이 왔다. '선배의 처음'을 바로 옆에서 지켜볼 수 있는 좋은 기회다! 나는 이 보기 드문 순간을 왠지 잘 담아두고 싶은 마음이 들었다. 대선배가 어떻게 이 낯선 병동에서 적응해 나갈까. 나의 온 관심이 쏠렸다. 선배 간호사를 관찰하며 나는 정말 무릎을 치지 않을 수 없었다.

선생님은 일하다가 본인이 확실히 모르겠다 싶은 것이 있으면 빠르게 인정하고 적극 주변에 물어봤다. 그리고 한술 더 떠서 본인보다 열 살은 더 어린 주니어 간호사를 붙잡고 '선배~'라고 하는 것이 아닌가. 선생님의 농담 섞인 귀여운 말투에 우리 모두가 빵 터진 기억이 있다.

그 선생님의 유쾌한 적응 과정을 지켜보며 나는 그의 지혜를 느낄 수 있었다. 아마 선생님은 이런 의미를 내포하고 있었을 것이다. '나는 너희의 임상경력을 존중한다. 이곳에서만큼은 너희 간호사들이 나보다 더 오래 임상을 쌓았으니 나를 어서 가르쳐다오.' 나를 알려주는 이가 주니어든 누구든 상관없이 기꺼이 새로운 걸 배우겠다는 일종의 자기 선포인 것이다. 역시 선배는 달랐다. 괜히 선배가 아니었다.

예전 나의 선배 간호사들도 꽤 멋진 모습을 하고 있었다. 내가 햇병아리였을 때 나의 선배들은 정말 거인같이 컸다. 군더더기 없고 깔끔한 간호 술기, 응급상황 시 대처 능력, 똑부러지고 친절하기까지 한 모습에 나는 완전히 압도당했다. 그들은 임상적으로 한 치의 빈틈도 없었다. 내가 환자라도 나의 몸을 온전히 맡기며 감복할 정도였다.

나는 그 멋진 선배들과는 달라도 한참 달랐다. 간호 술기는 둘째 치고 일을 시작하려고 준비하는 데만도 한참이 걸렸다. 간호 처치를 하려고 할 때 꼭 물품을 하나둘씩 빠뜨려서 다시 온 병동을 왔다 갔다 수십 번을 해야 했다. 누가 봐도 튼튼한 혈관에 주삿바늘 꽂는 것에 실패하기도 했다.

"응? 그 동아줄 같은 혈관을 'fail(실패)' 했다고?"

당황스럽고 안타까움이 묻어나는 내 프리셉터(preceptor : 신규 간호사를 일대일로 맡아 교육해주는 선배 간호사) 선생님의 목소리. 프리셉터 선생님과 처음 항암제를 주입할 수액 연결 세트를 하나 만들 때도 버벅 거리며 몇 분이나 걸렸다. 모든 것이 어색하고 조심스러웠던 나의 1년 차 신규 시절.

나는 그 어떤 신규 간호사보다 오랜 기간 항암제 치료 전용 병실을 담당했다. 내가 미덥지 않아 그나마 경한 환자가 모여 있는 병실에서의 근무기간이 길어진 것이다. 나는 전자의무기록 시스템(EMR)에 간호기록을 마치고 오늘은 항암제를 몇 개 걸었는지 확인하는 것으로 내 업무를 마무리했다. 서명 확인을 클릭하면 내가 투약하며 실시간으로 임시 저장되었던 내 전자서명들이 주르륵 일괄 확정 서명이 된다. 이 '주르륵'을 보는 것이 낙이라면 낙이었다.

'오늘은 몇 건일까. 쉬지 않고 달린 것 같은데.'

임시 전자서명 26건. 와, 최고 기록이다. 나는 왠지 모를 뿌듯함과 희열을 느꼈다. 제시간에 착착 항암제를 걸지 못해 다음 근무 조로 항암제 투여를 넘길 수밖에 없었던 나. 이브닝 번(데이-이브닝-나이트, 3교대 근무조) 선배로부터 불호령이 떨어지던 날들. 그건 이미 과거가 된 것이다. 약 1년간의 항암 전용 병실 근무를 마무리할 즈음 나는 26건의 항암제도 너끈히 투여하는 간호사가 되어 있었다.

간호사에게 요구하는 최소한의 사회적 기대가 있다. 나이팅게일 선서에 쓰여 있는 그것들이다. 인간의 생명에 해로운 일은 어떠한 상황에서도 하지 않을 것, 수준 높은 간호를 위해 전력을 다할 것, 간호를 받는 사람들의 안녕을 위해 헌신할 것 등이다. 한마디로 말하면, 꺼져가는 생명을 무조건 단단히 붙잡고 있을 것이다.

병마와 사투 중인 환자들은 간호사가 몇 년 차인지 경력을 감안해서 아파주지 않는다. '저 간호사는 1년 차니깐 딱 그만큼만 아파줘야지', '이 간호사는 베테랑이니깐 오늘은 평소보다 더 아파도 되겠군' 하는 환자는 없다. 환자 상태는 마치 폭주한 롤러코스터가 된 듯 갑자기 내리막으로 치닫기도 한다. 간호사가 근무복을 입고 병동에 들어서는 순간부터 얄짤없이 그 모든 것을 감당하며 내 한몫을 제대로 해내야 한다. 임상에서 자비 따위란 없다. 환자는 이미 120%의 전문적이고 숙련된 간호를 기대한다.

숙련(熟練)의 사전적 의미를 찾아보면 '연습을 많이 하여 능숙하게 익힘'이라고 나온다. 한자를 보면 쇠붙이를 불에 달구고 끊임없이 두드려 단단해진 상태의 이미지가 연상된다. 즉, 숙련된 상태에 이르기 위해서는 시간과 공을 들이며 반복 연습하는 행위가 반드시 필요한 것이다. 하지만 사람들은 '숙(熟)'에 감탄하면서도 그들이 그 뒤에서 어떤 '련(練)'을 했는지는 인지하지 못한다. 혹은 큰 관심을 두지 않는다. 어떤 이는 그런 '련'까지는 하고 싶지 않다고 생각하기도 한다.

1년 차 때의 나는 멋진 선배 간호사들을 보며 감탄하면서도 마냥 박수 쳐주지 못했다. 나도 얼른 저렇게 되고 싶다는 마음보다는 '나한테 저런 날이 과연 오기나 할까'라는 의구심이 들었다. 너무 멀게 느껴졌다. 그들은 저렇게 잘하는데… 상대적으로 내가 너무 바보 같다는 생각이 들었다. 괴리가 너무 크게 느껴진 나머지, 선배들과 나 사이에 보이지 않는 선을 그으며 '나와는 다른 사람들'이라고 미리 단정 짓기도 했다.

지금 생각해보니 선배 간호사들이 걸어온 '련'의 길을 내가 미처 다 인지하지 못했다는 생각이 든다. 선배 간호사들의 멋진 모습과 나의 애송이 같던 모습을 비교하는 건 말이 안 된다. '련'도 없이 '숙'을 원하는 것이 아닌가. 참 오만하기 짝이 없었다.

28

선배 간호사들이 일을 척척해내는 건 일이 그들의 적성에 맞아서도 아니고 그들이 천상 간호사여서도 아니다. 뭐든지 능숙한 선배 간호사들은 그만큼 수많은 케이스에 스스로를 반복 노출시켜온 '련'의 과정을 충분히 거쳤다는 걸 의미한다. 그 과정 덕분에 자연스레 그만큼 숙달되고 능통한 경지에 이르게 된 것이다.

스스로도 소위 날아다니기 위해서는 우와 저 선생님 정말 일 잘한다, 최고다 하는 감탄에서 끝나지 말아야 한다. 차례차례 그것을 하나씩 내 것으로 만들며 차곡차곡 쌓아가는 과정이 필요하다. 그 '련'의 끝에는 어느덧 날아다니는 간호사가 되어 있는 스스로를 발견할 수 있을 것이다. 임상경력은 누가 대신 쌓아줄 수 없다. 날아다니는 간호사가 되는 것은 결국 '련'의 길을 어떻게 더 주도적으로 걷는지에 달려 있다.

하지만 이 와중에, 주니어 중에서도 유독 더 잘 날아다니는 간호사가 꼭 있다. 선배보다 훨씬 가까운 이들은 나를 더 좌절하게 하는 요인이 되기도 한다. 나와 몇 개월 차이도 나지 않는데 어쩜 이리도 야무진지 나를 더 움츠리게 한다. 이런 간호사의 비밀 역시 의외로 매우 간단하다.

우선 그에게 있는 한 번이 나에게 없어서일 수 있다. 단 한 번의 경험이라도 그 상황에서 조금이라도 내 것으로 만든 사람과 그렇지 않은 사람은 차이가 날 수밖에 없다. 똑같은 항암제 누출 사고에서 당황한 기색 하나 없었던 선배. 단지 수개월 차이지만 그 사이 겪은 환자 사례만큼은 완전히 소화해 자신감이 있는 모습이었다.

이 선배는 그 어떤 환자와도 살갑게 대화를 잘해 환자들이 다 좋아한다. 한번은 그 선배와 더블 라운딩(인계를 주고받은 간호사가 병실을 함께 순회하는 일)을 하던 중이었다. 그날도 역시 환자와 살갑게 인사를 하며 나와 손을 바꾸는데, 어쩌다 보니 환자가 우리의 나이를 질문했다. 선배는 직접 대답하지 않고 역으로 환자에게 물었다.

"환자분 보시기에는 누가 더 어려 보이는데요?"

선배는 나보다 어렸고 나는 입사한 지 얼마 안 된 병동의 막내였다. 환자는 내가 더 어려 보인다며 나를 지목했다. 선배와 나는 둘 다 황당해서 웃었다. 나는 환자분 말이 맞는다며 얼른 대화를 마무리 지었다. 하지만 나는 속으로 환자의 대답에 매우 놀랐다. 그건 내가 더 동안으로 보인다는 말이 아니었다. 그 말은 나의 행동과 이미지가 병동 막내인 게 환자의 눈에도 그렇게 쉽게 보인다는 말로 들렸다. 너무 충격적이었다.

이 이야기 속에 바로 그 비밀이 있다. 그 반대도 된다는 것이다. 환자의 눈

한국에서 간호사로 살아보기

을 속일 정도로 노련한 언행과 자신감을 내비치면 된다. '나는 이미 경력 빵빵한 간호사다.' 하고 빙의를 하는 것이다. 빙의 후 이미 일 잘하는 선배들을 그대로 따라 하는 것이다. 이미 수천 건의 환자 사례를 수년간 몸소 경험한 선배들을 자세히 관찰하며 이런 경우에는 이렇게, 저런 경우에는 저렇게 무작정 따라 해보자.

생각은 행동을 만들고 행동은 습관이 된다. 환자가 원하는 120%의 간호 요구를 압박으로만 받아들이지 말고 동기로 활용하자. 신규 간호사라면 '나는 이미 3년 차다'라며 자기최면을 걸자. 주도적인 따라 하기로 나에게 남는 경험을 쌓아보자. 그렇게 하다 보면 나의 말투, 눈빛, 몸짓에는 이미 자신감이 묻어나올 것이다. 그렇게 하다 보면 정말로 날아다니는 간호사가 된다.

의외로 일머리에는 그렇게 큰 비밀이 있지 않다. 일 잘하는 사람을 그대로 따라 하는 것에서부터 시작한다.

고비를 잘 견디면
희망이 싹튼다

간호사가 겪는 임상의 최대 고비는 단연코 1년 차 신규 시절이다. 그들은 임상에서 인생의 밑바닥을 경험한다. 온라인 간호사 커뮤니티에는 신규 간호사들이 올린 눈물의 글이 자주 보인다.

'저는 여기까진가 봐요. 살기 위해 그만둡니다.'
'눈물이 안 멈춰요. 너무 힘이 듭니다.'
'제가 도대체 뭘 어떻게 해야 할까요…'

그들의 고뇌와 고통을 보고 있자니 정말 남 일 같지가 않다. 마음이 무거워진다. 누구나 처음은 다 힘들다고 쉽게 넘길 문제도 아니다. 그 대가와 손실이 너무 크기 때문이다. 이를 개인의 문제라고 치부하기에는 너무 조직적이다. 간호사의 높은 이직률을 보면 알 수 있다. 해마다 졸업하는 간호 인력을 증원해서 배출해도 정작 임상에서 일하는 사람은 많지 않다. 밑 빠진 독에 물을 채우는 것과 똑같다.

2018년 시행된 〈보건·의료노동자 실태조사〉에 따르면 퇴사한 간호사 2,500명가량 중 1년 차의 비율이 37%로 가장 높았다. 1~3년 경력의 저년차 퇴사자는 67%로 간호사 세 명 중 두 명꼴이었다. '련'의 길을 걸어 '숙'의 경지에 도달해야 할 간호사들이 3년도 안 돼서 줄줄이 그만둔다는 말이다.

또한, 16,300명가량의 전체 간호사 응답자 중 이직을 고려해본 적이 있다고 한 간호사는 무려 83.6%에 달했다. 앞서 언급됐던 내 십몇 년 차의 대선배 선생님은 이직도 아니었고 같은 병원 내에서 부서 이동만 한 경우였다. 그런데도 열 살은 어린 주니어에게 일을 배워야 했다. 아예 시스템이 다른 타병원으로의 이직은 그보다 더한 배움과 적응을 필요로 한다. 그런데도 이직을 고려한다는 것은 지금 간호사가 마주한 현실이 너무나도 암담하다는 것이다.

신규 간호사의 이탈은 개인적인 좌절이나 단순 커리어 단절에서 그치는 것이 아니다. 수많은 연쇄작용을 일으킨다. 병원 측의 시간적, 비용적인 손실을 차치하더라도 신규의 잦은 이탈은 문제가 많다. 바로 경력 간호사의 소진으로 이어지기 때문이다. 그렇기 때문에 신규 간호사의 적응 문제는 간호사 전체의 문제이며 환자 안전의 이슈이다.

환자의 이상 징후를 조기 발견하고 조기 중재하여 골든타임을 지키는 것, 환자의 생명을 구하는 이 모든 프로세스가 결국 간호사의 판단으로 시작된다. 숙련된 간호사가 많아져야 간호의 질이 올라가고 환자 안전을 지킬 수 있게 되는 것은 당연하다. 간호사의 문제는 환자 안전과 직결된 것이다.

작은 도미노 하나는 자신의 몸집보다 조금 큰 도미노를 밀어 넘어뜨릴 수 있다. 서서히 커지는 도미노를 계속 밀어 넘어뜨리다 보면 결국에는 30cm 두께의 콘크리트 벽까지 밀어 넘어뜨리게 된다. 절대 넘어져서는 안 되는 환자 안전이라는 마지막 도미노가 무너지게 된다. 두렵지 않은가. 이 첫 작은 도미노를 무시하는 어리석은 결정으로 초래될 일들을 나는 상상하고 싶지도 않다.

간호사는 임상의 최일선에서 일하는 직종답게 다른 수많은 이해관계자와 밀접하게 소통한다. 환자는 물론이고 보호자와 가족들, 동료 간호사, 수간호사, 주치의, 인턴, 교수, 당직의, 의료 기사, 영양사, 약사, 임상병리사, 보조원, 이송원, 요양보호사 등 매일 부딪히는 직종만 추려내도 이 정도다.

신규 간호사를 쥐고 흔드는 요인은 모두 관계에서 온다. 위의 수많은 관계 중에 굳이 셋을 꼽자면 나와 직무와의 관계, 나와 선배와의 관계, 나와 환자와의 관계이다. 신규 간호사들은 일이 익숙해지기 전까지는 직무와의 관계로 힘들다. 간호 업무가 내 적성에 맞는지 수도 없이 고민한다. 선배와의 관계도 만만치 않다. 간호사 특유의 군대 문화와 선배 간호사들의 태움 속에서 살아남는 법을 익히게 될 때까지는 영혼까지 탈탈 털려야 한다.

우리나라에 시집살이 관련된 속담 중에 '벙어리 3년, 귀머거리 3년, 장님 3년'이라는 말이 있다. 이 말은 최소 9년은 무조건 참으라는 얘기가 아니다. 사람이 함께 지내려면 서로 맞춰가고 적응할 기간이 필요하다는 의미이다. 새로 온 사람은 병동에 적응할 시간이 필요하고 기존에 있는 사람은 새사람을 알아가며 키워줄 시간이 필요하다.

신규의 간호 역량은 시간이 갈수록 점차 향상된다. 간호 역량을 쌓는 속도는 물론 개인마다 다르다. 사실 앞으로만 가고 있다면 속도는 그다지 중요치 않다. 긍정적인 생각을 품고 경력 간호사로 빙의해서 반복 노출하면 그만이다. 간호 역량의 향상은 직무와의 관계, 선배와의 관계를 자연히 해결한다. 그렇기에 이 두 가지 요인은 시간이 지나면서 서서히 옅어지는 특성이 있다.

의외로 간호사에게 가장 좌절감을 주는 관계는 환자에게서 비롯되기도 한다. 안타깝게도 이는 시간이 지날수록 옅어지기는커녕 간호사에게 누적 가중된다.

환자분들 중에는 이전에 언급했던 것처럼 피그말리온 효과를 구현해내며 경외감을 불러일으키는 부류가 있다. 웃으며 지내다 웃으며 나가는 환자들이다. 그런가 하면 그와 정반대도 있다. 임상을 하다 보면 간호사들이 꼭 한 번씩은 느끼는 머피의 법칙이다. '이 환자만큼은 그 어떤 차질도 없어야 한다, 한 번이라도 실수하면 끝이다!'라고 생각한 환자에게는 크든 작든 사건이 반드시 생긴다. 처음에 나는 환자가 비교적 예민하기 때문에 다른 사람이라면 그냥 넘어갈 사소한 일들을 환자가 인지한다고 생각했다. 임상에서 발생할 수 있는 크고 작은 일들이 환자를 가려가며 발생하는 것은 아니지 않는가.

하지만 해가 지날수록 나는 새로운 관점에 눈을 뜨게 되었다. 환자의 부정적인 생각이 부정적인 결과를 끌어당길 수도 있겠다는 생각이 든 것이다. 예를 들면 환자가 처음부터 불만이나 불신을 노골적으로 표현할 때가 있다. 담당 간호사가 신규인 것을 환자들이 눈치를 채고 신규를 직접 태우는 경우가 여기에 속한다. 병원 돌아가는 사정에 빠삭한 장기 입원환자들이 나도 모르게 그런 행동을 한다. 물론 누군가는 철저하게 이를 의도하기도 한다.

"이 간호사 딱 보니까 초짜 같은데 다른 간호사로 바꿔주세요."

이때 환자의 부정적인 생각과 노골적인 표현으로 신규 간호사의 불안지수와 불편감이 급격히 증가한다. 집중력과 판단력, 자신감이 떨어진다. 이는 간호사의 간호 역량 저하로 이어진다. 이는 다시 환자의 불신을 초래하는 악순환이 된다. 부정적인 생각을 그냥 입 밖으로 냈을 뿐인데 본인이 걱정하던 그 부정적인 결과를 직접 초래하게 된 것이다. 우리 선조들은 이를 '말이 씨가 된다.'고 표현했다.

신입 의사와 간호사들이 쏟아져 나오는 3, 4월은 의료인들도 가족들의 입원이나 수술을 피한다. 아슬아슬 긴장되는 기간. 언제 어디서든 폭탄이 터질 수 있단 걸 그 누구보다 잘 알기 때문이다. 간호 업무를 체득하느라 바쁘고 선배들 대하기는 어렵고 환자들까지 내가 신규인 걸 모두 다 알고 있는 상황.

이 모든 것이 어렵고 힘들지만, 그 무엇보다 나를 와르르 무너지게 했던 일은 역시 나의 실수로 환자에게 해가 되었다는 생각이 들 때다. 환자들에게 힘이 되고 빛이 되고자 이 자리에 있는 나인데⋯. 찰나의 실수는 나 자신을 용납할 수 없게 만든다. 이럴 때는 사건을 통해 배우고 또 배운 후 남은 감정을 반드시 정리해야 한다. 가족, 친구, 주변 지지 체계에 알려 도움을 받는 등 다른 누군가와 함께 고비를 넘기는 것도 괜찮은 방법이다. 물론 그들이 이해할 수 있는 경우에 말이다.

생명을 다루는 간호사, 의료인으로서 반드시 지나가야 할 마지막 관문. 바로 뼈아픈 나의 실수를 마주하는 것이다. 갑작스레 꿈의 반대편에 서 있는 나를 다시 온전히 마주할 용기를 갖는 것이다.

항암 치료를 받는 환자들은 항암 사이클 사이마다 고비를 지난다. 환자의 골수가 억제되어 외부의 균과 싸우는 백혈구, 특히 호중구가 영(0)에 수렴하는 위기의 기간이다. 임상에서는 이 구간을 네이더(nadir)라 표현한다. 최하점, 밑바닥, 최악의 순간을 뜻하는 단어다. 이 네이더를 잘 넘기면 다음 항암 치료를 받을 수 있는 체력을 회복하고 치료를 이어나갈 희망이 보인다.

나라는 사람이 아무것도 아닌 영(0)으로 단숨에 추락한 기분. 임상의 밑바닥, 네이더의 늪은 생각 외로 꽤 길 수도 있다. 하지만 네이더의 본질은 반드시 반등한다는 것에 있다. 이 고비를 견디면 반드시 희망이 온다.

한국에서 간호사로 살아보기

간호의 예술,
나만의 필살기를 가져라

신규 간호사 때 임상에서 처음으로 핑거 에네마(finger enema : 손가락 관장)를 마주한 순간을 아직도 기억한다. 환자분은 비교적 고령이었고 아무리 힘을 줘도 대변이 걸려서 안 나온다고 호소하셨다. 선생님은 주치의와 상의 후 핑거 에네마를 하기로 했다. 내 프리셉터는 아니었지만 내가 핑거 에네마 케이스를 아직 못 본 걸 알았기에 선생님은 나를 그림자처럼 데리고 환자에게로 갔다.

나는 간호사가 되기 전부터 '나는 핑거 에네마를 하더라도 간호가 좋다, 간호사를 할 것이다'라고 나 스스로와 다른 이에게 선포해왔다. 선생님 덕분에 드디어 기다리고 기다리던 처치를 직접 볼 수 있는 좋은 기회를 잡은 것이다. 하나라도 더 보여주려 나를 챙겨주는 선생님이 나는 정말 고마웠다.

1장. 백의의 전사로 거듭나기   **39**

사실 핑거 에네마는 뭔가 낮아 보이는 술기다. 이걸 하더라도 간호가 좋다고 말하는 나의 속내에는 핑거 에네마를 임상술기 중 가장 낮은 곳에 놓는 나의 무의식이 녹아 있다. 아니, 의식적으로 생각해봐도 그렇지 않은가. 환자의 항문에서 손가락으로 대변을 직접 꺼내는 것. 그리 썩 멋있게 들리지는 않지 않은가.

선생님은 언제나 그랬듯 아주 정성을 다해 처치하셨다. 한 덩이. 두 덩이. 역한 대변 냄새가 온 병실에 퍼지면 퍼질수록 환자의 안색은 점차 편안해졌다. 함께 뒷정리를 하며 선배를 올려다보니 마스크를 낀 얼굴, 이마 위 송골송골 맺힌 땀방울이 보인다. 그 순간 나는 선생님의 머리 위에서 후광을 봤다. 마치 시간이 멈춘 것처럼, 병실을 가득 채운 똥냄새는 더 이상 느껴지지 않았다. 이 고귀한 술기를 가장 낮은 곳에 놓았었다니. 내가 뭘 몰라도 한참 몰랐구나.

환자분은 아이고 이제야 좀 살겠다고 연신 고마워하시며 못 볼 꼴을 보여 미안하다고 하셨다. 그런 환자의 마음까지 너그러이 어루만지고 멋지게 퇴장하는 선생님. 와 이 선생님은 찐이다. 찐 간호사다.

임상에서 하는 술기들은 어떤 것은 누가 봐도 매우 멋있어 보인다. 그에 반해 또 어떤 것은 굳이 이런 것까지 내 손으로 해야 하나 싶을 정도인 것들도 있다. 다른 사람들 눈에 어떻게 보이든 간에 그 본질은 하나다. 그 행위의 결과가 하나같이 환자에게 이로움을 가져다준다는 것이다. 무엇 하나 중요하지 않은 게 없다. 고통으로 잔뜩 움츠러들었던 환자의 미간이 펴지기도 하고 꺼져가던 생명의 불씨가 다시 활활 타오르기도 한다. 즉, 임상에서 하찮은 술기란 건 없다.

임상을 하다 보면 아름다운 간호사들을 자주 본다. 겉모습을 말하는 것이 아니다. 어떤 간호사는 놀라운 집중력으로 본인에게도 이미 넘치도록 많은 업무를 척척 해낸다. 그리고는 도움이 필요한 다른 간호사를 기가 막히게 찾아내 도와준다. 빠른 손으로 동료에게 큰 힘이 되어주는 간호사다. 어떤 간호사는 응급상황만 되면 아주 기다렸다는 듯이 훨훨 난다. 환자를 살릴 수만 있다면야 무엇이든 거칠 것이 없다.

어떤 간호사는 유독 따뜻한 말투로 환자를 응대하며 그들의 마음을 어루만진다. 말 한마디로 환자를 격려하기도 하고 말 한마디로 환자의 좌절감이나 노여움을 풀기도 한다. 어떤 간호사는 또랑또랑 전문적인 말투로 깔끔하고 정확히 설명한다. 불안감으로 요동치는 환자를 이내 안심시킨다. 간호사의 말 한마디로 건강을 회복하고 살아낼 의지를 굳게 다시 부여잡는 환자들. 간호사의 말에 울고 웃는 환자들. 어떤 간호사가 출근하면 병실 내 공기부터 달라진다.

"아이고, 우리 간호사님 오셨네. 이틀 쉬고 오셨죠?"

간호사의 오프(Off : 쉬는 날)까지 줄줄 꿰며 환자, 보호자들이 반가움을 표현한다. 이 간호사가 근무하는 날은 왠지 그날따라 환자들의 얼굴에 미소가 가득하다. 오랜 기간 병상에 누워 있는 무의식 환자도 껄껄 만족스러워하는 것 같다. 병실 내 분위기까지 훤히 밝혀주는 아름다운 간호사다.

이 아름다움은 꼭 간호사의 임상경력과 비례해서 더 여물거나 더욱 커지는 건 아니다. 어느 정도 숙련된 간호사라면 아름다운 언행과 마음 씀씀이로 환자에게 감동을 주는 아름다움까지 덤으로 구현해낼 수 있다. 다시 말하면, 누구나 마음만 먹는다면 아름다운 간호를 펼칠 수 있다. 이 아름다움의 영역은 꼭 환자를 대하는 직접간호의 영역에만 국한되지는 않는다. 어떤 간호사는 답이 없는 병실 배정 상황에서도 답을 찾아준다. 이 환자는 저기로 저 환자는 거기로 그 환자는 요기로. 원무과도 해결하지 못하고 있는 응급 입원 예정인 신환을 위해 없던 병실까지 만들어내는 신기한 마법을 부린다. 어떤 간호사는 동료의 고민을 들어주고 후배들을 다독이는 데 탁월하다. 곁에 함께 하기만 해도 좋은 사람이다.

잘 살펴보면 어느 간호사나 빛을 발하는 부분이 있다. 의식해서 무리하게 노력하지 않아도 은은히 풍겨 나온다. 간호사 개인마다 각기 다른 고유의 강점이 있기에 그렇다. 내가 그리 눈길 주지 않았던 나의 강점에 눈길 한번 줘도 된다. 이를 나의 필살기로 여기고 집중해서 갈고닦으면 진정한 나의 필살기가 된다. 필살기라고 해서 뭔가 크고 거창한 것만 찾을 필요는 없다.

병동마다 이런 간호사 하나쯤은 있지 않은가. 병동의 분위기 메이커, 해결사, 정신적 지주, 친절왕 등. 내 캐릭터는 무엇인가 찬찬히 살펴보자. 설사 내 캐릭터가 '환타(근무할 때마다 유독 업무량이 많아지거나 응급상황이 터지는 등 환자를 타는 간호사)'라도 해도 너무 슬퍼할 일은 아니다. 환자를 타는 '환타'는 병동에 뜨는 순간부터 환자들이 물밀 듯이 밀고 들어오고 여기저기 사방에서 이벤트가 동시다발적으로 터진다. 그런다 해도 또 하루의 하드 트레이닝이 시작됐구나 하고 쿨하게 받아들이자. 늘 모든 일에는 양면성이 있다. 환타로 지내다 보면 잃는 것도 있지만 얻는 것도 상당히 많다. 하나둘씩 해결하다 보면 놀라울 만큼 문제해결 능력이 향상된다. 여기서 얻은 것은 나에게 피가 되고 살이 된다. 이는 곧 환자에게 생명이 된다.

내가 일을 시작한 지 얼마 되지 않았을 때였다. 프리셉터 선생님과 아직 일 대일 교육을 받던 기간이었다. 파트장님과 면담을 하는데 굉장히 주저주저 하시더니 파트장님이 매우 조심스레 내게 질문을 꺼내셨다. 그리고는 정말 혹시 몰라서 묻는 거라고 신신당부를 하셨다. 나는 파트장님이 꺼낼 질문이 정말 진지한 궁서체라는 것을 느낄 수 있었다. 어렵사리 입을 떼신 파트장님.

"선생님 혹시 한국말이 불편한가요?"

"네? 파트장님 그게 무슨 말씀이신지…"

"아, 내가 혹시나 해서~ 선생님이 외국에도 있었고 혹시 한국말 알아듣는데 좀 어려운 점이 있나 해서요."

졸지에 '0개 국어' 구사자가 돼버린 나. 이랬던 나에게 얼마 지나지 않아 선배를 도울 절호의 기회가 왔다. 외국인 환자가 입원한 것이다. 물론 원내 통역 서비스가 있긴 하지만 의사소통이라는 게 한번 말을 해줘도 다시 설명이 필요하기도 하고 궁금한 것은 시도 때도 없이 생기기 마련이다. 몇 마디 하자고 전화를 걸어 상황을 설명하고 통역을 하는 것이 바쁜 병동 상황에서는 꽤 번거로운 일이었다.

선배는 나를 불러 한번 시키더니 나름 도움이 되었는지 급할 때 몇 번 더 나를 불러 통역을 하게 했다. 환자는 답답한 게 해소되니 그제야 얼굴에 미소가 번졌다. 일 습득이 느려 모국어 구사능력까지 의심받은 나. 하루가 멀다 하고 일을 빠뜨려 병동의 민폐이자 미운 오리 새끼였던 나. 오래간만에 나도 병동에 쓸모가 있던 순간이었다.

병동 파트장님들이 즐겨 하시는 말씀이 있다.

"선생님은 나만이 할 수 있는 간호가 뭐라고 생각합니까?"

"선생님, 내가 할 수 있는 차별화된 간호에 대해 생각해보셨습니까?"

"선생님, 매일 같은 일이라도 내일은 어떻게 다르게 할 것인지 고민하셔야합니다."

임상을 할 때는 사실 눈앞의 불을 끄기에 급급해 '나만의 간호'에 대해 깊이 있게 고민해보기 어렵다. 이제 와 생각해보니 이 말들은 내가 가진 강점에 기반을 두라는 의미였다. 하나를 하더라도 조금씩은 더 개선해 간호의 예술적 영역까지 완성하라는 말이었다.

제임스 클리어의 저서 『아주 작은 습관의 힘』에 따르면 매일 1%씩만 성장한다면 1년 뒤 처음보다는 37배의 성장을 하게 된다고 한다. 보이지도 않은 정도의 작은 개선이 종국에는 어마어마한 성장을 가져오는 것이다.

그렇다면 간호실무지침에 명시된 간호를 도대체 무얼 어떻게 다르게 하라는 걸까. 나는 이 말이 간호실무지침을 지키는 것에서 끝내지 말고 그것이 말해주지 않는 그 행간까지 읽어내라는 것임을 이제야 안다. 후배 간호사들이 간호의 예술적 영역까지 아름답게 해내기를 바라는 마음이 고스란히 담겼던 말이었다. 간호는 과학이자 예술이기에. 그 예술에서 꽃이 피고 향기가 뿜어나오기에.

끝없는 터널 같을지라도
이 또한 지나간다

"엄마, 잘 지내? 나야.

있잖아 엄마. 나 사실 그때 엄마 전화 그냥 안 받았어.

꾸역꾸역 참아 언제 터질지 모르는 폭탄을 안고 있었는데

엄마 전화를 받으면

늘 좌절하던 내 생활들이 다 거짓말 같고

정말 바닥에 엎드려 엉엉 울고

펑 터져서 다 포기해버릴 것 같았거든."

〈간호사 대나무숲〉에 올라온 익명의 글을 읽고 있자니 마음이 먹먹하다.
너무 공감돼서 내가 쓴 글이 아닌가 싶을 정도다.

나는 간호사로 독립한 지 2주차에 결혼을 했다. 이 무슨 개똥같은 소리냐

46

고 입이 떡 벌어진다면 당신은 간호사다. 몇 주간의 신입 간호사 집합교육을 마무리할 즈음 배치 받은 병동에 잠깐 올라가 파트장님을 뵙는 시간이 있다. 보통은 환영인사를 하고 신입 간호사를 격려하는 자리다. 간단한 대화를 마무리하며 파트장님께 내가 꺼낸 얘기는 이거였다.

"파트장님, 제가 결혼 날짜가 잡혀 있습니다. 미리 말씀드려야 할 것 같아서 지금 말씀드립니다."

다행히도 파트장님은 미리 말해줘서 고맙다며 축하한다고 하셨다. 0.1초 눈빛이 흔들리셨지만 당황스러운 기색을 내비치지는 않으셨다. 나는 이것이 몰고 올 후폭풍을 당시에는 알지 못했다.

인생의 여러 가지 큰 산을 동시에 넘기는 그리 쉽지 않았다. 가방끈이 두꺼운 나는 학사가 두 개다. 그래서 다른 간호사 동기들보다 4년이 늦다. '어차피 할 거 한 방에 하지 뭐.'라는 가벼운 마음으로 시작했다. 하지만 졸업, 취업, 결혼의 징검다리를 촘촘히 건너고 사회 초년생으로서 업무에 적응해가는 과정은 어느 하나 가벼운 것이 없었다.

보통 신규 간호사들은 병원에서 일하고 나머지 근무 외의 시간도 정성껏 갈아 넣는다. 프리셉터 선생님에게 받은 과제를 하거나 본인이 부족하다고 느끼는 부분을 채워 넣는다. 그럼에도 병동에 서면 또 한없는 부족함을 느낀다. 이렇게 병동 업무 적응에만 신경을 써도 모자랄 판에 결혼 준비까지 하려니 정말 사는 게 사는 게 아니었다.

시간이 절대적으로 부족했다. 뺄 건 다 뺐는데도 결혼 준비는 여전히 뭐가 많았다. 교대 근무로 생활리듬까지 뒤죽박죽되니 금방 체력이 바닥났다. 업무 때문에 죽을 것 같다가도 또 결혼 준비 때문에 나 죽겠다 싶은 시간이 지나갔다. 정말 정신이 하나도 없었다. 더 힘든 것, 더 빡센 것들이 하루가 멀다 하고 엎치락뒤치락 튀어나왔다.

내가 하필 그때 결혼을 하지 않았으면 나의 신규 생활이 장밋빛이었을까. 생각해보면 전혀 그렇지도 않다. 병원 업무가 힘듦의 순위에서 잠깐 밀릴 때면 오히려 이게 다행이다 싶었다. 결혼 준비라는 핑계로 나의 더딘 업무 습득이 어느 정도 가려지는 것 같았다. 숨 쉴 구멍을 하나 얻은 것 같기도 했다. 이런 변명거리 하나 없이 업무적으로만 힘들었다면 내 부족함이 더 적나라하게 드러날 것 같았다. 그 역시 나에게는 마주하기 두려운 일이었다. 그랬다면 나는 오히려 더 헤어 나올 수 없었을지도 모른다. 그때도 지금도 나는 나의 선택을 신의 한 수로 꼽는다.

병동 선생님들이 혀를 끌끌 차며 예언한 대로, 나는 결혼식을 치르고 5일간의 오프 후 언제 교육을 받았느냐는 듯 독립 첫날의 상태로 병동으로 돌아왔다. 나는 그 후로도 계속 허덕였다. 한동안은 병동 최대의 난제였다. 모두가 나를 풀기 위해 머리를 맞대었다. 나를 제 한몫을 하는 간호사로 만들기 위해 선배들의 업무 목표(MBO)에는 신규인 나의 역량 개선을 위한 중장기 계획이 오르락내리락했다. 말 그대로 몸 둘 바를 모르겠는 나날들이었다.

나를 안쓰러운 눈으로 보는 선생님, 답답해 미치겠다는 선생님, 너 같은 애는 처음이라는 선생님, 너는 유독 느리다는 선생님, 공부는 안 하느냐는 선생님, 분노와 화를 내보이는 선생님까지.

한 선생님은 내 진로와 적성에 대해 다시 고민해보라고도 하셨다. 그 뼈 있는 조언이 심지어 너무나도 조심스럽고 진중했다. 그래서 더 아팠다. 내가 좋아하는 것과 내가 잘하는 게 다를 수도 있다, 내가 잘하는 게 무언가 따로 있을 수도 있지 않겠느냐는 말. 너무나도 다 맞는 말이라 더 속상하고 울적했던 날이었다.

한번 가르쳐주는 걸로는 안 된다는 걸 알고는 다각도로 어떻게든 끌어주려는 선생님, 빠뜨린 것이 있는지 꼼꼼히 짚고 넘어가는 선생님, 알아듣기 쉽게 설명하려는 선생님, 하나라도 더 보여주고 격려해주는 선생님. 다들 어쩜 저리 천상 간호사인지 환자뿐만 아니라 신규인 나까지 일으켜 세우느라 애를 썼다. 그러나 내 마음이 유독 벅차고 힘든 날에는 그 어떤 격려와 위로도 내 귀에 들어오지 않았다.

한 선생님은 독립 후 첫 나이트 근무를 하는 나를 위해 하나부터 열까지 내가 빠뜨리지 않고 해야 할 업무들을 A4 용지 가득 써서 남 몰래 쥐어주기도 했다. 전혀 예상치 못했던 세심한 배려에 너무 깜짝 놀라고 감사한 마음에 울컥했다. 종이를 꺼내놓고 일하며 연신 감탄했다.

이제 좀 연차가 쌓이고 나서 뒤돌아보니 후배를 위한 그런 섬세한 배려가 절대 쉽지 않다는 것을 깨닫는다. 새삼 나를 위해 애써주셨던 선생님들께 다시금 감사한 마음이 든다. 그 종이 한 장 덕분에 프리셉터 선생님 없이 혼자 해내야 한다는 두려움이 조금은 누그러들고 나도 할 수 있겠다는 마음으로 업무를 시작할 수 있었다. 그 종이 한 장은 내가 나이트 근무를 할 때마다 한동안 내 든든한 선배 역할을 했다.

나처럼 결혼이라는 추가적 요소가 없더라도 신규 간호사들이 겪어내는 1년 차의 삶은 그 자체로 힘겹기만 하다. 몸은 물먹은 솜같이 무겁고 피곤해서 당장에라도 침대에 몸을 내던지고 단잠에 빠지고 싶은 상태. 그런 몸을 이끌고 한 자라도 더 공부해보려는 하루하루. 이 하루의 끝이 없는 반복. 그렇게 성장해 나가는 신규 간호사들이다.

'사회생활이라는 게 원래 그렇게 힘이 드는 거야, 처음은 원래 그런 거야.'라고 말하기에는 다소 무심하게 느껴진다. 모르는 소리 하지 말라고 소리를 치고 싶다. 학생에서 직장인으로 새로이 태어나는 과정도 어렵고, 학생 간호사에서 어엿한 간호사로 다시 태어나는 과정 역시 만만치 않다. 병원의 업무 특성상 생명을 다루는 일이니 한 치의 오차나 실수가 없어야 해서 숨이 막힌다.

나는 새가 알을 깨고 나오는 것에 이를 빗대고 싶다. 간호사가 된다는 것은 나의 알을 깨는 과정이다. 밖에서 알을 깨주면 죽지만 안에서 깨고 나오면 살아남는다. 모든 것이 낯설고 힘이 들지만 결국 나를 도울 수 있는 마지막 한 사람은 나 자신이다.

온라인 간호사 커뮤니티에는 1년 차를 잘 버티고 살아남은 간호사들의 간증이 가끔 올라온다. 간호가 점점 재미있어요. 공부가 더 하고 싶어져요. 생각 외로 적성에 맞아요. 뭣 모르고 했었는데 이제 알고 하니 더 재밌어요. 보람을 느껴요 등이다. 길고 긴 터널 안을 스스로 걸어 나온 자들의 놀라운 반전 후기들이다.

허나 지금 이것을 머리로 이해했다고 해서 당장 달라지는 것은 없다. 이곳이 터널이란 걸 내가 안다고 뭐 달라지는 게 있는가. 어찌 되었든 내가 암흑같은 터널 속에 있다는 건 바뀌지 않는 사실이지 않은가. 여전히 나는 어둡고

구불구불하고 컴컴한 터널 안을 손전등도 없이 걷고 있다. 시간이 해결해 준다는 것은 안타깝게도 당장은 쉽게 해결되지 않는다는 말과 같지 않은가.

결국 나 자신에게 달려 있다는 말은 내가 바꿀 수 있는 것에만 오롯이 집중하라는 말이다. 이미 다 걸어 나온 사람(선배)에게 도움을 구하든, 손전등(간호실무지침)을 찾아 들든, 터널 안에 있는 누군가(동기)와 손잡고 함께 걷든, 외부에 알리든(가족, 친구) 119에 신고를 하든(전문가 상담), 내가 어떻게 하면 더 나아질 수 있는지 여러 방면으로 시도해보자. 어쨌든 내가 스스로 걸어 나와야 한다는 그 사실 하나는 변하지 않기 때문이다.

암흑 같은 터널 안에서는 터널의 끝이 보이지 않는다. 이는 분명 좌절스럽다. 하지만 아무리 길고 긴 터널이라고 해도 반드시 그 끝은 있다. 그리고 그 터널은 내가 걸어간 만큼 끝에 가까워진다.

06

한 치의 실수조차
용납되지 않는 삶이지만

하인리히의 법칙(Heinrich's Law)이 있다. 사고는 갑자기 일어나는 것이 아니라 300건의 이상신호, 29건의 경고 후에 1건의 대형 사고를 만든다는 말이다. 그래서인지 간호사를 표현하는 형용사 중에 자주 쓰이는 단어가 있다. 바로 '옵쎄'하다는 표현이다. '옵쎄'는 강박적이라는 뜻의 'obsessive'의 줄임말로 강박적으로 업무를 반복 확인하거나 사소한 것도 빈틈없이 하려는 모습을 말한다. 나는 평소 그리 치밀하지는 못한 성격으로 '그럴 수도 있지 뭐.' 라는 생각으로 둥글둥글 지내왔다. 그에 반해 병동의 선배 간호사들은 나와는 정반대였다.

선배들은 완벽함, 빈틈없음에 혈안이 된 사람들 같았다. 굳이 이렇게까지 해야 되나 싶을 정도의 일도 확인하고 또 확인했다. 가장 간단하게 보이는 액팅조차 그들은 수많은 단계로 나누어서 빈틈없이 확인했다. 예를 들어 경구

약 하나를 준비한다고 생각해보자. 신규였던 나에게는 약을 '준비한다.', '준다.'의 2단계만 있다. 하지만 선배들은 4-5단계를 거쳤다.

우선 환자빈(약물보관함)을 열기 전 환자의 등록번호와 환자 이름을 읽으며 맞는 환자빈을 여는지를 확인한다. 약을 준비하며 해당 약이 그 환자 것이 맞는지 확인한다. 약 이름, 용량, 투여 경로, 투여 시간을 확인한다. 약 봉투 안에 들어 있는 실물약이 약 봉투에 쓰여 있는 이름의 약과 맞는지도 동시에 매칭한다. 준비한 경구약을 투약 트레이에 넣으며 확인한다. 환자에게 가서 투약하기 직전에 이름을 묻고 환자팔찌를 보며 환자 확인을 한다. 투약 후에는 서명을 하며 한 번 더 확인한다. 투약도 하고 서명도 했으니 다 끝난 것 같지만 그렇지 않다. 나이트번 간호사가 남은 약을 정리하고 데이 번에 들어갈 약을 준비하며 다시 한 번 확인이 이루어진다.

하지만 이렇게 치밀하게 확인한다 해도 100%에는 미치지 않는다. 확인하는 방법이 저마다 제각각이었기 때문이다. 그래서 확인한다는 행위는 입 밖에 소리 내어 읽는다는 의미의 'Read aloud'로 진화했다. 특히 신규 간호사가 약을 준비할 참에는 'Read aloud'를 잘하는지 모두가 귀를 쫑긋한다.

선배들의 옵쎄가 강하게 발현되는 시간은 역시 인수인계 때다. 매 인계시간은 나에게 고통 그 자체였다. 모니터 앞에 앉은 나는 마치 취조실에서 취조를 받는 죄인이 되어 점점 작아져갔다.

"선생님, 이건 왜 이렇게 한 거죠, 특별한 이유가 있나요?"
"선생님, 이건 컨펌(confirm)된 거예요?"
"선생님, 이건 노티(notify)된 건가요?"

환자의 히스토리(과거력)부터 내가 한 액팅까지 단 하나도 쉽게 넘어가는 법이 없었다. 선배들의 그런 옵쎄한 모습에 나는 숨도 못 쉴 지경이었다. 그러던 중 사건이 터졌다. 내 인생에 다시는 기억하고 싶지 않은 내 임상 최대의 대형 사고가 결국 터진 것이다.

내 환자의 심장에는 PCC라는 얇은 카테터(관, 튜브)가 꽂혀 있었다. 폐암 말기였던 환자는 두 심낭막 사이에 악성 심낭액이 점점 차오르고 있었다. 카테터는 그 심낭액의 배액을 위한 것이었다. 과도한 심낭액은 심장의 펌프질을 언제라도 방해할 수 있어 위험하다. 수일에 거쳐 심낭액 배액을 마친 후 환자는 두 막을 유착시키는 시술을 하게 되었다. 그 안에 항암제를 주입해 인위적으로 염증을 일으켜 두 심낭막을 붙이는 신기한 원리의 시술이었다. 이미 카테터는 심낭막 안에 위치해 있기에 항암제만 넣고 특정 시간 후 빼면 되는 거였다. 튜브를 통해 몸 안에 주입, 보유한 후 다시 몸 밖으로 배출시키는 의외로 간단한 과정이었다. 이 시술은 인턴에 의해 행해졌다.

간호사로서의 내 몫은 이 시술로 인해 환자가 겪게 될 흉통, 발열 등 부작용을 모니터링, 중재 및 기록하는 것이었다. 나는 간호실무지침을 읽고 또 읽었다. 모든 것은 지침대로였다. 환자의 증상까지 전부 다. 나는 내 듀티(duty : 담당 근무시간)를 마치며 위 시술 후 환자 상태가 어떻다는 것과 지금은 밸브가 열려 있다고 인계 후 퇴근했다.

다음 날 오프인데 아침부터 병동에서 전화가 빗발쳤다. 심상치 않은 느낌이 들었다. 전화를 받기 전부터 덜컥 겁이 났다. 이미 부재중 전화가 몇 통 찍혀 있었다. 떨리는 손으로 전화를 받아보니, 밸브가 열려 있지 않았다는 것이다. 나는 눈앞이 깜깜해졌다. 심장이 마구 요동쳤다. 이제 내 간호사 인생은 끝났구나. 내가 무슨 짓을 한 거지…. 내 간호가 '짓'이 되어버린 좌절의 순간.

정신이 하나도 없는 와중에 선배들이 시키는 대로 우선 파트장님을 뵀다. 다행히 환자 상태는 괜찮았다. 하지만 환자분이 단단히 화가 난 상태였다. 그 간호사를 무조건 불러와 본인 앞에 데려오라고 했다고 한다. 나는 사복으로 환자를 만날 수 없어 간호복으로 갈아입었다. 정신이 하나도 없었다. 그 와중에 나는 파트장님이 면담 마지막까지 당부하신 것을 기억하려 애썼다. 환자 앞에서는 절대 울지 말라던 그 말씀.

나는 환자분에게 조심스레 다가가서 말했다. 우리 엄마뻘의 환자였다.

"환자분, 제가 어제 간호해드렸던 간호사입니다. 죄송합니다."

환자분은 나를 보더니 오히려 화들짝 놀라며 나를 걱정했다. 딱 봐도 갓 시작한 간호사로 보여서 그랬던 것 같다. 환자분 곁에 계시던 자녀분까지 병실 밖으로 따라 나와서 나를 격려했다. 어제는 너무 속상해서 화가 많이 났었는데 지금 내 얼굴을 보니 아무렇지도 않다고 하셨다. 그리고는 부디 용기를 잃지 말라는 말도 덧붙이셨다. 끝이 어딘지도 모를 정도로 추락하던 나를 오히려 그 환자와 보호자분이 잡아주었다.

사건의 발단은 밸브의 방향이었다. 밸브를 잠그고 여는 방향이 튜브마다 정반대일 수도 있다는 사실을 그제야 알았다. 나는 그 후로도 PCC만 보면 머리가 쭈뼛쭈뼛 서는 것 같다. 나에게는 너무 뼈아팠던 실수. 내가 미처 상상할 수도 없었던 부분에서 일어난 대형 사고였다.

나는 이때부터 옵쎄에 대한 다른 관점이 생겼다. 선배들이 그렇게 옵쎄한 이유는 첫째로 환자를 지키고, 그 다음은 스스로를 지키려던 눈물겨운 노력이었던 것이다. 뼛속까지 옵쎄해 보이던 그들 역시 사실은 환경이 그렇게 만든 것이었다. 생명을 다루는 간호의 무게를 감당해내는 그들만의 방식이었던 것이다. 선배들이 모든 우여곡절을 딛고 일어선 생존자처럼 느껴졌다. 강한 사람이 남는 게 아니라 남는 사람이 강한 거라던 누군가의 말처럼. 남아 있는 그들은 강했다.

연차가 쌓이다 보니 내가 과거에 했던 실수를 신규 선생님을 통해 그대로 마주하게 되는 때가 온다. 내가 실수를 한 것도 아닌데 내가 손이 떨리고 얼굴이 붉어지는 등 여러 신체증상도 나타난다. 내가 한 실수에 선배들도 이랬겠구나. 놀란 마음으로 일을 해결하고 나면 정말 오묘한 감정들이 동시다발적으로 밀려온다. 신규의 속이 말이 아니겠구나 하는 안타까움과 그걸 막지 못했다는 아쉬움이 지나간다.

내가 이전에 했던 실수와 정확히 같은 경우에는 아 나만 그런 실수를 하는 게 아니구나 하는 이상한 안도감과 동질감도 든다. 그 뒤에는 언제나 '나도 정신 차려야지' 하며 다시 긴장감이 고조된다. 당연한 얘기지만 실수를 하고 싶어서 하는 간호사는 없다. 그 어떤 간호사도 내 환자에게 부족한 간호를 제공하고 싶지는 않다.

출근해서 개별 인계를 받기 전 병동 전체 인계 시간이 있다. 병동의 공지파일에는 환자 안전공지(safety alert)가 주기적으로 올라온다. 병원에서 빈발하는 안전 이슈들을 공개하고 적극 공유, 교육해서 예방하는 노력의 일환이다. 나의 뼈아픈 실수였던 PCC 역시 그 후 관리법 등 관련하여 환자 안전공지 및 병동 교육 자료가 만들어졌다. 온 병동에 구석구석 공유되었다. 당시에는 너무나도 좌절했다. 나는 어떻게 생겨 먹었길래 이렇게 빠뜨리고 실수를 할까 자기 비난에 빠지기도 했다.

하지만 업데이트되는 안전공지를 보고 있자니 발생하는 안전 이슈들은 대체로 비슷비슷하다는 생각이 든다. 대부분이 그 윗대 간호사, 그 위의 윗대 선배 간호사들도 했던 실수들이다. 막상 기상천외한 실수는 드물다. 모두가 그 과정을 겪어내고 어엿한 모습으로 지금 그 자리에 있는 것이다.

돌아보니 실수보다 더 중요한 것은 실수를 대하는 자세라는 생각이 든다. 부정적인 감정에 사로잡혀 그다음을 보지 못하기 쉽기 때문이다. 외향적인 사람은 분노가 밖으로 향하며 상황이 이래서 저래서 상황 탓을 하게 되기도 하고, 내향적인 사람은 분노가 안으로 향하며 자기 비난으로 이어지기 쉽다. 하지만 상황 탓은 나에게 전혀 도움이 되지 않는다. 자기 비난 역시 나를 위축시키고 자신감을 앗아간다. 그 결과 다시 또 생산성이 저하되는 악순환에 빠지기 쉽다. 그러므로 실수 후에는 반드시 나의 상태를 확인하고 이를 건설적으로 발산하려는 의식적인 노력이 필요하다.

임상에서의 하루하루는 한 치의 실수조차 용납되지 않는 삶이 맞다. 하지만 나 자신을 용납할 수 없는 상황은 없다. 수없이 넘어질지언정 다시 일어나기 위한 마지막 1%는 항상 남겨두자.

07

실패는
나의 메타인지를 높여준다

"선생님, 공부 좀 하세요!"

내 평생 우리 엄마에게도 못 들어본 얘기를 들으니 참 당황스러웠다. 정규
교육 12년을 마치고 8년을 더 공부해 간호사가 되어 이제 일 좀 하려고 하는
데 또 공부라니. 근무를 마치고 집에 돌아와 쓰러지듯 뻗어 자는 생활이 반
복되었고 꾸역꾸역 시간을 쪼개 어떻게든 소화하려 했지만 역부족이었다.

그러다 나는 독립 2주차에 결혼하며 5일 쉬었다. 그동안 배운 것을 완전히
날린 채 병동에 돌아왔다. 상태가 심히 안 좋아진 나를 본 파트장님은 특단
의 조치를 취하셨다. 병동 내 최고참 선배를 나의 전담 그림자로 붙여주신 것
이다. 내 근무시간 내내 대선배 앞에서 환자를 봐야 한다. 상상만으로도 내
얼굴이 벌게졌다. 쑥스러움 반 긴장 반이었다. 선배는 묵묵히 내 뒤를 그림자

처럼 따라다녔다. 나의 일거수일투족을 관찰하고 메모했다. 나는 발그레해진 얼굴로 열심히 내 환자들을 간호했다.

나를 지켜보는 선배의 시선이 부담스러웠다. 이를 눈치 챈 선배는 내가 신경 쓰일까 싶어 어떤 때는 커튼 뒤쪽에 서 있기도 하고 어떤 때는 몇 미터 뒤에 멀찍이 떨어져 있기도 했다. 선배가 갑자기 뭘 적기 시작하면 '앗, 내가 뭘 빠뜨렸나 보다.' 하고 마음이 요동쳤다. 업무를 시작하고 한 30분가량 지나니 정규업무뿐만 아니라 추가 처방이 쌓여갔다. 많은 업무량에 허덕이느라 옆에 누가 있다는 것도 신경 쓰지 못할 정도였다. 험난했던 나의 듀티가 끝나고 선생님은 나를 자리에 앉혔다.

"선생님, 오늘 바빴죠? 수고 많았어요. 크게 지적할 건 별로 없는 것 같아요."

선생님은 본인이 메모했던 것을 보여주었다. 정갈하게 쓰여 있는 손글씨가 먼저 눈에 띄었다. 나는 선생님의 메모를 보고 소스라치게 놀랐다. 크게 지적할 거 없다는 얘기가 무색하게 종이에는 한가득 무언가가 빼곡히 쓰여 있었다. 딱 봐도 스무 개, 아니 거의 삼십 개는 되어 보이는 나의 아쉬운 점, 개선해야 할 점들이었다.

- ○○호 커튼 접촉 후 손 위생 하지 않음.
- ○○ IV 약물 투여 전 리거지(regurge : 주사기 피스톤을 뒤로 당겨 혈관의 개방성을 확인) 하지 않음.
- ○○약 투여 전 부작용 설명하지 않음.

다행히 큰 실수는 없었다. 한두 번 빠뜨린다고 당장에 무슨 일이 생기는 건 아니었다. 적혀 있는 것들을 읽어보니 이건 내가 봐도 좀 아니다 싶은 것도 있었지만, 내 눈에 사소해 보이는 것들도 꽤 있었다. 그러다 정신이 번뜩 들었다. 당장 큰 문제가 없다고 사소하게 넘기는 것. 그게 바로 선생님과 나의 뚜렷한 차이라는 생각이 들었다.

선생님 눈에는 그것들이 절대 사소한 일이 아니었다. 손 위생을 하지 않았을 때 교차 감염이 생기고 그로 인해 초래된 상황들을 선생님은 이미 수도 없이 겪어 너무나도 잘 알고 계셨다. 선생님에게는 손 위생이 단순이 손을 깨끗이 씻는 행위가 아니라 마치 패혈증(sepsis), 패혈증성 쇼크(septic shock)와 같은 비중이었다.

정맥혈관을 통해 약물을 투여 전 주사기 피스톤을 뒤로 당겨서(regurge) 혈액을 확인해 혈관의 개방성을 확인하는 것 역시 마찬가지였다. 선생님은 그 끝을 보셨다. 선생님에겐 혈관 밖 피하조직으로 자극제(irritant) 혹은 발

포제(vesicant)가 새어나와 일혈(extravasation)된 환자를 봤던 경험이 있었다. 그런 이미지를 굳이 떠올리려 애쓰지 않아도 선생님에게는 리거지와 일혈(extravasation)이 마치 짝꿍처럼 붙어서 같이 인식됐다. 그렇기 때문에 선생님에게는 이 모든 것들을 지키는 것이 매우 중요하고 당연했다. 평소에도 빠짐없이 빈틈없이 늘 하던 일이었다.

나는 선생님의 메모를 보며 이렇게 많이 빠뜨려서 창피한 마음보다 '정말 이 모든 걸 다 지키는 게 가능하구나. 선배들에게는 이미 다 당연한 거구나.'라는 생각에 더 놀랐다. 나는 마치 완전히 다시 태어나야 할 것 같은 생각이 들기도 했다. 갈 길이 참 멀게 느껴졌다. 나를 위해 이 모든 걸 꼼꼼히 메모해 주셨던 참 고마운 선생님. 그 메모가 무슨 훈장인 듯 나는 이를 꽤 오랫동안 보관했다.

신규가 무서운 이유는 본인이 무엇을 모르는지 잘 모르기 때문이다. 나 역시 선배의 정성스런 메모가 없었으면 그날 내가 빠뜨린 것이 수십 가지나 된다는 걸 과연 알기나 했을까. 당연히 모르고 넘어갔을 것이다. 당장 사건·사고 없이 잘 마무리 했으니 스스로 이만하면 됐지 하고 만족했을 수도 있다.

내가 지금 알고 있는 거 말고 혹시 더 알아야 할 게 있는지, 주의사항이 더 있는지를 묻는 것도 신규 간호사에게는 참 어렵다. 열 개 중에 아홉 개를 알고 나머지 한 개를 모르면 궁금함을 참지 못하고 질문을 할 텐데. 모르는 게 너무 많으면 오히려 질문거리를 찾기가 더 어렵다. 모르는 것을 모른다고 말할 분위기나 상황이 안 되는 것도 역시 한몫을 한다.

내가 알고 있다는 착각을 할 때도 있다. 프리셉터 선생님이 하는 술기에 반복 노출된 경우이다. 이를 메타인지적 오류라고 한다. 단지 여러 번 봤을 뿐인데 마치 내가 스스로 한 것처럼 인지해 나는 그걸 알고 있다고 착각하게 된다. 선생님이 시범을 보여줄 때는 잘할 수 있을 것 같다. 그러나 막상 내가 스스로 해보면 처치물품을 빠뜨리지 않고 제대로 챙기기조차 쉽지 않다는 것을 깨닫는다. 여러 가지의 절차 중에 내가 정확히 어디까지 알고 어느 부분을 모르는지는 직접 처음부터 끝까지 온전히 해보기 전까지는 구분해내기가 쉽지 않다. 즉 메타인지가 낮은 상태인 것이다.

병원 측에서도 신규 간호사들의 메타인지를 키우기 위해 많은 노력을 하고 있다. 환자에게 부정적인 영향을 끼칠 만한 사건이 발생했을 때마다 시간 순으로 내레이션(사건서술)을 쓰게 했다. 당시에는 시간 순으로 자세히 사실만 써오라는 게 단순히 사건의 경위를 파악하기 위함이라고 생각했다. 물론 사건이 정확히 어떤 경위로 일어난 것인지 제대로 알려는 의도도 있다. 하지만 그것보다 더 중요한 것은 그것을 글로 풀어내는 과정을 통해 사건을 복기하고 나를 바로 보라는 의미인 것 같다. 객관적으로 하나하나 쓰다 보면 분명 새로 인지하는 게 생기기 때문이다.

　이를 조금이라도 일찍 알았더라면 좋았을 텐데. 나의 메타인지를 주도적으로 키우기 위해 조금 더 적극적으로 달려들었으면 좋았을 것이라는 생각이 든다. 사정이 어찌되었든 낮은 메타인지는 제대로 된 학습에 큰 도움이 되지 않는다. 무엇을 아는지 무엇을 모르는지 제대로 알지 못하는데 어떻게 배움을 시작하고 개선을 하겠는가. 정확한 앎 없이는 엉성한 응대나 처치가 있을 수밖에 없다. 선배들이 '잘 모르면 물어봤어야지, 확인했어야지' 등의 지적이 빈번하게 나오는 이유다.

　예쁨 받는 신규, 일 잘하는 신규의 비밀에 대해 생각해본 적이 있는가. 아마 신규 간호사라면 한 번쯤은 생각해본 적이 있을 것이다. 선배들에게 인사를 열심히 하는 것일까. 아니면 예의 있으면서도 살갑고 친근하게 대하는 것일까. 선배들의 일을 적극적으로 나서서 돕는 것일까. 주변에 유독 예쁨 받는 신규 간호사를 잘 관찰해보자. 이들의 비밀은 바로 메타인지에 있다. 이들은 하나같이 메타인지가 높다.

　"선생님, 제가 여기까지 공부해왔는데 이 부분은 잘 모르겠어요."
　"선생님, A술기는 이제 자신감이 좀 생겼는데 B는 아직 잘 못하겠어요."
　"선생님, C 더 해보고 싶어요. 혹시 케이스 생기면 꼭 저 좀 불러주세요."

이들은 내가 무엇을 알고 무엇을 모르는지 명확히 구분하는 것부터 시작한다. 그리곤 자신이 모르는 부분을 보완하기 위해 계획을 세우고 그 실행 과정을 평가하는 과정을 주도적으로 설계해나간다. 안 예쁠 수가 없다. 실력이 쑥쑥 느는 것은 물론이다.

공자는 "知之爲知之 不之爲不知 是知也(지지위지지 부지위부지 시지야)."라 했다. "아는 것을 안다고 하고 모르는 것을 모른다고 하는 것, 그것이 참으로 아는 것이니라." 메타인지는 단연코 인간이 가진 최고 레벨의 지능이다.

08

간호사, 그대는 참 눈부시고
또 눈물겹다

정현종 시인의 「방문객」이라는 시가 내 눈길을 끈다.

"사람이 온다는 건 실은 어마어마한 일이다. 그는 그의 과거와 현재와 그리고 그의 미래와 함께 오기 때문이다. 한 사람의 일생이 오기 때문이다."

나는 사람을 환자라는 말로 얼른 바꾸어본다.

"환자가 온다는 건 실로 어마어마한 일이다. 그의 과거력, 현재 상태, 그리고 그의 치료 계획과 예후까지 함께 오기 때문이다. 그 환자의 일생이 오기 때문이다."

병원에 출근하면 간호사의 하루는 환자 파악을 하는 것으로 시작된다. 환자 파악은 신규 간호사들이 가장 힘들어하는 부분이다. 한 사람의 일생이 온다는 위의 시처럼, 말하자면 그 환자의 일생을 전반적으로 파악하는 과정이기 때문이다.

오늘 내가 담당할 환자가 12명이라면 해당 환자들의 과거력, 현재 상태, 앞으로의 계획, 내가 해야 할 일을 다 파악해서 숙지하는 것이다. 처음 만난 친구라면 시간을 두고 서서히 알아가도 좋다. 하지만 촌각을 다투며 병마와 싸우는 환자와 시간을 갖고 서서히 알아간다는 건 있을 수 없는 일이다. 당장 근무를 시작하기 전에 다 알아야 하기 때문에 간호사는 온 집중을 기울인다.

신규 간호사들은 환자 파악에 시간이 꽤 많이 걸린다. 환자 상태를 더 잘 기억하고 싶은 마음에 환자의 히스토리를 읽고 메모하고 정리하고 수시로 커닝한다. 하지만 초반에는 환자의 얼굴과 이름을 매칭시키기조차 쉽지 않다.

나 역시 신규 때 환자 파악에 애를 많이 먹었다. 인계가 아침 7시라면 이 환자 파악을 위해 새벽 5시에 병동에 올라간 적도 있다. 그때 병동 선생님들이 뭐 이렇게 일찍 왔느냐는 듯 다들 놀란 토끼 눈이 되었던 게 기억난다. 그 후 병동에서 '1시간 전 신규 출근 금지' 등의 공지가 내려오기도 했다. 누군가를 알아가보려 이렇게나 관심을 쏟은 적이 있었던가.

이 환자 파악이라는 것은 근무 전에만 있는 것이 아니라 불쑥 튀어나오기도 한다. 전동, 전실 등으로 환자가 이동하는 경우다. '네가 오후 4시에 온다면 나는 3시부터 행복해질 거야.'라고 어린 왕자는 말했지만, '환자가 4시에 온다면 3시부터 긴장을 타는' 간호사는 곧 올라올 환자를 위해 만반의 준비를 해놓는다.

환자 상태의 경중에 따라 환자를 풀(full) 모니터할 것인지 산소포화도와 맥박 정도만 모니터할 건지 주치의와 상의해 세팅한다. 특히 거동을 못하는 와상 환자거나 무의식 환자라면 욕창이 있는지 면밀히 살피고 환자가 눕게 될 병상 세팅부터 신경을 쓴다. 특히 전동이나 전원을 오면, 욕창의 발생 시점과 장소를 명확히 하는 것이 중요하다. 그렇기에 온 피부와 머리카락 사이 두피까지 샅샅이 뒤진다. 이들을 위해 에어 매트리스나 폼 매트리스를 깔지 결정한다. 환자 상태에 따라 산소 준비와 석션 세팅, 폴대, 필요한 대수만큼 수액 주입 기계 등을 파악해 보조원님에게 모두 전달한다.

베드와 기계류가 세팅되면 가운, 장갑, 각종 마스크 등 환자 상태에 따라 감염 관리를 위한 추가 물품의 준비를 의뢰한다. 응급상황 대비를 위한 준비도 빠뜨리지 않는다. 기관절개관을 가진 환자들을 위해 같은 크기의 T-캐뉼라(기관절개튜브)를 준비해 정갈하게 머리맡에 배치한다. 그리고는 낙상 주의, 절대 안정, 금식 등 필요한 각종 팻말을 꽂아놓는다. 원내 의사소통을 돕는 각종 스티커까지 환자 이름표에 부착한다. 그러고 나면 거의 준비는 끝난다. 치료의 연속성을 유지하고 잠깐의 공백조차 최소화하기 위한 그 모든 걸 한다.

환자가 도착하면 온갖 생명줄을 제자리에 정리한 후 하나, 둘, 셋 구령에 맞추어 환자를 침상으로 이동한다. 그렇게 그곳에서 환자의 삶이 또 이어진다. 간호사가 한 환자의 일생을 맞이하는 방법이다.

병동에서 환자 관련하여 일어나는 그 모든 일에 간호사의 손길이 안 닿는 곳이 없다. 환자의 바이탈 사인(혈압, 맥박, 호흡수, 체온)을 확인하고 각종 투약 및 처치, 예정된 검사/시술/수술, 입/퇴원과 전동 등의 정규 업무는 기본이다. 갑작스레 상태가 불안정해진 환자를 매의 눈으로 스캔하고 즉각적인 노티 및 중재한다. 저승사자와 하이파이브하려는 응급상황의 환자를 뒷목 잡고 끌어낸다. 병동에 방문한 보호자와 면회객 교육, 요양보호사 관리, 병실 내 갈등 중재, 병동 내 기기와 물품 관리 및 유지, 처치 물품의 신청과 관리 역시 모두 간호사의 몫이다. 이렇게 환자와 병동 구석구석에 눈길을 주고 그 필요와 요구를 해결하고 나면 늘 그렇듯 밥때가 된다.

비록 나는 쫄쫄 굶어 뱃속에서 꼬르륵 소리를 내며 아우성이래도 환자들의 끼니는 삼시 세끼 정성을 다해 챙긴다. 환자들 상태에 맞게 제공해야 할 식사 종류와 경로도 제각각이다. 이 환자는 콧줄로, 요 환자는 뱃줄로 경관 유동식을 걸고, 저 환자는 혈관으로 영양제를 투여한다. 입으로 먹을 수 있는 환자들도 챙겨야 할 게 가지각색인 건 마찬가지다.

이 환자는 저작 능력이 떨어지니까 치아 보조식, 저 환자는 삼킴 능력이 떨어지니 연하 보조식 몇 단계, 환자가 앓고 있는 질병에 맞게 누구는 당뇨식, 누구는 신장 보조식, 퓨린 제한식, 고단백식 등등 수십 가지다. 외국인 환자들의 서양식 식단을 보고 있자면 무슨 이탈리안 레스토랑에 와 있는 듯 메뉴가 아주 정성스럽고 힙하기까지 하다.

타고난 복으로 일반식을 먹는 환자들도 저마다 원하는 것을 최대한 반영한다. 국 많이, 고기 제외, 김치 제외, 김치 안 맵게, 백김치 추가, 흰 우유 제외 등 여러 가지 옵션들을 세심하게 클릭한다. 클릭으로 안 되는 것들은 영양사에게 따로 요청하기도 한다. 환자들을 '먹고살게' 하기 위해 간호사들은 온 힘을 다한다.

그러나 막상 스스로는 밥 한술 떠넘기기도 어려운 게 간호사의 일상이다. 간호사로 일하며 가장 먼저 배운 것이 밥을 마시는 스킬이었다. 학생 간호사 때는 1시간의 점심시간이 정해져 있었다. 하지만 임상현장에서는 점심시간이 따로 없다. 상대가 숟가락을 내려놓는 순간 식사시간이 끝이라는 걸 근무

첫날 알게 되었다. 내가 밥을 먹는 시간은 다른 누군가가 내 환자를 대신 봐주는 시간이기에 그 누구도 지체하지 않는다. 서로의 IP 폰이 마구 울려 대서 밥을 몇 숟가락 먹다가 중간에 포기한 적도 있다. 내가 지금 무얼 먹고 있는지 인지하는 것조차 사치였다. 얼마 지나지 않아 전투적으로 빠르고 정확하게 밥을 마시는 스킬을 획득했다.

여기저기서 이벤트가 빵빵 터지는 상황에서는 단지 10분의 여유조차도 갖기가 어렵다. 신규 선생님들은 심지어 업무 시작 전부터 마음속으로 '밥포(밥 먹는 걸 포기)'를 선언하기도 한다. 경력이 길든 짧든 상관없이 간호사들은 식사를 꽤 자주 거른다. 그 이유도 각양각색이다.

어떤 간호사는 할 일이 쌓여 있어서 말 그대로 시간이 없어 못 간다. 어떤 간호사는 내 환자가 불안정해질 것을 예측하기에 안 간다. 예를 들면 오늘 부작용이 많은 항암제의 첫 투여 날이라 환자 옆을 비우면 경을 칠 것이란 생각을 한다. 경을 친다는 말은 경형, 묵형과 같은 말로 죄인의 이마나 팔뚝의 살을 따내어 그 자리에 먹줄로 죄명을 써넣는 형벌이라고 한다. 말하자면 훤히 보이는 신체 부위에 죄명을 타투해 넣는 것이다. "환자의 부작용이 뻔히 예상되는데 자리를 비우고 식사를 한 간호사"라고 그 누구도 손가락질하거나 이마에 타투로 남기지는 않지만 내 환자를 위해 감히 그러지 않기로 선택한다. 다 먹고 살자고 하는 일이지만 나보다는 환자의 먹고삶이 언제나 우선이다.

그런가 하면 시간도 나름 괜찮고 다녀올 만도 하지만 누군가는 일부러 식사를 가지 않는다. 보통 책임 간호사 중에 이런 분들이 꽤 있다. "나는 병원에서는 원래 잘 소화가 안 돼서 퇴근하고 먹을게. 나 신경 쓰지 말고 갔다 와요."라며 다른 간호사들의 등을 떠민다. 선임들이 짊어져야 할 책임이 더욱 크기 때문이다. 본인 환자만 보는 것이 아니라 병동 전반의 흐름을 보며 후배들의 고충을 살피고 병동 내 중환자의 상태까지 눈과 귀를 열고 있다. 밥이 편하게 넘어갈 리가 없다. 밥을 먹는 것이 오히려 불편해 굶는 것이 일상이 되어버린 간호사들이다.

밥 먹는 시간도 사치로 여기며 간호사들이 환자와 함께 삶과 죽음의 경계에서 땀을 뻘뻘 흘리고 있을 때 창밖에는 아름다운 풍경들이 가득하다. 커피 한잔 손에 들고 하하 호호 즐겁게 조잘거리는 사람들. 간지러운 바람이 머리카락을 가볍게 휘날리는 모습. 흐드러진 벚나무에서 꽃잎들이 눈처럼 휘날린다. 청량한 나무들이 파랗게 살랑거린다. 울긋불긋 단풍잎이 가득하다. 장관을 이루었던 단풍잎들이 앙상히 떨어지면 하얀 눈발이 온 세상을 다 채울 것처럼 펑펑 내린다.

"간호사님, 여기 좀 보세요! 지금 눈 엄청나게 와요. 완전 함박눈이에요."

보호자와 요양보호사가 목소리를 높여 내 시선을 잡아끈다. 벚꽃이 흩날릴 때도, 첫눈이 소복소복 내릴 때도 이를 먼저 알아차릴 겨를은 없었다. 나는 그제야 바깥 풍경에 내 시선을 잠시 준다. 이질감이 느껴질 만큼 아름다운 풍경을 눈에 가득 담는다. 그것도 잠시, 내 옆의 환자가 눈에 들어온다. 입원 기간 내내 차디찬 천장만 바라보는 와상환자, 무의식 환자들. 창밖의 그림 같은 풍경들에 눈길 한 번 줄 수 없는 내 환자들.

사람들은 노랗게 빨갛게 물든 단풍잎을 보며 '아 가을이 왔구나.' 하며 마음이 설렌다. 간호사는 진단명 r/o SFTS(중증 열성 혈소판 감소 증후군)으로 환자가 입원하면 '아 이제 살인 진드기의 계절이 왔구나.', '아 또 인플루엔자의 계절이 왔구나.' 하며 설렌다. 계절의 변화를 환자들이 입원하는 진단명으로 인지하는 간호사들. 환자로 시작해 환자로 끝나는 간호사의 삶이 흐른다.

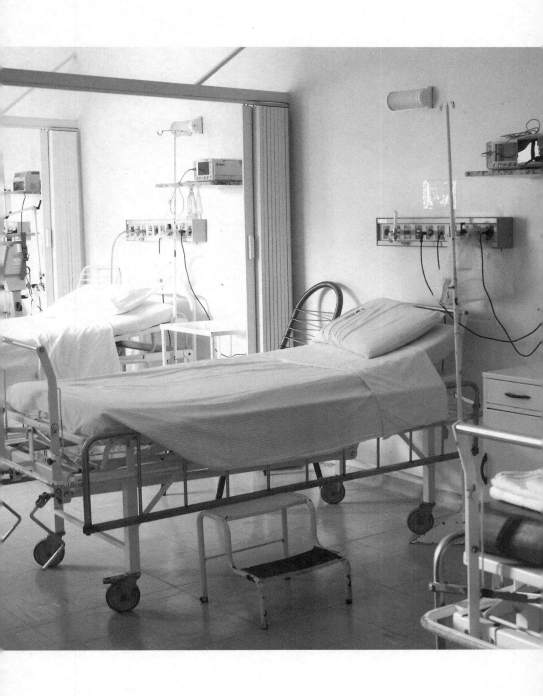

2장

때론 나에게도
간호사가
있었으면 좋겠어

마음껏 아플 수도 없는
간호사다

봄에 시작한 나의 신규 생활이 한겨울을 향하던 어느 날이었다. 나는 임상의 뜨거운 맛을 보며 하루하루 버텨내는 삶을 살고 있었다. 새벽 어두스름한 시각, 여느 때처럼 종종걸음으로 병원에 출근 중이었다. 꽁꽁 언 길에는 군데군데 눈이 소복이 쌓여 있었다. 병원 정문으로 들어가는 경사진 내리막에 발을 내딛는 순간 나는 그만 낙상을 했다. 쫘당 미끄러지며 넘어졌다. 순식간이었다. 나에게만은 낙상이 일어나지 않을 것 같지만 역시 그렇지 않았다.

"낙상은 잠깐 방심하는 순간 일어납니다. 반드시 보호자와 동행하셔야 합니다."

내가 늘 환자에게 낙상 주의를 강조하며 수차례 반복해서 설명하던 그 문구를 다시금 곱씹게 됐던 날. 나는 아픔을 느낄 새도 없이 한 쪽 발을 절뚝절

뚝하며 병동에 올라왔다. 마치 아무 일도 없던 것처럼 평소처럼 근무했다. 아 이런 게 사회생활이구나 싶었다.

그날도 역시 내 한몫을 해내기 위해 병동 여기저기를 열심히 빨빨대며 돌아다녔다. 내가 절뚝이는지 발목이 아픈지 어떤지 느낄 겨를도 없었다. 다음 근무 번 선생님에게 인계를 주고 추가 액팅을 하고 다시 추가 인계를 드렸다. 인계를 받는 다음 선생님이 오케이 할 때까지 내 업무를 마무리했다.

약 12시간가량의 업무를 마치고 긴장이 좀 풀린다. 넘어지며 접질렸던 발목의 통증이 그제야 밀려온다. 파트장님께 보고해야 할 것 같아 말씀드리니 왜 그걸 이제야 말하느냐며 놀라신다. 서로의 상황을 잘 알기에 눈빛만을 주고받는다. 많은 이야기가 필요하지 않다. 파트장님의 눈가가 왠지 모르게 촉촉해지시던 그 모습. 나는 아픈 것도 아픈 거지만 응급실까지 들렀다가 가면 안 그래도 늦은 퇴근이 더 늦어질 거란 생각에 한숨이 절로 나왔다.

'괜히 넘어져서. 하아…'

엑스레이를 찍고 약 처방을 받고 나오니 역시나 밖은 깜깜했다. 해 뜨기 전에 출근해서 해가 다 진 후 저벅저벅 걸어 나오던 밤. 집으로 가는 내 발걸음이 유독 무거웠다.

간호사도 사람인지라 당연히 몸이 아플 때가 있다. 하지만 매월 짜인 근무표에 따라 교대 근무를 하는 임상 현장의 특성상 당일 근무 조정이 쉽지 않다. 일반 회사라고 별반 다르겠느냐마는 출근 후 조퇴를 하거나 반차를 쓰는 등 그래도 나름의 구제 방법이 있는 것 같다. 하지만 간호사는 본인의 듀티를 잘라서 근무를 한다는 것은 있을 수 없는 일이다. 내가 중간에 나가면 내 환자들을 다른 누군가가 나누어 봐야 하기 때문이다. 이는 곧 안 그래도 과한 동료들의 업무량이 치사량에 더욱 가까워진다는 걸 의미한다. 항상 아슬아슬 딱 맞을 듯 모자랄 듯 병동 내 간호 인력을 증감한다.

급작스럽게 내 듀티를 못하게 되면 동료가 나 대신에 불려 나와야 한다. 혹은 다른 여러 간호사의 근무 스케줄까지 함께 조정돼서 모든 게 틀어지게 되는 만행을 저지르게 된다. 이미 짜놓은 일정에 대대적인 수정이 생기게 된다. 그래서 간호사는 여간해서는 근무 변경을 요청하지 않는다. 많은 간호사가 아픈 몸을 이끌고 그냥 출근한다. 내가 병원에서 근무하는데 설마 죽기야 하겠느냐는 마음으로 우선 병원에 나온다. 너무 힘든 경우에는 동료에게 수액이라도 놔달라고 부탁해서 업무를 하며 동시에 자가 간호를 하게 된다.

그렇게 출근해서 근무를 시작하면 간호사는 초인적인 인내의 힘을 발산한다. 아픈 게 느껴지지 않을 정도로 내 업무와 환자들에게 온전히 집중하느라 근무 중에는 본인이 아픈 것을 실제로 잊기도 한다. 나는 이런 초인적인 정신력을 가진 선후배, 동료를 수없이 많이 봐왔다. 두통, 치통, 생리통 등 각종 통증과 몸살은 기본이다. 이들은 총을 들고 전장에 뛰어드는 전사들처럼, 본인의 진통제를 주머니에 소중히 꽂아 넣어 준비해놓고 간호에 매진한다. 준비한 약이 다 떨어지면 병동 내 혹시 잉여 약이 있는지 찾아 헤매거나 직원용 약 처방을 받아서라도 맡은 바 임무를 다한다.

후배 간호사가 내게 다가와 조용히 말한다. 평소 생글생글 웃는 얼굴에 과즙미가 넘치던 후배인데 기운이 쪽 빠져 있다. 너무 몸이 안 좋다고 나에게 IV를 부탁한다. 혈액종양내과에서 임상을 시작한 나는 정맥주사를 직접 하는 것보다 정맥주사팀을 호출하는 것이 훨씬 더 익숙하다. 그렇지만 후배가 원하기에 그 어떤 때보다 집중해서 주삿바늘을 꽂는다. 다행히 성공.

후배는 환자 라운딩을 돈 후 시간이 괜찮을 때 알아서 본인이 수액을 걸겠다고 한다. 스스로 자신을 간호하는 그 모습과 정신력에 장하고 기특한 마음이 절로 든다. 그러면서도 한편으로는 그 모습이 너무나 짠하게 느껴진다. 아플 때 하루 쉬는 것이 뭐라고 이리도 힘이 들까. 참 어려운 구조에서 간호사들의 정신력만 막강해지는 것 같은 느낌이 든다. 이렇게 옆에 동료라도 있으면 그나마 어떻게든 도움을 구할 수 있지만, 더 심란한 경우는 병동에서 혼자 1인 근무체제로 일할 때 아픈 경우다.

12시간의 음압격리병동 근무를 마치고 인계를 주려는데 평소 맑게 웃는 후배 간호사가 얼굴이 새하얘져 있다. 2교대의 6오프를 쉬고 와서 굉장히 쌩쌩해야 하는데 뭔가 이상하다. 후배에게 무슨 일이 있느냐고 물어보니 책상 앞에 무너지듯 몸을 웅크린다. 뭘 잘못 먹은 것도 없는데 새벽 내내 구토하고 심한 복통에 시달렸다고 한다. 아이고, 이런 어쩐다. 인계를 얼른 주고 편의점에서 가스 활명수를 사 와서 건네주었다. 병동에 올라가 위장관계 관련 잉여 약을 긁어모아서 전달했다. 격리병동 특성상 꼼짝없이 12시간 후 다음 근무자가 올 때까지 견뎌야 한다. 그 안에서 지지고 볶고 환자도 간호하고 나도 간호해야 하는 상황. 얼마나 힘들지 뻔히 알기에 퇴근하는 발걸음이 무겁기만 하다.

나 역시 음압격리병동에서 혼자 끙끙 앓았던 적이 있다. 자정 즈음 야식으로 나온 돈가스를 너무 전투적으로 먹은 모양이었다. 배 아픈 양상이 쥐어짜는 것 마냥 파도가 왔다 갔다 하는 걸 보니 위경련 같았다. 까딱 정신을 놓았다가는 자는 환자라도 깨워서 나 많이 아프다고 어떻게 좀 해달라고 할 판이었다.

그 이후에도 허리가 완전히 고장 났던 적이 있다. 갑작스럽게 삐끗했는지 앉은 상태에서 일어날 때 무려 50초가 걸릴 정도였다. 아흔이 된 할머니가 되면 이런 느낌일까. 아파 죽겠는데 어디 말할 데도 없고 여간 힘든 게 아니었다. 나는 잠깐 병동에 들르신 미화원님을 붙잡고 고통을 호소했다. 미화원님은 푸근한 마음으로 진심으로 걱정하셨다. 우선 파스를 붙여보고 그래도 안되면 얼른 진료를 보라고 하셨다. 미화원님의 지혜로운 조언에 얼마나 든든했는지 모른다. 며칠 뒤 허리 통증은 완화되었고 더 다양한 증상이 생기면서 통증의 원인을 알게 되었다. 이제 막 6mm 된 둘째 '꼬미' 덕분이었다.

이뿐만이랴. 순간의 사고로 발에 깁스를 한 채 간호해야만 했던 간호사, 지병으로 수술을 마치고 복귀한 간호사도 있다. 본인이 늘 설명하던 수술 후 주의사항을 지키지 못할 정도의 업무를 해내야 했다. 뱃속의 아이를 잃고도 며칠 후 즉시 업무에 투입되어야 했던 간호사까지. 환자들의 아프다는 말에 '저도요.'라고 마음속으로만 말하며 업무를 해내야 했던 수많은 간호사가 있다.

이들은 본인이 아프고 불편한 순간에도 환자들의 회복을 위해 집중한다. 조금이라도 더 긍정적인 분위기로 환자들에게 밝은 기운만 전하려 최선을 다한다. 그럼에도 역시 사람이기에 돌봄이 필요하다. 환자들이 아프고 싶어 아픈 것이 아니듯, 간호사인들 어디 아프고 싶어서 아플까. 내 몸이 내 마음대로 안 될 때가 있다. 누구나 나름대로 사정이 있다. 이를 인지하고 서로를 대하면 어떨까. 우리는 다 같은 인간이 아닌가. 서로 보듬으며 그렇게 살아가는 것이 사람 아닌가.

고통을 단숨에 바꾸는 한마디, 고마워요

나는 워낙 긍정적인 사람이라 소위 말하는 '마른 장작'이었다. 아무리 태워도 타지 않는다는 의미다. 하지만 모든 신규가 그렇듯 나 역시 하루하루가 고통이고 지옥이었다. 병동에 배치 받은 지 정확히 3일 만에 나는 결국 병실 앞 복도에서 눈물을 쏟았다. 옆에 서 있던 프리셉터 선생님도 미처 예상치 못했던 나의 모습에 당황함을 감추지 못했다.

일을 시작한 지 며칠 되지도 않아 나는 말 그대로 얼굴에 웃음기가 싹 빠졌다. 왜 아직도 내 얼굴에 웃음기가 남아 있냐며 정색하던 그 우려가 무색하게 나는 완전히 바뀌었다. 가뭄에 시들어가는 꽃처럼 미소와 활기를 잃었다. 끝이 보이지 않았다. 내가 긍정적인 사람이었나, 의구심이 들 정도였다. 나는 나날이 정신적으로 피폐해져 갔다. 내가 정말 즐거워서 웃었던 날이 언제였더라. 기억해내기가 어려웠다. 마치 원래부터 밝은 구석이라고는 없던 사람인

듯 나는 내 머리 위 먹구름을 좀처럼 걷어낼 수 없었다.

□ 평소에는 아무렇지도 않던 일들이 괴롭고 귀찮게 느껴졌다.

□ 가족이나 친구가 도와주더라도 울적한 기분을 떨쳐버릴 수 없었다.

□ 하는 일마다 힘들게 느껴졌다.

□ 잠을 잘 이루지 못했다.

□ 평소보다 말을 적게 했다. 그리고 말수가 줄었다.

□ 세상에 홀로 있는 듯한 외로움을 느꼈다.

□ 사람들이 나에게 차갑게 대하는 것 같았다.

□ 도무지 무엇을 시작할 기운이 나지 않았다.

우울증을 자가 테스트하는 위 항목에 네라고 답하는 문항이 점점 늘어갔다. 서서히 무너져가는 나 자신을 보고 있자니 더 괴로웠다. 내가 나를 놓아버릴까 두려워졌다. 출근길마다 떠오르는 나쁜 생각과 싸워야 했다. 온몸의 뼈가 바스러진 채 깁스를 하고 평생 병상에 누워 생활하고 있는 내 모습이 그려졌다. 병원에 꼼짝없이 누워 있을 건지 병원에서 이리 뛰고 저리 뛰는 생활을 할 건지 나는 나를 매일 선택의 기로 앞에 데려다 놓았다. 환자야, 간호사야? 결정해. 매일 같이 스스로에게 물으며 양 갈림길 앞에서 나는 위태롭게 그 앞을 왔다 갔다 했다.

초반에는 엄마에게 전화하며 이 미칠 것 같은 마음을 토로했다. 그렇게 미친 듯이 원했던 일을 하며 내가 이리도 힘들어하다니. 내가 너무 바보 같고 무능하게 느껴졌다. 전화기를 붙잡고 '엄마' 하고 한 번 부른 후 말도 못 이은 채 엉엉 울기도 했다. 딸내미가 좋아서 시작한 일에 이렇게 힘들어하니 엄마 속도 말이 아니었을 것이다. 엄마도 나와 함께 눈물을 흘리며 가슴을 치셨다. 그렇게 힘들어서 어떡해, 그만두라는 말로 나를 달랬다. 나는 그만두라는 그 소리가 더 듣기 싫어 그 뒤로는 꾸역꾸역 혼자서 눈물을 삼켰다.

내가 유일하게 미소를 짓던 때는 환자를 볼 때였다. 환자들은 나에게 간호를 받고 위안을 얻었겠지만 나는 당시 환자만이 나의 유일한 생명줄이었다. 환자들을 간호하고 따스한 마음을 주고받으면 나를 옥죄던 숨통이 그나마 조금은 풀리는 기분이었다. 내가 환자를 간호하며 무언가 베풀고 있는 것처럼 보였지만 사실은 정반대였다. 나는 환자로부터 얻고 있는 것이 훨씬 더 많았다. 출근하지 않았다면 내 몸을 일으켜 세워 앉아 있는 것조차 버겁고 의미 없게 느껴졌을 나였다. 집에서 멍하니 천장만 보고 있을 것 같던 날들이었다. 나는 스스로를 져버리지 않기 위해 환자에게 더욱 집중했다. 나를 놓지 않고자 환자에게 매달렸다

환자분이나 보호자분들이 나에게 건네주시는 고맙다는 한마디. 그 한마디가 나에게는 큰 위안이었다. 병동에서 내가 아무런 쓸모없어 보이는 미운

오리 새끼처럼 느껴질 때도, 맞지 않는 옷을 입은 것처럼 불편하고 힘이 들 때도 환자분들은 그 자리에서 있는 그대로의 나를 반기셨다. 그 반가운 눈짓과 따뜻한 한마디가 나를 살게 했다. 나는 환자를 보며 그래도 오늘 하루가 헛되지는 않았다는 생각에 또 하루를 버텼다.

간호사에게 가장 기쁘고 보람된 순간이 언제냐고 물으면 나오는 대답이 대부분 비슷비슷하다. 상태가 중하던 환자가 건강을 회복했을 때, 환자나 보호자로부터 고맙다는 말을 들었을 때 등이다. 즉 간호사로서 나의 존재를 인정해주는 한마디가 곧 간호사를 살게 하는 힘이다. 그 말 한마디의 힘이 어마어마하다는 걸 나 역시 몸소 느꼈다. 끝없는 업무에 온몸이 녹아내리는 것 같다가도 '아이고 간호사님 오늘 수고 많으셨어요.' 한마디에 내일 또 이 한 몸 불사르리라 하는 용기를 얻었다.

미국의 심리학자 윌 슈츠 박사는 자존감의 세 가지 욕구로 자기중요감, 자기유능감, 자기호감을 꼽는다. 이 세 가지 욕구가 충족될 때 만족감을 느끼고 반대로 훼손될 때 마음에 상처를 입게 된다고 한다. 자기중요감은 소중한 존재로 대접받고 싶어 하는 욕구로 '고맙다'는 말을 들었을 때 충족되고, 자기유능감은 유능한 존재로 인정받고 싶어 하는 욕구로 '대단해, 잘했어'라는 말을 들었을 때, 자기호감은 타인에게 사랑받고 싶어 하는 욕구로 '좋아해' 라는 긍정적인 감정표현을 들었을 때 충족된다고 한다. 환자와 보호자 덕분에 무너져가던 나의 자존감을 다시 잡고 지탱할 수 있었다. 세 가지를 골고루 세워가다 다시 또 흔들리면 겨우겨우 부여잡고를 반복했다.

일이 서툴러서 1이 아니라 0.5로 여겨지는 신규 간호사들이 뭐 그리 고맙고 대단하며 잘한 일이 있겠느냐고 생각하면 큰 오산이다. 새사람이 적응하며 성장해나가는 모습을 채근하지 않고 그냥 지켜봐주는 것도 당사자에게는 무척 큰 힘이 된다. 포기하지 않고 나아가고 있으니 지금 이미 잘하고 있다고 말할 수 있지 않은가.

주변에서 적극적으로 신규의 적응을 지지해주는 분위기가 아니라면 스스로라도 나의 자존감 유지 및 향상을 위해 내가 먼저 행동을 취해야 한다. 익숙하지 않은 술기나 처치들을 다 적어놓고 과거의 나와 현재의 나를 비교하는 것이다. 내가 일주일 전보다 얼마나 나아졌는지 가시화시키고 스스로를 설득해야 한다.

임상 환경이 나의 자존감을 갉아먹는다고 울상만 짓고 있어봤자 해결되는 것은 없다. 그리고 그 누구도 나의 자존감 회복을 위해 대신 노력해주지 않는다. 다른 사람들은 사실 신경 쓸 여력이 없다. 각기 저마다의 감정을 처리하고 환기하는 시간도 부족하다. 그리고 무엇보다 내가 미처 인지하지 못하고 있는 사이에도 다른 사람들은 나로 인한 최악의 이벤트를 피하고자 함께 노력하고 있다. 굳이 요청하지 않아도 알아서 신규를 뒤를 봐주며 촉각을 곤두세운다. 나의 자존감 문제야 당연히 후순위일 수밖에 없다.

그런데 의문이 하나 생긴다. 나의 건강한 자존감을 위해 꼭 타인으로부터 칭찬을 받아야 하는가. 다른 방법은 없는가. 남이 해주는 칭찬을 받기만을 기다리지 말고 먼저 스스로를 칭찬하는 것은 어떨까. 내가 나 자신을 칭찬할 수 있는 환경을 적극적으로 만들어가보자. 그리고 박하게 굴지 말고, 까짓 거 찐하게 한번 스스로를 칭찬해보자. 환자가 해주는 고맙다는 한마디에 꼬였던 마음이 눈 녹듯이 사르르 녹듯, 내가 나에게 하는 작은 칭찬과 인정은 무너진 나를 일으켜 세우는 힘이 된다.

내가 복직한 병동에서는 감사 캠페인이 한창이었다. 사실 임상에 있을 때는 너무 바빠서 이 캠페인조차 추가 업무로 느껴질 때도 있었다. 하지만 길게도 아니고 1~2분가량 시간 내는 것은 마음만 먹는다면 누구나 할 수 있었다. 차분히 오늘을 돌아보며 감사한 일을 두어 개 찾다 보면 긍정적인 생각이 자연스럽게 내 안에 퍼졌다. 긍정으로 초점이 맞춰진 프레임은 글로 쓰고 말로 내뱉는 과정에서 더 좋은 감정들로 증폭되었다. 이 일련의 과정들이 나 자신을 정화하는 과정이란 것을 알게 되었다.

감사의 효과는 말 한마디로 천 냥 빚을 갚는다는 말처럼 그 효과가 꽤 강력하다. 백 번 강조해도 지나치지 않을 정도다. 욕창 하나를 가지고도 펼쳐지는 병동 간 미묘한 힘겨루기가 있다. 타직군과의 사소한 오해도 빈번하다. 이 역시 감사 활동을 하며 많이 옅어지기도 한 것 같다. 감사 캠페인을 담당하던 선생님이 과도한 업무량으로 너무나도 지친다는 게 흠이라면 흠이지만 말이다.

복직 후 상장을 하나 받은 적이 있다. 위에는 'Cheer up 상'이라고 적혀 있었다. "위 간호사는 일과 육아를 병행하며 병동과 다윈(Darwin : 삼성서울병원의 전자의무기록 시스템)에 적응하기 위해 늘 충혈된 눈으로 고군분투하는 모습을 응원하여 이 상장을 수여함."이라는 문구가 적혀 있었다. 그 센스에 감탄이 나오고 웃음이 나왔다. 그 정성스러운 글귀에 나 역시 감사함이 마구 샘솟았던 기억이 난다.

고맙다, 감사하다는 말의 힘은 타인에게나 나 자신에게나 매우 강력하다. 동료에게, 환자에게, 그리고 무엇보다 나 스스로에게 감사를 표현하는 기회를 가져보자. 내 안에 작은 긍정의 씨앗이 심어지는 것을 느낄 수 있을 것이다.

때론 나에게도
간호사가 있었으면 좋겠어

간호사 스테이션. 컴퓨터 앞에 앉아 직원 감염노출 보고서를 더블클릭했다. 이전에도 몇 번 보고서를 작성해서 그런지 보고서 창은 그리 낯설지 않다. 그런데 내가 이걸 클릭하게 되는 날이 올 줄은 미처 몰랐다.

'□ 물림.'

의식이 좀 떨어진 채로 입원한 이 50대 여성 환자의 진단명은 흡인성 폐렴으로 항생제 치료를 받고 있었다. 수시로 석션(suction)을 시행하며 이전보다는 폐가 꽤 깨끗해졌다. 주변 자극에 반응하는 상태까지 전반적인 건강 상태도 회복했다. 여느 때처럼 석션을 해주려 곁에 서서 환자 입안에 에어웨이(airway : 기도유지기)를 물렸다. 이전보다 컨디션이 나아진 환자가 불편감에 에어웨이를 혀로 밀어내기 시작했다.

"우리 환자분 가래 좀 빼 드릴게요."

구슬리며 보호자분의 도움을 받아 에어웨이를 쑥 밀어 넣었다. 그 순간, 섬광이 번쩍했다. 환자가 내 손가락을 물어버린 것이다. 반사적으로 급하게 손을 빼긴 했는데 그래도 피를 봤다. 조금만 더 깊이 물렸으면 살점 한 덩이가 그대로 떨어져 나갈 상황이었다는 생각에 아찔했다. 아파서 나도 모르게 악소리가 나왔다. 눈물이 핑 돌면서도 황당해서 말도 안 나왔다. 옆에 있던 보호자분 역시 깜짝 놀라셔서 그간 참았다는 듯 언성을 높이셨다.

"아니 언니! 미쳤어, 미쳤어. 간호사님을 물면 어떡해! 가래를 안 빼면 어쩌겠다는 거야. 그럴 거면 그냥 퇴원하던가! 아이고 간호사님 죄송해서 어떡해요. 원래 이런 언니가 아닌데. 아프고부터는 고집이 아주 그냥 황소고집이 돼가지고…."

병원에서 일하다 보면 여러 가지 감염원이나 위험물질에 노출될 위험이 있다. 나처럼 드물지만, 환자에게 물리는 일도 있고 위험 물질에 노출되거나 가장 흔하게는 감염 환자에게 사용된 바늘에 찔리는 사고가 있다. 어느 간호사나 이런 찔림 사고는 꼭 한 번씩은 거쳐간다. 보고서를 써서 감염 관리실에 제출하고 안내에 따라 응급실에서 바로 채혈하기도 한다. 쫄쫄 내 피가 검체 튜브에 받아지는 걸 바라볼 때의 그 쏩쓸함은 겪어본 자만 안다. 노출된 바이러스가 무엇이냐에 따라 결과가 나올 때까지 초조함에 안절부절못한다. 뜬금없이 내가 에이즈 바이러스(HIV)에 노출되었다고 한번 생각해보면 그 속이 얼마나 새까맣게 타고 있을까. 감히 상상조차 하기 싫을 것이다.

이 찔림 사고는 환자에게 주사로 투약하거나 혈당을 측정하는 등 사용했던 주삿바늘에 의도치 않게 찔리며 발생한다. 사용한 바늘을 우선 의료용 트레이에 놨다가 니들박스(needle box : 바늘 전용 폐기용기)에 폐기하는 과정에서 아차 하는 순간 일이 터진다. 찔림 사고는 오늘은 무슨 일이 있더라도 칼퇴를 하리라 마음이 바쁜 날에 하필 야속하게도 더 높은 확률로 발생한다.

약을 믹스하다가 눈에 튀어 응급조치로 세척하는 것도 한 번씩은 거친다. 세척 후 얼룩덜룩 젖은 간호복에, 곱게 한 화장은 다 지워지고 퀭하니 물에 빠진 생쥐 꼴을 하고 있는 모습을 마주하는 일 역시 그리 유쾌하지는 않다.

간호사가 다루는 물질 중에는 인체에 해로운 것도 많다. 미국 식품의약국(FDA) 분류상 카테고리 X에 분류되는 약물들이 있다. 맨손으로 만지기만 해도 태아에게 안 좋은 영향이 가는 알약, 나도 모르게 흡입하기 쉬운 각종 가루 조제약 등이 그것이다. 또한, 항암제, 소변 검체에 넣는 방부제 톨루엔, 병동 각 침상까지 올라와 수시로 찍는 이동식 엑스레이로 탓에 방사능 노출

등 종류도 여러 가지다.

최근 모 의료원 관련 기사를 읽은 적이 있다. 2010년 'ㅈ' 의료원에서 임신한 간호사에게 발생한 집단 유산 및 심장질환아 출산 건 관련 대법원의 판결이 나온 것이다. 판결의 내용은 이렇다. 산재보험법의 해석상 모체와 태아는 단일체이고 여성 근로자와 태아는 임신과 출산 과정에서 업무상 재해로부터 충분히 보호를 받아야 한다는 내용이었다. 꼭 10년이 걸려 세상에 나온 판결이었다.

막상 임상에서 일할 때는 이 환경이 당연한 양 크게 신경 쓸 새도 없었다. 환자를 간호하는 의료인으로서 전혀 아무렇지도 않았다. 그러다 무언가 다르게 체감되는 시점이 온 때는 나에게 선물 같이 아기가 찾아오면서다.

아기를 뱃속에 품은 채 일하는 것은 체력적으로도 쉽지 않았다. 만삭의 선배가 멋지게 일을 해내는 모습만 봤지 그 뒷모습은 알 길이 없었다. 엄마 세계에 전업맘과 워킹맘이 있다면 간호사 세계에는 애엄마와 싱글이 있었다. 그 격차는 내가 직접 겪지 않으면 절대 모를 일이었다. 당시 나는 여전히 주니어, 고작 2년 차였다.

태명을 꼬물이로 했다. 친정 엄마는 딸내미가 일만 하느라 다 죽어가게 생겼는데 아기가 생겨 이제야 쉴 건수가 생겼다며 좋아하셨다. 아버지 역시 우리 꼬물이가 드디어 엄마의 물꼬를 터줄 거라며 반겼다. 시부모님도 너무너무 좋아하셨다. 임신 기간은 험난했지만, 미처 힘듦을 호소할 새도 없었다. 항암 방에서 오래 있었기도 했고 마침 임부가 되어서 나는 항암방을 나와 뒷방의 중증도 높은 환자들을 보게 됐다. 그러면서 선배들이 소위 말하는 개미지옥을 매일 같이 경험했다. 한번 들어가면 절대 나올 수 없다는 마의 구간이었다.

뒷방은 항암방에서 잘 걸어 다니던 환자가 기력 없이 누운 채 주렁주렁 생명줄을 달고 왔다. 악화한 상태로 다시 입원한 환자를 보는 것조차 감정적으로 프로세싱이 필요했다. 때때로 병을 치료하는 속도보다 퍼지는 속도가 더 빨랐다. 그렇게 무너지는 환자를 지켜보는 것이 어떤 때는 너무 압도적으로 느껴졌다. 환자와 그 가족분들은 오죽할까. 차가버섯이니 개똥쑥 액기스니 몰래 먹는 환자들도 오죽하면 그럴까 싶은 마음이 들었다. 교수님이 먹지 말라는 걸 몰래 먹어 항암 치료 일정까지 미룰 정도로 간수치를 올려오는 환자가 답답하기만 했다. 그러나 그 행위를 단순히 어리석다고 단정 짓기에는 그들의 심정이 너무나도 간절했다.

꼬물이와 함께 환자를 간호하며 종종걸음으로 온 병동을 다녔다. 이제 나도 엄마가 됐기에 뭐든 할 수 있을 것 같았다. 해내야만 했다. 병동 내 환자분

두 명이 동시에 하늘로 갔을 때는 특별태교로 여기고 사후처치를 했다.

꼬물이는 무럭무럭 잘 자라주었다. 아기가 커가며 오른쪽 허벅지가 서서히 남의 살 같이 느껴지기 시작했다. 내 신경을 누를 만큼 잘 크고 있구나, 원래 이런가 보다 했다. 그러다 아기가 7개월이 될 즈음 나는 통증에 정신을 못 차릴 정도였다. 누가 다리 쪽의 옷깃을 건드리기라도 하면 마치 칼로 베는 것처럼 아팠다. 주변 어르신들은 내 호소를 몇 마디를 들으시더니 '아이고, 환도가 섰다'고들 안쓰러워하셨다. 다들 이미 겪어본 자들의 공감이었다.

통증 점수(NRS)로 5-6점 사이를 왔다 갔다 했다. 그래도 임신부인 내게 허락된 약은 타이레놀뿐이었다. 누웠다 자리에서 일어날 때는 그쪽 다리를 움직이기가 쉽지 않을 때도 있었다. 마비가 있는 환자마냥 바짓단을 들어 잡아 다리를 들어 옮기기도 했다. 약을 먹어도 그닥 효과가 있지 않았다. 근전도 검사도 해봤지만 뾰족한 수는 없었다. 출산하는 것 밖에는 답이 없다는 말에 나는 얼른 시간이 지나가기만을 바랐다.

병동 내 환자나 보호자 그 누구도 내가 8개월가량 될 때까지 내가 임부인 걸 눈치 채지 못하셨다. 펑퍼짐한 간호복 때문에 배 나온 게 잘 보이지도 않았던 탓이다. 어쩌다 우연히 나의 부른 배를 눈치 챈 보호자분이 "아이고 간호사님, 몰라 봬서 죄송해유." 하시며 우유 한 팩을 건네주시기도 했다. 푸근

했던 보호자분이다.

둘째 꼬미를 가졌던 때는 그간 습득한 경험치로 파트장님을 보기 좋게 속였다. 무려 22주 정도까지 격리병동에서 2교대 근무를 했다. 초기에는 입덧으로 구역질이 수시로 나올 텐데 혼자 근무하는 게 더 낫겠다 싶었다. 간호사 1인이 근무하는 특성상 환자상태도 병동에 비해 비교적 안정적이었기에 나와 아기를 지키기 위한 선택이었다. 그 누구도 대신 해줄 수 없기에 나를 구할 사람은 나 자신뿐이라는 생각뿐이었다.

꼬미가 9개월 되던 어느 날 아침, 충격적이게도 나는 이불에 두 번이나 쉬야를 했다. 아기가 많이 내려온 것 같았다. 낌새가 심상치 않았다. 이 상태로는 오늘 왠지 일하기 어려울 것 같다는 생각이 들었다. 그러던 차 갑자기 진통이 시작되었다. 남편도 무언가 촉이 왔는지 집을 나서 출근하던 길에 그냥 되돌아왔다.

어쩌다보니 나는 출산 이틀 전까지 일한 레전드 간호사가 되어 있었다. 출산 바로 전날은 신환이 많지 않아 온콜오프(on-call off : 원래 근무날이었던 것을 비번으로 변경하는 것)를 받았다. 하마터면 정말 출산 하루 전까지 일할 뻔했다. 정말 기록적이었다. 간호사인 나도 간호사가 절실했던 나날들이었다.

세상이 짜놓은 틀을
당당히 거부하라

나는 엄한 아버지와 자상한 어머니 아래 막내딸이다. 특별할 것도 없는 매우 전형적인 4인 가족이다. 대부분의 가정이 그렇듯 우리 부모님은 극과 극의 양육 스타일을 선보이셨다. 그래도 나는 좋은 것만 잘 담아내었다.

부모님으로부터 무엇을 배웠는지 한 문장으로 요약해본 적이 있는가. 우리 어머니가 나에게 가르쳐주신 것을 한 문장으로 표현하자면 이거다.

'환자를 하나님처럼 섬겨야 한다.'

아버지는 직장 상사를 하나님처럼 따르고 모셔야 한단다. 뭔 놈의 하나님이 이렇게나 많은지 원. 내 주변에 온통 하나님뿐이었다. 나는 이렇게 받아들였다.

'하나님은 내 친구.'

나의 첫째 아기 꼬물이는 가족·친지 모두에게 축복을 받았지만 병동에서 만큼은 그러지 못했다. 파트장님께 임신 소식을 알리는 면담까지는 괜찮았다. 하지만 병동에 공지하는 과정에서 나는 주니어 따위가 감히 계획임신을 한 사람이 되어 있었다. 아기가 뱃속에서 뻔히 듣고 있으니 당연히 '원하던 아기다.'라고 대답한 것이 화근이었다.

나는 고작 2년차 따위가 예의도 눈치도 없이 선배들을 재치고 치밀하게 계획임신을 한 개념 없는 간호사가 되어 있었다. 말로만 듣던 간호사들 사이의 임신순번제라는 것을 피부로 체감하던 순간이었다. 간호사들 중 그 누구도 동의하지 않았겠지만 이 '암묵적 동의'라는 것은 놀라울 정도로 견고한 틀이었다.

나는 황당했지만 이내 차라리 잘됐다 싶었다. 이왕 욕먹을 것 아주 시원하게 장렬히 먹는 것도 나쁘지 않겠다 싶었다. 물론 나 하나로 당장 후배들이 편안하게 임신하고 축복받는 분위기가 형성되지는 않는다. 그래도 판을 깨는 사례가 한 번 나와 주면 서서히 그 안에서 다양성이 생기는 법이다. 프리셉터와 함께 배가 불러 있으면 좀 어떤가.

이런 생각이 드니 그깟 욕먹는 것쯤이야. 오히려 숭고하게 느껴졌다. 이제 껏 이 쓸데없는 걸 다들 지켜왔던 건가 의문이 들었다. 세상은 1%의 또라이가 바꾼다는 말이 떠올랐다. 앞으로 나 같은 또라이가 더 나올 걸 상상하니 설레기까지 했다.

내가 고3 때였다. 아버지가 베트남으로 주재원 발령이 났다. 아버지는 가족 모두와 다함께 가고 싶다고 하셨다. 본인이 줄 수 있는 가장 큰 선물이라 확신하시는 것 같았다. 두 아이의 엄마가 된 지금이야 그때의 아버지가 자녀들에게 더 넓은 세상을 보여주려는 마음뿐이었을 거란 생각이 든다.

하지만 당시에는 이를 내가 알 리가 만무했다. 하필 베트남으로 유학이라니. 생각만 해도 너무 파격적이지 않은가. 처음에는 이게 도대체 무슨 얘긴가 싶었다. 왜 내게는 수능을 볼 기회조차 주어지지 않느냐며 나는 부모님 앞에서 울부짖었다. 왜 남들에게는 다 주어지는 기회를 나는 아예 갖지 못하냐고, 지금 내 기회를 빼앗고 있지 않느냐고 소리쳤다. 부모님은 나의 예상치 못한 거친 반응과 닭똥 같은 눈물에 한동안 밤잠을 설치셨다.

지금 생각해보면 그까짓 게 뭐라고 그렇게 맘고생을 했나싶다. 수능을 평생 모른다 하더라도 내가 사는 데에는 전혀 지장이 없다. 내가 꽃피는 것, 그리고 소위 말하는 세상적인 성공과도 상관이 없다. 행복과도 역시 무관하다.

하지만 누구나 내 앞의 산이 가장 커 보이는 법이다. 하나를 내려놓으면 다른 하나를 얻는 법이거늘. 그때는 그게 맘에 와 닿지 않았다. 내 오랜 친구는 오래 고민했다며 걱정과 우려를 꾹꾹 눌러 담은 장문의 편지로 내게 마음을 전했다. 이미 결정된 일이라 어쩔 수는 없지만, 다른 데도 아니고 왜 하필 베트남이냐, 거기 갔다 와서 뭘 어쩌려는 거냐며 현실적인 고민들이 빠짐없이 쓰여 있었다. 지금이야 0.1초 만에 세계 어느 곳이든 다 연결되는 지구촌이지만 그 당시에는 스마트폰도 없던 시절이었다. 친구도 충격이 컸던 듯하다.

친구의 편지를 읽을 시점에는 나는 꽤 평온한 상태였다. 이미 울고불고 며칠을 보내고 긍정에너지를 꽤 충전한 상태였다. 귀국 후에 간호대학으로 학사편입 후 간호사를 할 것이라고 부모님에게 통보 후 최종 확인까지 이미 다 받아놓은 상태였다. 나는 나름 괜찮을 거라고 오히려 친구를 위로했다. 긍정에너지를 되찾은 나는 거칠 것이 없었다. 유학생활은 힘들었지만 꽤 만족스러웠다. 베트남에서 나는 내 알을 깨는 교육을 받았다. 그 기간을 내 인생의 첫 번째 퀀텀점프로 꼽는다. 나의 지경을 넓히는 귀한 시간들이었다고 고백한다.

우리는 세상에 나와 성장해가며 알게 모르게 주입된 교육과 가치관으로 심어진 틀 안에서 살아간다. 사회적 시선과 분위기라는 이 틀은 언뜻 봤을 때는 너무도 당연해서 스스로도 인지하지 못할 정도이다. 그리고 이는 꽤 견

     ·   한국에서 간호사로 살아보기

고하며 단단하다.

나는 보통 사람들이라면 굳이 나서서 걷지 않을 길을 걸어왔다. 남들 눈에는 굳이 왜 라는 생각이 들거나, 혹은 우려할 만한 것들이다. 베트남으로 유학을 다녀온 것, 경영학 전공을 내려놓고 간호학으로 편입해 공부한 것, 간호사로 독립한 지 2주차에 결혼을 한 것, 선배들보다 먼저 임신한 것, 주재원 마누라로 편히 있어도 되지만 직장생활을 하는 것, 육아와 직장생활로 바쁜 시간을 쪼개 지금 이렇게 글을 쓰는 것까지.

사람들이 '굳이'라고 생각할 때는 본인의 생각 틀에 맞지 않을 때이다. 즉, 본인의 틀 안에 생각이 갇혀 있는 거다. 고3은 당연히 수능을 봐야 한다는 생각, 유학은 선진국으로 가는 거란 생각, 간호학보다는 경영학이 낫다는 생각, 신입이 감히 무슨 결혼이냐는 생각, 임신은 짬대로 해야 한다는 생각, 주재원 마누라에 대한 로망, 엄마의 꿈은 뒷전이어도 된다는 생각이 바로 틀 안의 생각들이다.

유학생활을 하며 나는 이 틀이 깨진 장면을 수없이 많이 보았다. 시퍼렇게 젊은 교수, 청바지를 입는 교수, 교수와 친구 먹는 제자, 교수의 이름을 부르는 제자, 교수에게 음료를 사주는 제자, 카페테리아에서 만나면 자연스레 같이 앉아 수다를 떠는 교수와 제자, 선후배 개념이 없는 대학, 입학연도가 아니라 졸업연도를 따지는 시스템 등 한국에서는 보기 어색한 장면들이 많았다.

많은 한국 사람들은 이 나이를 묻지 않는 문화에 매력을 느낀다. 만나면 나이나 직급부터 물어보고 위아래를 정한 후 대화를 시작하는 우리와는 시작부터가 다르다. 초반에는 적응이 안 되서 어색하다가도, 지내다 보면 불필요한 피로함이 없어지고 편안함을 느낀다. 본인이 생각하기에 이 정도의 나이라면 내가 이만큼 이뤄놓아야 하는데 하는 압박을 타인으로부터 덜 느끼게 되기 때문이다.

이 나이에 관대한 문화는 한국 임상환경에 지친 간호사들에게도 꽤 큰 장점으로 느껴진다. 지금 이 순간에도 탈한국을 꿈꾸며 미국 간호사를 준비하는 간호사들이 점점 늘고 있다. 하지만 반드시 기억해야 한다. 내가 나의 틀을 깨지 않으면, 세계 그 어디에 있든 나는 한국 사람의 마인드와 틀 안에서 그만큼의 삶을 살게 된다. 몸은 탈한국을 했지만, 정신은 여전히 한국에 속해 있는 것이다. 한국적인 생각이 나쁘다는 게 아니라 탈한국을 하려는 목적을 잘 곱씹어보자는 말이다.

왜냐하면 생각을 바꿔 해보면 이것은 반대로도 적용이 되기 때문이다. 내가 한국에 있더라도 미국 마인드든 유러피안 마인드든 그런 마인드로 살면

한국에서 간호사로 살아보기

나는 그런 사람이 된다. 대부분의 간호사들이 비인간적이라고 느끼는 임신 순번제, 혹시 암묵적으로 그냥 따르지 않았는가 생각해보자. 규칙을 위반하는 교대 근무 일정, 살인적인 근무량과 환경, 병원 내 군대문화와 태움. 간호사를 고통스럽게 하는 것들을 혹시 우리가 스스로 설계한 건 아닐까.

미국 간호사들은 내가 할 수 없는 범위의 환자를 배정받으면 매니저에게 말하고 해당 환자 배정을 거절한다고 한다. 나의 면허를 지키기 위한 당연한 행동이라고 한다. 그들의 이러한 임상 환경이 어떻게 당연한 것이 되었을까. 우리의 틀과 그들의 틀은 왜 다를까.

남들의 시선으로부터
자유로워져라

잡코리아의 최근 설문조사가 눈길을 끈다. 직장인 대상 1,601명 대상으로 신입사원의 최고 덕목을 꼽아본 것이다. 함께 일하고 싶은 신입사원의 유형 1위는 놀랍게도 성실, 근면, 태도, 예의도 아닌 바로 빠른 눈치였다. 복수선택 응답률 67.0%로 '눈치가 빠른(업무 센스가 있는)' 신입사원을 선호한 것이다.

이 '눈치'라는 말은 그야말로 한국적인 말로 서양권에는 없는 문화라 영어로 딱 떨어지는 단어가 없다. 그래서인지 한국 문화에 관심 좀 있는 사람들은 원래의 우리 단어를 그대로 쓴다고 한다. 영어로 눈치라고 우리 발음 그대로 구글링을 해보면 실제로 이에 관한 설명이 상세하게 나온다. 눈치(Nunchi)는 한국적 감성지능의 하나로서, '어떤 상황의 분위기나 사람의 심리적 상태를 미세하게 읽어내는 능력'이라는 장문의 설명을 확인할 수 있다.

106

간호사로서 사회로 나가기 전에 본격적으로 눈치를 배우고 장착하는 시기는 바로 실습이다. 학생 간호사는 현장에서 실습하며 끊임없이 눈치를 갈고 닦는다. 학생 간호사의 하루는 출근해서 병동의 분위기를 읽는 것으로 시작한다. 분위기에 맞게 적절한 타이밍과 적절한 어조로 정중하게 인사를 한다. 인사 후에는 선생님들의 동선에 방해되지 않는 최적의 위치를 골라잡는다. 배정받은 선생님을 따라다닐 때도 그림자처럼 그의 뒷자리를 고수한다. 안 그래도 바쁜 선생님들 사이에서 행여 거슬리거나 방해가 될까 주의한다. 응급상황에서는 눈에 띄지 않게 완벽한 병풍이 되기도 한다.

실습 전 학생 간호사들을 위한 꿀팁이 올라오는 것을 읽어보면 내 시작도 이렇게 조심스러웠지 하며 그때의 긴장감이 새삼 느껴진다. 참 깨알 같고 현실적인 조언들에 웃기면서도 안쓰러운 마음이 든다.

- 목이 마르면 물을 마십니다.
- 점심시간이 되면 스테이션 앞에서 왔다 갔다 해서 눈에 띄어봅니다.
- 밥 먹으러 가라고 하면 다녀오겠다고 합니다.
- 10분이 지나도 아무 말이 없으면 "선생님 혹시 저희 다녀와도 될까요." 조심스레 물어봅니다.

모르는 사람이 보면 참으로 황당할 이런 꿀팁이 나오는 이유는 무엇일까.

학생 간호사는 감히 눈치 없이 행동하지 말아야 한다, 예의 없는 행동을 해서는 안 된다는 일종의 틀이 있기 때문이다. 학생 간호사들은 자고로 이러이러해야 한다는 사회적인 시선 때문이다.

학생 간호사를 지나 면허를 취득하고 임상에서 서면 다시 또 매서운 시선이 느껴진다. 신규 간호사라면 당연히 이래야지 라는 사회적 시선이 나를 또 가둔다. 여럿을 키워 본 프리셉터들은 비교적 빠르게 신규의 견적을 낸다. 이 아이는 평균 미달이다, 이 아이는 좀 낫다 등등. 뼛속까지 단일민족에다가 고맥락문화*인 우리 민족은 무언가 결이 맞지 않으면 긴말이 필요 없다. 미리 단정 짓기도 한다.

온갖 실수투성이에 눈치까지 없는 신규로 느껴지기까지 하면 정말 답답하다. 출근하기 전에 가슴이 쿵쾅대고 긴장되며 우울한 나날들이 펼쳐진다. 업무적 실수로 인한 주변의 따가운 시선도 견뎌내기가 쉽지 않다. 병동의 기대

---

* 인류학자인 홀(Hall, E.)에 의해 1976년 소개된 개념으로 고맥락문화에서는 그 문화에 속한 사람들간에 공유되고 있는 유사한 경험과 기대를 바탕으로 의사소통이 유지되고 단어들이 해석된다. 많은 말을 하지 않아도 몇 단어로도 그 문화에서 의미하는 바가 무엇인지 전달될 수 있기 때문에, 단어가 내포하는 문화적 맥락이 높은 것을 의미한다.(HRD 용어사전, 2010.(사)한국기업교육학회)

에 못 미치는 신규로 느껴져 괴로운 시기를 지난다.

내가 신규 시절을 돌아봤을 때 가장 아쉬운 부분은 내가 했던 실수를 기회로 인지하지 못했던 것이다. 당시 나를 향한 따가운 시선과 스스로에 대한 실망감에 너무 감정적으로 사로잡혔다. 주변의 압박과 시선은 차치하더라도 나도 내가 미워져 괴로울 정도였다. 실수에 좌절하는 건 자연스러운 감정일 수 있다. 그렇지만 주위의 따가운 시선에 압도되는 것은 나에게 큰 도움이 되지 않았다. 그보다는 실수로부터 반드시 무언가 얻겠다는 마음이 있어야 한다.

지금에야 뒤돌아 생각해보면 왜 그랬나 생각해보고 이를 개선하는 것이 매우 당연하게 느껴진다. 하지만 실제 그 상황 속 나는, 내가 '왜' 그랬나 생각하고 분석하는 것이 아니라 또 내가 미운 오리 짓을 했다며 '아, 내가 왜 그랬을까…' 하며 자책으로만 끝나기 일쑤였다. 이를 분석하고 복기하는 것조차 비난으로 느껴져서 힘든 마음만 가중되었던 기억이 난다.

그보다는 나의 감정과 사건을 얼른 분리한 후 이를 어떻게 기회로 삼을 것인지 봤어야 했다. 내가 한 실수의 패턴과 근본 원인을 파악하는 것이 중요하다. 내가 정말 몰라서 못 한 건지, 아니면 너무 바빠서 지체된 건지, 그것도 아니면 알면서도 흘린 건지, 머리로만 대충 알고 있고 어떻게 적용할지를 몰라

몸이 따로 놀았던 것인지.

내가 0.5 간호사에서 1이 되기까지 주변의 시선은 매섭기 그지없었다. 게다가 나는 말 그대로 부담스러운 신규였다. 보통의 신규들보다 나이가 4살이나 많았다. 선생님들이 나름 나를 존중해 준답시고 나이 많은 선배든 나이 적은 선배든 존댓말로 나를 조곤조곤 지적하는데 어찌나 호되게 혼내는지 차라리 그냥 반말이 낫겠다 싶었다. 반말로 혼나면 오히려 더 정감 있게 인간적으로 들릴 것 같았다.

이 시기가 지나고 나면 후배들의 시선이 덤으로 생긴다. 선배의 시선과 함께 후배의 시선까지 이중으로 받게 된다. 실수라는 것은 완전 신규 때보다 선임이 되었을 때 타격이 더 크다. 예전에 내 선임들이 내가 실수의 늪에 빠져 허우적거릴 때 한 말이 있다. 지금부터 이러면 어쩌느냐, 나중에 연차 좀 쌓이고 실수하면 더 뼈아프다, 더 정신 못 차리게 된다고 했던 말이 기억난다. 연차가 쌓일수록 후배들에게 모범을 보여야 하고 여러 시선을 받게 된다. 그래서 내 실수를 온전히 마주하고 넘어서는 과정이 쉽지 않다는 걸 얘기했던 것 같다.

선임 간호사가 되고 후배들이 서서히 늘기 시작하면 나에 대한 기대와 요구도 역시 커진다. 그만큼의 책임이 더 생기는 것이다. 간호사들은 연차가 쌓일수록 책임이 가중되는 구조다. 병동 내에서 힘들어하는 후배들을 다독이고 응급상황에서 재빨리 상황을 정리해야 한다. 새로 온 후배들을 키워내고 이끌며 내 커리어까지 관리하려면 나만의 중심을 잘 세울 필요가 있다.

우리 병동에 12년 차 간호사가 있었다. 그분은 마지막 남은 그의 유일한 선배에게 나는 선생님이 있어서 참 좋다고 고백하는 걸 들은 적이 있다. 그 당시 나는 1년 차 완전 햇병아리였지만 선배 간호사의 그 말이 단순히 그냥 하는 입에 발린 말이 아니란 걸 느낄 수 있었다. 유일하게 남은 그 선배 선생님이 없을 시, 병동 내 최고참 선배로서 그리고 정신적 지주로서 짊어져야 할 무게가 너무나도 무겁고 부담스럽게 느껴졌던 것이다.

임상을 오래도록 하다 보면 임상을 대하는 자세를 어느 정도 결정해야 하는 순간이 온다. 임상현장에 남아 있는 간호사의 나이에 대한 타인의 시선이 생기기 때문이다. 10년 차 이상 정도가 되면 가늘고 길게 갈 것인지, 서서히 임상에서 손을 뗄 것인지의 갈림길이 나온다.

물론 선택은 나의 몫이고 나의 자유의지다. 그 아무도 눈치를 주지는 않는다. 간호사의 상황적 요인도 함께 어우러져 간호사를 압박한다. 나이가 그 정돈데 아직도 필드에서 뛰며 3교대를 하냐는 주변의 시선이 생기기도 한다. 이를 적절히 소화하지 못하면 어느새 일하는 것 자체가 고통이 되고 무력감이 찾아온다.

이때까지 인생을 살며 온전히 나의 마음이 가는 대로 무언가 결정을 했던 적이 있는가. 다른 사람의 시선을 신경 쓰지 않고 온전히 나의 마음이 이끄는 대로 내 인생을 펼쳐본 적이 있는가 생각해보자.

이때까지 한국에서 살며 정규 교육 12년을 마친 경우라면 교육적인 요인으로도 알게 모르게 주입된 사회적 틀과 시선 안에 본인을 넣어둔다. 다른 사람의 눈치를 먼저 보는 것을 학습하고 관련 습관을 만든다. 남과 무언가 다르면 알 수 없는 불안감이 피어오른다. 사회적으로 짜인 틀을 벗어나는 것이 오히려 두렵게 느껴지기도 할 것이다.

임상에서 1년 차 신규 간호사는 이러이러해야 해, 3년 차는 이 정도는 해야 해, 10년 차라면 이러이러해야 한다는 시선들이 가득하다. 하지만 우리는 모두 절대적으로 완벽하지 않은 고유한 인간이다. 기준점을 나의 밖에서 찾기에는 우리의 고유함이 너무나도 빛난다.

주위 시선에 내가 너무 아프다면 잠시 멈추어보자. 그리고 내가 나를 바라보는 시선 먼저 따뜻하게 연습하면 어떨까. 내가 온전히 주인공으로 살기에도 인생은 참 짧지 않은가. 다른 사람의 따가운 시선은 쿨하게 반사해주자.

06

모두에게
사랑 받을 필요는 없다

나도 학생 간호사 때는 의식 없는 환자에게 안부 묻고 이런저런 설명하며 간호하고자 다짐했었다. 그렇다면 임상에서의 현실은 어떨까. 솔직히 말하자면 무의식 환자가 가끔은 더 편하다. 환자들은 인생의 가장 힘든 부분을 지나는 중이다. 그래서 아무래도 편안한 상태라기보다는 깨지기 쉬운 유리그릇 같다. 깨지지 않도록 늘 세심한 주의가 필요하다. 말하자면 감정노동이다.

이 감정노동 때문에 소위 기가 빨리는 경험을 많이 한다. 행복하고 파이팅 넘치는 마음으로 출근했는데 업무를 시작하자마자 환자로부터 샤우팅을 당한 때가 있다. 어디서부터 잘못됐는지 알 길이 없었다. 첫 번째 라운딩에서 퍼붓는 환자. 가장 당황스러울 때가 바로 이런 경우이다. 인계를 받고 처음 보는 환자인데 이전에 어떤 불편감이 있었는지 나의 말 한마디에 꼬투리를 잡는다.

'통증은 좀 어떠세요?'라는 질문에 뭐 하러 매번 묻느냐며 화를 내는 분이 있는가 하면 투약 전 '환자분 성함 좀 말씀해주세요.'라는 말에는 지금 몇 번째 묻느냐며 나를 지금 놀리는 거냐, 한번 말을 해줬으면 기억을 해야지 뭐 하는 거냐며 소리치는 것은 애교 수준이다. 더 황당하게는 본인이 병원에서 억울한 '취급'을 당했다며 환자가 글을 써서 인터넷에 올리기도 한다.

어떤 환자는 오늘 빨리 퇴원을 해야 하는데 왜 아직도 검사를 불러주지 않느냐며 오전 9시부터 고래고래 소리를 지른다. 차표를 끊어놓았는데 왜 일이 진행되지 않느냐고 간호사에게 온갖 막말을 한다. 검사실과 이송팀을 조율해 환자를 보내놓고 병동약국, 주치의를 닦달해서 어떻게든 빠르게 처리해주려 온 노력을 다한다. 태풍이 몰아치고 빠져나가듯 환자가 병동을 나섰다. 그런데 간호사 그 누구도 그들의 차 시간이 언제인지조차 끝내 들을 수 없었다. 그들과 얘기를 주고받았지만 그건 대화가 아니었다. 기운이 쭉 빠졌다.

참고로 우리 병원의 퇴원 목표 시간은 11시이다. 11시 이전에 모든 것을 마무리하고 퇴원시킨 경우 우리는 목표를 성취했다고 말한다. 환자가 굳이 길길이 날뛰지 않아도 위에서 11시 이후 퇴원율 수치를 늘 모니터링하며 관리, 제제가 들어온다. 이렇게 병원 측에서 관리하는 핵심성과지표(KPI)만 하더라도 아마 수십, 수백 가지가 될 것이다.

간호사가 정말 좌절하는 순간은 같은 인간으로서 존중받지 못할 때이다. 체력적인 버거움을 넘어서서 마음마저 다칠 때이다. 간호사는 환자의 건강 회복과 안위 증진에 온갖 노력을 다하고 있다. 그럼에도 어떤 이들은 날카로운 유리조각이 되어 여기저기 간호사를 할퀸다. 저 간호사는 살갑고 친절한 맛이 없다, 표정이 뚱하다, 매가리가 없다는 등 무례한 말들을 아무렇지 않게 내 앞에서 쏟아놓기도 한다. 환자가 정신적으로 민감한 상태에서 알게 모르게 갑질을 하는 것이다. 가시 돋친 말 앞에 나는 할 말을 잃는다.

물론 환자나 보호자가 상황을 잘 몰라서 오해할 때도 있다. 잘 모르는 사람이 본다면 가래를 배출하기 위해 하는 경타법(percussion)도 폭력으로 보일 수 있다. 감염환자를 보며 당연히 지침대로 장갑을 끼고 필요한 보호 장구를 입은 것도 때로는 오해를 부른다. 환자를 더러워서 피하느냐, 나를 균덩이 취급하는 거냐며 마음의 상처를 호소한다. 이런 오해는 백 번이라도 속 시원히 설명하고 품어 드릴 수 있다. 하지만 간호사를 인간 대 인간으로 대하는 마음 자체가 결여된 이들에게는 어떻게 해야 할지 방법이 보이지 않는다.

간호사들은 그들이 많은 사람과 직종을 상대하는 만큼, 관계로 인한 피로감이나 고통을 많이 호소한다. 간호대상자인 환자와의 관계뿐만 아니라 업무를 수행하며 조정·조율을 위해 소통해야 할 일이 많기 때문이다. 환자, 보호자들은 물론이고 주치의, 교수, 인턴, 선후배 동료 간호사 등 의료인뿐만 아니라 약사, 방사선사, 임상병리사, 물리치료사를 포함한 각종 치료사 등 의료보건 직종과 원무과, 이송원, 보조원, 보안팀 에스원 등 병동을 지원해주시는 각종 부서와 인력 등 매우 다양하다.

이렇게 병원에서는 환자에게 의료 서비스를 제공하기 위해 유독 많은 업종이 어우러져 톱니바퀴를 촘촘하게 이루고 있다. 간호사는 환자를 대하는 최접점에 위치한다는 이유로 다른 부서의 그 모든 이슈까지 떠넘겨 받아 사과를 하거나 혹은 환자가 납득할 수 있도록 설명해야 되는 경우가 빈번하다. 예를 들어 퇴원을 하나 진행하려 해도 환자가 원하는 진단서가 주치의로부터 작성이 안 되었다거나 요청한 의무기록 사본이 의무기록실에서 아직 안 올라왔다거나 퇴원 약이 병동 약국에서 아직 안 올라왔다거나 하는 식이다. 물론 이를 결국 환자에게 이해시키고 양해를 구하는 일은 간호사의 몫이다. 최일선 노동자의 숙명이다.

환자들이 병동에서 기다리는 만큼 여기저기 부서에 재촉하는 전화를 걸기라도 하면 날카로워져 있는 직원들로부터 뜬금없는 화를 입기도 한다. 업무상 긴장도가 높을 때 의식하지 않으면 가끔 이런 일이 발생한다. 더군다나 생명을 다루는 일을 하다 보니 타부서 역시 축적되는 피로도가 상당하다.

'이 사람과는 어떻게 해도 관계가 개선될 것 같지 않다…'

'이 사람과 더 이상은 엮이고 싶지 않다.'

여기서 '이 사람'은 우리 간호사에게는 선후배 간호사, 상사일 수도 있고 다른 직종의 직장동료일 수도 있다. 심지어 환자나 보호자일 수도 있다. 환자는 결국에는 퇴원을 하고 타부서 사람들은 직접 얼굴을 대면해 마주할 일은 드물기에 넘어갈 수 있지만, 병동 내 상사, 동료와 이런 관계라면 병동 생활이 지옥이 따로 없다.

사람이 여럿 모이면 그중에는 나와 잘 맞는 사람이 있는가 하면 그렇지 않게 느껴지는 사람도 있다. 직장이라는 공간은 상대의 캐릭터가 어떻든 간에 함께 합을 이루어 공동의 목표를 이뤄내는 집단이다. 어찌 됐든 하루 중 가장 많은 시간을 보내는 공간이기 때문에 직장 내 관계에서 무언가 어그러짐을 느끼면 직장인들이 받는 스트레스가 크다.

간호사 역시 마찬가지다. 병원이라는 조직 역시 마찬가지로 사람의 생명을 다룬다는 특수성 덕분에 원내 그 특유의 옵쎄하고 완벽을 기하는 문화가 있다. 이것은 때로는 군대 문화로 표현되기도 하고 때로는 태움으로 불리기도 한다. 어느 조직이든 마찬가지겠지만 여러 사람이 모여서 일을 하다 보면 결국은 관계 문제에 봉착하게 된다. 심지어 퇴사를 고민할 만큼 고통스러워하는 사람들도 꽤 있다. 실제로 이직이나 퇴사의 이유로 직장 내 인간관계가 1

위로 꼽혔다는 기사를 우리는 자주 접한다.

　　처음 병원에서 조직생활을 시작하고 처음 맺는 관계는 선배와의 관계이다. 대부분이 신입이 업무에 잘 적응해서 제 한몫을 해내기를 격려하고 응원하지만, 개중에는 따뜻한 말이나 마음 씀씀이조차 여유가 없는 사람들이 있다. 그의 주변 환경이 눈에 띄게 나아지거나 스스로 채우지 않는 이상 마음의 여유는 저절로 생기지 않는다. 또한, 어딜 가나 호랑이로 소문이 자자한 선배는 있기 마련이다. 그들 역시 다른 호랑이로부터 그런 방식으로 키워졌을 가능성이 높다. 그 방법 말고는 알지 못하는 것이다.

　　하지만 단순히 엄격한 호랑이가 아니라 반드시 심리적으로 우위에 서고자 하는 욕구가 있는 사람들이 있다. '가스라이팅'이 그것이다. 가스라이팅은 〈가스등(Gas Light)〉(1938)이란 연극에서 유래한 말로 남편이 가스등의 조도를 서서히 낮추었지만, 아내가 어둡다고 하면 이를 부정하고 반박하는 방식으로 아내를 심리적으로 조종하게 된다. 아내는 자신에 대해 스스로 의심하게 되고 결국 남편에게 더욱 의지하게 된다는 이야기이다.

　　지배욕이 있는 이들은 타인의 실수를 과도하게 지적하고 부족하거나 무능력한 부분을 놓치지 않고 캐치해 일부러 다른 사람들 앞에서 공개적으로 꺼내며 타인을 교묘하게 심리적으로 쥐락펴락한다. 그리고는 스스로에 의문을 갖고 자신의 판단과 논리를 의심하도록 조작한다. 거부, 반박, 전환, 망각, 경시, 부인 등 기술로 상대에 대한 지배력을 강화한다. 약자에게 유독 강한 약강강약의 관계를 지향한다.

누군가가 가스라이팅을 하거나 인간답지 못한 관계가 유지된다면 고통스러울 수밖에 없다. 하지만 그 상황보다 더 중요한 것은 내가 지금 속한 이 상황을 어떻게 받아들이고 어떻게 대응하는 지다. 자신을 믿는 사람은 주변의 평판보다는 스스로에 대한 자신의 평가에 더 집중한다. 마음이 안정적인 사람은 주변에 어떤 바람이 불어도 크게 흔들리지 않는다.

이 세상에 완벽한 인간은 없다. 내가 먼저 있는 그대로의 나를 충분히 받아들이는 연습을 해보자. 있는 그대로의 나를 지긋이 바라봐주자. 인간은 괴로울 때 내가 받은 만큼 혹은 그보다 더한 상처를 다른 이에게 전한다. 연약한 마음 탓이다. 마음의 여유를 갖자. 상처를 전하는 사람이 되기보다는 치유를 전하는 사람이 되자.

세상 모두에게 사랑받을 필요는 없다. 하지만 나 하나만은 나를 가장 사랑해야 한다. 그것이 남에게도 사랑을 나눌 수 있는 첫 필요조건이다. 안에서부터 이미 충만해서 사랑이 자연스럽게 흘려 넘치는 우리가 되어보자. 이런 사람에게 우리는 얼마나 편안함과 안정감을 느꼈던가.

07

나의 느낌과 감정은
항상 옳다

내가 햇병아리였을 때 선배로부터 전설처럼 내려오던 이야기를 들은 적이 있다. 병동 1인실에 소위 '형님'이라 불리는 조폭이 입원했다고 한다. 그 조폭은 우리가 상상하는 것처럼 몸에는 문신이 가득했고 검은 정장을 입은 여럿의 똘마니들을 달고 있었다. 병실 앞에도 지키는 사람이 있었고 병실 안에도 그 형님이 수족처럼 부리는 사람이 있었다. 호통을 치고 억박지르지 않아도 위압감이 느껴지는 분위기였다.

이 사람을 간호하는 건 쉽지 않은 일이었다고 한다. 환자 협조가 잘될 리만무했다. 혈관을 잘 찾을 수 없던 담당 간호사는 정맥주사를 수차례 실패했다. 그때 눈 깜짝할 새에 그 조폭의 '오른팔'로부터 뺨을 맞았다.

그 간호사는 정신적으로 상당한 충격을 받았다고 한다. 이후 파트장님과의 면담에서 그 간호사는 솔직하게 상처 입은 마음을 드러냈다. 하지만 파트장님의 반응은 예상과 달리 싸늘했다. 파트장님은 '이번 일을 그렇게 느끼다니 너는 프로페셔널 하지 못하다'라고 한 것이다. 조폭에게 뺨을 맞은 것보다 더 아팠던 말. 결국, 마음을 크게 다친 그 간호사는 얼마 안 되어 사직했다. 단지 힘든 마음을 표현한 것인데…. 조폭에게 한 번, 파트장님에게 두 번 죽은 슬프고 안타까운 이야기.

나는 이 이야기가 아직도 실화인지 뭔지 잘 모르겠다. 실화라고 보기에는 너무 드라마틱하다. 아마도 사회생활을 갓 시작한 내가 상사에게 거리낌 없이 속을 드러낼까 걱정하는 마음에서 선배가 교훈적 얘기를 지어낸 것 같기도 하다. 실화든 꾸며낸 이야기든 간에 나는 이야기의 교훈을 이렇게 표현하고 싶다.

"공감할 사람에게 공감을 구하라."

그래서인지 간호사들은 보통 같은 일을 하는 다른 간호사에게 힘든 점을 토로한다. 다른 직종의 사람에게 말을 하고 싶어도 하나를 얘기하려면 열을 설명해야 하는 번거로움이 생기기 때문이다. 나는 당장 감정을 처리하고 싶은데 사건의 배경만 설명하다 숨넘어갈 판이다. 같은 간호사끼리는 의료용어를 섞어서 편하게 얘기해도 잘 알아듣고 업무환경에 대한 이해도가 높으니 척하면 척이다. 깊은 공감을 해준다. 본인이나 주변 동료가 이미 겪어본 일이거나 겪을 일이기 때문이다. 그런데 정말 슬플 때는 같은 간호사에게도 이해받지 못할 때다.

최근에는 온라인상에 힘든 감정을 토로하거나 상담이나 조언을 구하는 간호사들의 글이 꽤 올라온다. 나는 임상의 분위기를 느끼고 싶을 때 이런 글들을 찾아보곤 한다.

요양병원 집중치료실에서 일하는 이 간호사는 신규 간호사와의 일을 토로하고 있었다. 위층 병동에서는 신규 간호사가 차지(병동 선임)를 보고 있었다고 한다. 병동 환자의 혈압이 떨어져서 환자가 집중치료실로 내려와야 하는 상황이었다. 시간이 되어도 환자가 내려오지 않자 차지가 신규 간호사인걸 고려해 직접 올라갔다.

당시 직접 환자 혈압을 확인했을 때는 유선으로 연락받았을 때만큼 긴박한 상황은 아니었다. 상의 후 모니터링을 위해 집중치료실에서 환자를 받기로 했다. 환자 인계를 받는데 신규 선생님이 환자 파악이 전혀 안 되어 있었다. 명확하지 않은 부분을 확인했더니 신규는 아는 것이 없었다. 그리고 본인이 보기에 답변하는 태도까지 불손했다. 그래서 결국 신규에게 한마디 했고 둘이 티키타카 주고받다 감정에 골이 깊어졌다는 내용이었다. 서로 어떤 말투로 어떻게 말을 했는지도 간간히 적혀 있었다.

이 글의 댓글에는 글쓴이를 응원하고 격려하는 글도 있었지만 슬프게도 그 반대의 비율이 훨씬 높았다. 어떤 사람은 글쓴이를 적나라하게 지적하는 댓글을 올리기도 했다. 내가 글쓴이의 이전 글도 읽어봐서 아는데 이런저런 행동이 좀 잘못되었다느니, 말투가 원래 그러냐, 이런 나쁜 습관이 있는 것 같 다느니 온통 글쓴이를 정죄하는 말뿐이었다.

글쓴이가 글을 올린 목적은 고통스러워서 분출하고자 쓴 글인데 달린 댓 글들은 큰 소용이 없었다. 이 댓글들에 왠지 더 글쓴이의 고통이 가중되고 상처를 받겠다는 생각이 들 정도였다. 나는 그에게 제대로 된 따뜻한 한마디 를 해주고 싶은 마음이 들었다. 나만의 간호중재를 한다 생각하고 나는 온 마음을 다해 댓글을 남겼다. 최선의 말로 공감, 격려하며 다음번을 위한 제안 도 했다. 사실 크게 보면 다른 댓글과 내용은 크게 다르지 않았다. 다만 나는 공감하는 말을 충분히 했을 뿐이고 그것을 전하는 방법이 달랐을 뿐이다.

그는 마치 그 상황에 있었던 듯 너무 내 맘을 잘 알아주어 고맙다고 내게 감동하였다고 말해왔다. 나 역시 마음이 통한 것 같아 너무나도 기뻤다. 얼굴 도 본 적도 없고 만난 적도 없지만, 나로부터 위로와 힘을 얻었다니 참 뿌듯 한 일이었다.

하지만 그 글을 다시 찾을 수는 없었다. 글쓴이의 요청으로 며칠 지나지 않아 비공개 게시판으로 옮겨졌다. 아마 다수의 다른 간호사들이 남긴 비난 섞인 댓글과 이해받지 못했다는 좌절감 때문일 것이다.

간호사들이 업무 중 겪는 스트레스를 환기(ventilation)하는 방법에는 여러 가지가 있다. 무슨 힘든 일이 있었는지 얼마나 바빠서 쫄쫄 탔는지 주위 사람들에게 이야기하며 푸는 방식이 그 중 하나다. 동료들이 이야기를 들어주며 '아 정말 바빴겠다, 아 정말 힘들었겠다.'라고 공감해주는 몇 마디에, 혹은 그 맘 다 안다는 눈빛과 끄덕임에 마음이 풀린다.

또 어떤 간호사는 모자란 잠을 푹 자거나 더 격렬히 아무것도 하지 않는 것을 택하기도 하고 평소에 좋아하던 맛있는 음식을 먹으며 스트레스를 풀기도 한다. 누군가는 글을 쓰기도 하고 그림을 그리거나 운동을 하는 등 본인이 좋아하는 취미생활이나 활동을 한다. 간호사 각자 다 본인만의 방식대로 업무적 스트레스를 푼다. 스트레스를 푸는 방식에도 제각각의 개성이 묻어나온다.

이렇게나 사람들은 제각기 다 다르다. 모두 서로 다른 사람들인데 우리는 다른 사람의 감정을 볼 때에 내가 가진 안경으로 보는 경우가 많다. 심지어 공감과 위로를 바라고자 올린 글에 핏대를 세우거나 죽자 사자 달려들기도

한국에서 간호사로 살아보기

한다.

나는 타인을 힐링할 때 가장 먼저 전제되어야 하는 첫 번째 단계가 바로 그 감정을 있는 그대로 인정해주는 것이라 본다. 인간중심 상담이론을 개발한 칼 로저스(Carl Rogers)도 상담자의 자세로서 무조건적 긍정적 관심과 수용을 주장하고 있다. 명확하지 않은 부분을 확인하고 부족한 부분을 지적하는 건데 왜 고깝게 듣느냐, 그러게 똑바로 인계를 줘야 하는 거 아니냐고 따질 필요가 없다. 또한 신규 간호사가 환자에 대해서 모르는 데 왜 네가 화가 나냐, 당연한 거 아니냐, 너는 신규 시절이 없었냐는 반응 또한 불필요하다. 감정이 절적한지 부적절한지 판단할 게 아니라는 말이다. 이 상황에서 이 사람이 나고 자란 환경에서 이 사람의 감정은 그런 것이다.

이는 스스로에게도 적용된다. 나는 그런 감정이 들었구나 하며 먼저 그냥 인정하는 것이다. 신규가 아무것도 몰라 대답을 못할 때 나는 화가 났었구나. 내가 왜 그런 감정이 들었을까. 그냥 나를 가만히 들여다보는 거다.

간호사가 환자의 신체적 통증을 사정할 때 보통 통증척도(NRS)를 사용한다. 통증을 객관화된 점수로 기록해 체계적으로 중재 및 평가하는 것이다. 통증의 강도를 사정하다 보면 의문이 갈 때가 있다. 어떤 환자는 아주 아파 죽겠다며 지금 당장 진통제를 달라며 4점을 얘기하는가 하면, 어떤 환자는 미간의 찌푸림은커녕 표정 하나 변함없이 조용히 6점을 말한다. 하지만 이를 간호사가 판단해서 저 환자는 아파 죽겠다는 표정이니깐 6점으로 이 환자는 나름 평온해 보이니까 4점으로 다루지 않는다.

온전히 환자 스스로 객관화하여 표현한 그 수치에 기반을 두고 통증을 중재한다. 나의 사적인 감정이나 판단은 섞지 않는 것이다. 환자 개개인이 말하는 4점은 그 통증의 정도가 다를지언정 한 환자가 말하는 4점은 그에게는 같은 4점이기 때문이다. 환자가 아프다고 하면 통증이며 환자가 수치로 표현한 강도 그대로이다. 즉 모든 통증은 옳다.

사람들은 이미 잘 알고 있는 분야에서 옳고 그름을 더 빠르게 판단한다. 이미 선행된 학습이 너무나도 많기에 자연스러운 반응이다. 하지만 나는 간호사가 환자의 통증과 그 호소하는 정도를 있는 그대로 받아들이듯이, 타인의 불편한 감정을 다루는 태도 역시 그래야 한다고 생각한다. 다른 간호사가 아픈 마음과 속상한 감정을 호소할 때 잘잘못을 먼저 따지기보다는 우선 그대로 받아들여 보자.

신규 간호사 문제로 괴로움에 글을 올렸던 위 간호사의 경우도 마찬가지다. 그 역시 정신적으로 아프고 괴로운 정도가 통증 점수(NRS) 4점 이상이기 때문에 글을 올린 것이다. 말하자면, 감정적 통증 중재가 필요한 상태다.

그에게 우선 필요한 간호중재부터 해주면 어떨까. 더군다나 우리는 간호사가

아닌가. 내가 갖는 모든 느낌과 감정은 옳다. 내 것이 옳듯 너의 것도 그렇다.

08

늘 환자가 우선이지만
나를 잃지는 말기를

간호사들은 저마다 가슴 속에 본인에게 각인된 장면 하나쯤을 품고 있다. 관찰실에도 나오지 못한 채 병실에서 심폐소생술(CPR) 및 응급처치를 했던 순간, 쌍 CPR을 쳤던 하루, 관찰실이 부족해 옆 병동의 관찰실까지 빌려 쓴 날 등.

간호사들은 "선생님 그때 기억나세요?" 하며 본인에게 각인된 그 장면 속 함께 했던 동료를 찾아 가끔 그 순간을 되새긴다. 각인 장면의 대부분은 좋고 행복한 기억보다는 버겁고 힘들었던 순간들이다. 주로 일분일초를 다투는 위급한 상황이다. 지금이 훨씬 낫다고 스스로를 위안하기도 하고 그때를 떠올리며 몸서리치고는 다시는 그런 일이 생기지 않기를 기도한다. 그만큼 강렬한 기억이기에 서로 이야기하며 곱씹고 본인에게 남은 감정을 정리한다.

같은 사건이라 하더라도 간호사 개개인의 가슴 속에는 각자 다르게 저장되어 있다. 기억하는 모습과 장면도 다르다. 누군가에게는 내가 좀 더 빨리 어떻게 해야 했는데 하는 아쉬움이 크게 남아 있다. 누군가에게는 압박감과 두려움으로 남아 있다. 다른 누군가에게는 경험치가 올라가며 자신감을 갖는 계기가 된다.

함께 일하는 병동 간호사 전부 모여 한 해를 정리하는 의미의 식사 자리. 파트장님이 최근 병동에서 사후처치를 몸소 경험하신 소감을 나누신다. 환자 두 분이 거의 동시에 하늘나라로 가셨다. 다른 중환들도 있기에 사후처치를 할 손이 부족해 파트장님까지 손수 나서서 팔을 걷어 부치신 상황이 됐었다. 파트장님에게는 그 순간이 잊지 못할 순간으로 남으신 것 같았다.

갑자기 눈시울을 붉히시는 파트장님. 병동 간호사들이 힘들고 어려운 일을 한다는 것은 진즉에 알고 있었지만 이번에는 달리 보이셨다고 한다. 간호사들이 얼마나 귀한 일을 하는지 새삼 다시 알게 되었다는 고백을 하신다. 20대, 30대의 꽃다운 간호사들이 감당하는 무거운 책임과 그 가치를 새삼 다시 느끼셨다고 말씀하시던 모습이 지금도 선하다.

어떤 간호사에게는 그 어떤 응급상황이든 사망 건이든 그저 여러 일 중의 하나인 듯 담담할 수도 있다. 어떤 간호사에게는 또 다른 버거운 하루의 기억으로 남았을 수도 있다. 별일 아니라는 간호사는 이미 많이 겪어봐서 무뎌진 것일까. 아니라고 본다. 감정이 무뎌졌다기보다는 수많은 경험으로 더욱 단단해졌다는 표현이 더 정확할 것이다. 간호사로서 수많은 경험치를 쌓으며 성장해왔다는 증거라 하겠다.

상황을 어떻게 받아들이는지는 간호사마다 다 다르다. 하지만 이 일을 계속해내는 이유 하나만은 모두에게 같다. 바로 환자를 위해서다. 신규든 경력 간호사든 최선의 간호를 하고 싶은 마음만은 같다. 생명을 다루는 간호사이기에 환자를 향한 열정만은 매한가지다. 오늘 내가 한 간호에 대해 한 점 부끄러움이 없도록 각자 전력을 다할 뿐이다. 나는 그것으로 이미 충분하다고 본다.

나에게 각인된 장면을 묻는다면 처음으로 내 환자가 중환자실로 내려갔을 때가 떠오른다. 역시 아무것도 모를 때 내가 바보 같았을 때의 기억이다. 그 아쉬움과 두려움의 기억이 강렬하게 남아 있다. 환자는 내가 전날에도 봤던 30대 남자 환자였다. 항암 치료를 받기 충분한 상태로 보호자분과 즐겁게 항암 치료를 잘 견디고 계셨다.

나는 이제 막 업무를 시작하려 선배 간호사로부터 인계를 받던 중이었다. 그때 갑자기 환자의 보호자가 병실 밖으로 뛰쳐나왔다. 아침에 일어나보니

한국에서 간호사로 살아보기

환자의 상태가 이상하다는 것이다. 곤히 자는 줄 알고 이제야 깨우려는데 이상하단다. 어제까지만 해도 멀쩡히 걸어 다녔던 환자인데 깨워도 일어나지 않는단다. 환자의 의식이… 갔다.

급하게 응급환자대응팀이 호출되었다. 마침 나온 환자의 혈액검사 결과를 확인해보니 놀랍게도 포타슘(칼륨)이 6.5mEq/L이었다. 항암 치료로 종양용해증후군(TLS)이 온 것이다. 함암제 투여로 암세포들이 사멸하며 혈액 내 중요한 전해질의 균형이 다 깨져버린 것이다. 특히 칼륨 수치가 정상에서 급격히 올라갔다. 이는 까딱하면 심장마비까지도 초래될 수치였다. 환자가 사망에 이르기도 하는 응급 중의 응급이었다.

햇병아리였던 나에게는 말로만 듣던 종양용해증후군과의 첫 만남이었다. 환자를 살리려 달려온 의료진 군단이 환자를 둘러싸고 뭐 주세요, 뭐 체크해주세요, 긴박하게 주고받는데 쉽사리 낄 수가 없었다. 두려운 마음이 앞서다보니 그들의 말이 귓가에만 스쳤다. 웅성웅성 귀 안에 잘 들리지도 않았다. 고칼륨혈증 때문에 칵테일요법을 하려고 50% DW(포도당)을 가져오라는데 그게 어디 있는지도 몰라서 5%DW를 들고는 어리바리한 상태였다.

나이트 선생님은 그런 나를 잡아 세우셨다.

"선생님, 이 환자는 내가 마무리할게요. 다른 환자부터 보세요."

인계를 멈추고 환자에게 달려 드셨던 선생님은 그 응급환자의 모든 것을 감당하셨다. 지금 생각해보면 손 털려고 인계 주는 상황에서 일이 터졌으니 선배 선생님 역시 얼마나 당황스러웠을지 얼마나 정신없으셨을지 상상이 안 간다.

환자를 중환자실로 전동 보내신 선생님은 병동에 돌아와서 나에게 인계를 마저 주고 기록까지 말끔히 하고 가셨다. 그 정신없는 와중에도 신규인 내가 업무를 시작할 수 있게 정리를 해주시던 선생님. 참 멋진 선배 간호사다. 선생님의 모습에 닮고 싶다는 마음이 피어났다. 선생님께 면목이 없어 얼른 커야겠다는 마음뿐이었다. 사실 선배 간호사 역시 선배의 역할은 처음이다. 후배까지 챙기며 그렇게 대처하기가 쉽지 않다는 걸 알기에 되돌아보면 너무나 감사한 마음뿐이다.

간호사에게 경험치는 매우 중요하다. 수많은 응급상황을 다루고 사후처치를 한 만큼 남다르게 적절히 대응한다. 겪어본 환자사례가 많을수록, 간호해본 환자의 중등도가 높을수록 환자에게 필요한 간호 처치가 제때 정확히 나온다.

132

이 경험치와 노련함은 시간이 지날수록 서서히 쌓인다. 경험으로 다져진 술기는 간호 지식과 함께 차곡차곡 쌓였을 때 환자에게 잘 내어줄 수 있다. 그렇기에 간호사는 업무 외의 시간에도 수시로 공부하며 이를 채워가는 과정을 밟는다. 이렇게 잘 채워진 간호사는 주변을 돌아볼 시야도 생기고 멋지게 후배를 챙긴다.

하지만 간호 지식과 술기, 온갖 경험치로 똘똘 무장한 간호사의 대다수는 슬프게도 번아웃(burn-out)에 시달린다. 임상에서 간호사가 쉽게 겪는 신체적·정신적 소진 상태다. 그들이 채운 만큼 충만감을 느껴야 하는데 현실은 그렇지 못하다. 아이러니하게도 경력을 쌓을수록 그들의 번아웃은 심화된다. 경험치와 경력에 따라 더 많은 책임이 생기기 때문일까.

환자의 삶과 죽음의 경계에서 간호사는 아슬아슬하게 일한다. 그들에게 주어진 삶을 최대치의 안위와 풍요로움 속에서 살도록 온 정성을 쏟는다. 환자의 삶이 다 하는 날까지 끝까지 함께 한다. 가야 될 때가 오면 편안히 보내드리려고, 환자들의 존엄한 마지막을 위해 노력한다.

간호사는 아픔, 고통, 좌절과 죽음 속에서도 긍정을 이야기하는 직업이다. 임상에서 여러 해를 보내며 깨달은 게 있다. 바로 내가 가진 긍정과 에너지가 풍요로워야 그것을 나눌 수 있다는 것이다. 나누지도 못할 만큼 내 안의 긍정과 에너지가 턱없이 부족할 때는 여간해서는 나누기가 쉽지 않다.

파트장님의 눈에 우리 간호사들의 업무가 귀히 보였던 것도, 선배 선생님의 눈에 나 역시 마음만은 척척 해내고 싶은 마음이라는 것도 그들이 마음의 문을 활짝 열었기에 보인 것이다. '아니 내가 파트장인데 이걸 할 수는 없지. 사후처치는 도저히 못 하겠다.'라는 마음도 있을 수 있다. 응급상황에서 어리바리한 신규 간호사에게 '아 필요 없어, 저리 가.'라며 걸리적거리지 말라고 내칠 수도 있다. 하지만 그러지 않기로 선택한 것이다.

환자를 보내주는 일의 숭고함, 간호사의 노고, 도움이 되고 싶지만 안 따라주어 자책하는 마음도 이를 알아보는 눈앞에서만 보이는 것이다. 보지 못하는 자 앞에서 그런 것들이 느껴질 리 없다. 이런 마음의 눈은 나 자신을 잃은 상태에서는 작동하지 않는다. 그렇기에 나를 먼저 채워주는 것이 필요하다. 나를 잃지 않았을 때, 내가 풍요로 때 비로소 주변이 보인다. 환자가 어여삐 보인다. 환자가 굳이 요청하지 않아도 환자의 요구와 필요를 보게 되는 마음의 눈이 생긴다.

이 세상에 친절하지 않은 간호사는 없다. 나를 잃은 간호사만 있을 뿐이다. 간호사가 마음의 눈으로 보지 않는다면 그는 이미 나를 잃었을 가능성이 크다.

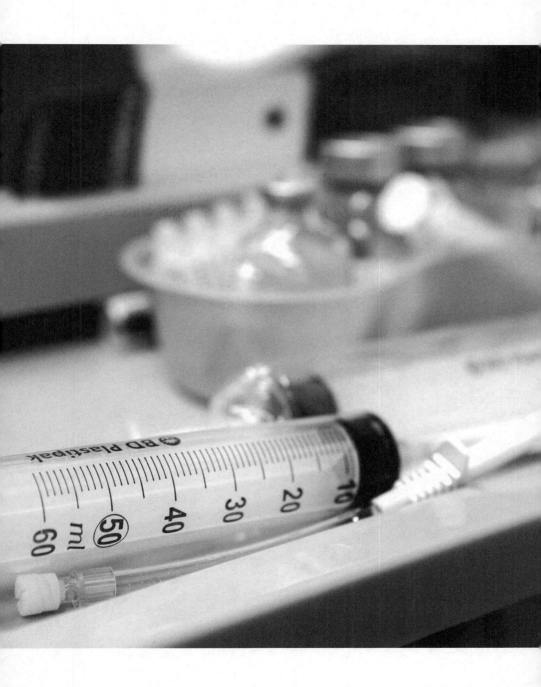

3장

간호사가
포기하는 순간
환자도 같이
주저앉는다

간호사는 매순간
기적을 꿈꾼다

인계를 받으면서 등줄기에 식은땀이 났다.

'내 듀티에 환자가 다 놓아버리는 건 아니겠지. 아냐, 제발…'

이 폐암 말기 환자는 70대 남자로 다른 여러 장기에 원격 전이가 되는 등 생명의 불씨가 서서히 꺼져가는 환자였다. 카덱스(인계메모장)에는 다음 메모가 적혀 있었다.

'○월 ○일 둘째 아드님 귀국 예정.'

환자가 유독 아끼던 둘째 아드님이 미국에 나가 있는 터라 다음 주 무슨 요일까지는 꼭 살려놓으라는 요청이었다. 환자의 생명의 불씨는 이미 많이 약해진 상황. 후- 불면 꺼질 것 같은 상태였다. 그럼에도 무조건 사수하라는 환자 가족의 마지막 특별 요청이다.

나는 인계를 받으면서도 혹시나 내 듀티에 환자가 잘못되지 않을까 살짝 두려워졌다. 환자의 혈압이 들쑥날쑥하다가도 서서히 떨어지는 추세이니 온 신경이 쓰였다. 간호사들끼리도 인계를 주고받으며 이게 가능할까 하며 공기가 무겁다. 본인 역시 듀티 내내 마음이 쫄쫄 탔다고 무거운 한숨을 내쉰다. 나는 이내 마음을 비운다.

'이제 내 차례다. 내 듀티를 넘기자. 이렇게 한 듀티, 또 한 듀티 넘기면 돼.'

환자 역시 온 마음과 힘을 다해 버텨내 줄 것을 알기에 나 역시 최선을 다하기로 다짐한다.

환자의 소생술 금지(DNR)동의서에는 중환자실에는 가지 않겠다, 기도삽관을 하지 않겠다, 심폐소생술을 하지 않겠다, 정도인 것 같았다. 가족이 원하지 않는 것들을 제외한 그 모든 것을 해서 다음 주 아드님이 오실 때까지 이 환자의 생명을 유지해야 한다.

우리 간호사들이 본인의 듀티 내내 하얗게 불태우며 평균혈압 60mmHg

140

언저리로 넘겨주던 날이 벌써 며칠째. 시간이 너무 더디게만 간다. 하루하루 약속한 날짜만 손꼽게 된다. 환자가 한순간에 다 놓아버릴까 전전긍긍하는 마음이 튀어나온다.

이 목표 혈압조차도 이제는 지킬 수 없을 만큼 와버렸을 때는 더 긴장감이 감돈다. 다시 주치의의 코멘트와 처방대로 목표 평균혈압을 55mmHg로 조금 낮추기로 하고 생리식염수를 하고 산소를 최고농도로 주며 승압제 용량을 다시 올린다. 아직은 때가 아니라고 멀어지려는 환자를 바쁘게 다시 붙잡아 가까이에 두는 우리.

정말 기적 같게도 그 길게만 느껴졌던 시간을 환자분이 잘 버텨내주셨다. 덕분에 멀리 미국에서 아드님이 비행기 타고 날아와 드디어 관찰실에 도착했다. 환자가 그토록 기다리던 자녀분과 만나는 순간. 서로의 손을 잡고 그간 못 나눈 이야기를 나누는 가족들. 환자분은 마치 오래 기다렸다는 듯이 자녀분의 곁에서 편안히 눈을 감는다. 불가능을 가능으로 만드는 그분의 의지. 마치 기적과도 같은 순간이다.

병원에서 일하다 보면 임종이 거의 임박하신 말기의 환자들을 마주하게 된다. 생명의 불씨가 거의 꺼져가는 상태의 환자들에게는 통증을 적극적으로 관리하고 호흡, 영양, 배설, 위생 등 환자의 안위를 높여주는 기본 간호가 주를 이루게 된다. 이즈음 주치의는 진료과와 상의하여 환자 상태와 임종이 임박했음을 보호자에게 알린다. 환자의 존엄하게 죽을 권리를 위해 소생술 금지 관련 동의서를 받는다.

그런데 위처럼 보호자로부터 특별한 요청을 받을 때가 있다. 바로 환자의 생명을 언제까지는 꼭 붙들고 있어 달라는 내용이다. 이런 요청의 주요한 이유는 자녀의 부재이다. 큰아들이 지금 미국에 있어서, 막내가 외국에 있어서, 딸내미가 어디에 있어서 등등. 마지막으로 돌아오지 못할 먼 길을 떠나기 전, 그동안 잠시 못 봤던 자녀의 얼굴이라도 한 번 보고 갔으면 하는 마음에서다.

그런데 자녀 혹은 배우자가 병상에 누운 가족의 임종을 지키는 것은 병상의 환자에게만 큰 의미가 있는 것은 아니다. 수차례 삶의 경계를 넘어 죽음으로 향하는 그들을 지켜보며 나는 오히려 이 의식이 남은 자를 위한 것이라는 생각이 들었다. 앞으로 살아갈 사랑하는 남은 이들을 위해 그들이 마지막 인사를 할 기회를 주는 것. 그렇지 않으면 어쩌면 두고두고 남은 자들의 가슴 속 한으로 남을 일이란 걸 알기에. 떠나는 자의 마지막 배려랄까.

환자가 가진 생명의 불씨가 스르르 꺼지기까지의 시간은 매우 귀하다. 매우 한정된 시간이고 다시는 되돌아오지 않을 시간이다. 이를 알기에 선배 간호사들이 늘 그렇듯 나 역시 가족에게 이야기한다. 가족들이 마지막 인사말

142

을 할 수 있도록 이끌어준다. 단순히 남아 있는 사람을 위한 위로 같지만 오 감 중 임종 직전까지 남아 있는 감각이 청각이라는 꽤 과학적인 연구 결과에 기반을 둔 행위다.

"마지막으로 하고 싶은 말씀, 그간 못 하셨던 말씀하세요. 환자분 지금 다 듣고 계십니다."

사랑한다, 고맙다며 터져 나오는 울음 섞인 말들. 삶을 마무리하며 배우자, 자녀와 함께하고, 그들로부터 사랑한다, 고맙다는 말을 들을 수 있는 것도 기 적이다. 그렇기에 의료진들은 이 요청을 어떻게든 반드시 지켜내기 위해 할 수 있는 최선을 다한다. 떠나는 자와 남는 자 모두를 위하여.

"오늘은 색칠공부 얼마나 하셨어요?"
"아직요…."
"오늘 기분은 좀 어떠세요?"
"좋아요."

대답이 매우 짧고 무언가 쑥스러운 듯 보이지만 환자의 미소는 참 맑다. 항 생제 내성균 격리병실(VRE병실)에 있는 30대 중반의 남자. 이 환자의 곁에 는 그의 노모가 정성으로 병간호를 하고 있다. 환자가 밥도 잘 먹고 어제도 열심히 색칠공부를 했다고, 내 질문에 보호자가 환자를 대신해서 말을 보태 대답한다.

 나이도 젊고 신체적으로도 건장해 보이는 이 환자의 진단명은 뇌전증이다. 예전에는 소위 간질이라 불리던 경련, 발작을 하는 환자이다. 처음 우연히 시작한 경련이 이렇게까지 안 잡히고 수개월 아니 1년이 지속될지, 이토록 예후가 안 좋을지 그 누가 알았을까. 마침 회진하러 온 교수님은 항경련제 8종 세트를 빵빵하게 쓰는데도 뇌전증이 잘 안 잡힌다며 의아하다는 표정을 내비친다. 교수님의 설명에 억장이 무너지는 보호자.

 노모는 아직 채 피지도 못한 자식을 놓을 수가 없다. 말없이 눈물을 삼키는 보호자. 꽤 긴 시간동안 자식을 간병하며 옆에서 본인 힘든 것은 내색조차 못하고 쓴 눈물을 몰래 훔쳐야만 했던 어머니. 도무지 끝이 안 보이는 상황 속에서 어머니는 할 말을 찾지 못해 침묵한다. 노모는 그런 아들에게 색칠공부를 열심히 시킨다. 침대 발치 상두대에는 12색 색연필과 색칠공부 공책이 놓여 있다. 애타는 마음이 그대로 전해진다. 기적을 바라는 어머니의 마음.

 "너 이래서 언제 애기 보러 갈래."

환자가 듣는지 어쩌는지 노모의 말이 병실 허공에 무겁게 내리꽂힌다. 환자의 아기는 고작 9개월. 예쁜 딸이다.

간호사 역시 보호자와 가족들이 소망하는 기적을 간절히 바란다. 복용하는 약효가 제대로 발현돼 최고의 치료 효과를 얻기를, 더는 발작으로 괴롭지 않기를, 항생제 내성균 검사에서 3회 연속 음성이 나와 격리병실에서 나갈 수 있기를, 항생제 내성균이 다시는 몸에서 안 나오기를, 긴 입원생활을 청산하고 곧 따뜻한 집으로 돌아갈 수 있기를. 물론 환자의 보호자만큼 절실하다고는 감히 말할 수는 없다. 하지만 환자는 그 누구도 아닌 '내 환자'다. 간호사는 누구나 '내 환자'의 회복과 안녕을 꿈꾼다.

그가 9개월 딸을 만나 딸내미의 귀여운 얼굴에 볼과 볼을 맞대고 비비적대며 하루를 마무리할 수 있기를, 아이를 품에 안고 사랑한다고 수도 없이 말해줄 수 있기를 바란다. 환자들이 원하는 일상생활을 그들이 원하는 방식으로 해내기를 바란다. 그들의 삶에 단비가 내리기를 진심으로 바란다. 이 모든 기적을 매일 누릴 수 있음에 행복하다고 고백할 수 있게 되기를 바란다.

한 번도 상처 받지 않은 것처럼
간호하라

"간호사님, 우리 아저씨 지금 상태가 어때요?"

폐암 말기 환자의 아내인 보호자다. 수개월째 병동에서 병간호하고 있다. 바쁜 와중이었지만 보호자가 면담을 요청한 것이니 환자 상태가 이렇고 지금 이렇게 지지요법(supportive care)를 하고 있다고 성심껏 설명을 해드렸다.

"아니, 저이가 왜 아직도 저러고 있느냐고! 어?"

저희 쪽에서도 최선을 다하고 있다는 내 말이 채 끝나기도 전에 보호자가 언성을 높이신다. 화를 넘어서 분노가 가득한 모습이다. 네가 내 심정을 아느냐, 남의 일이라고 함부로 말하지 말라, 그렇게 말로만 하지 말고 어떻게 좀 해달라, 담당 간호사인 나에게 모진 말들을 쏟아낸다. 나는 정성을 다해 간호하고 있는데 그 매서운 눈빛을 받는 게 서러울 정도였다. 그러던 찰나 보호자분이 갑자기 병동이 떠나갈 정도로 고함을 치기 시작한다.

"그게 아니라, 아니 지난주도 넘기기 힘들 것 같다며! 의사가 와서 오늘내일한다고 했던 게 언젠데! 왜 아직도 저러고 있느냐고! 말이 안 되잖아, 말이! 도대체 언제까지 이렇게 살아야 해! 도대체 언제까지! 아아아악!! 아, 내가 정말… 하흑흑…"

보호자의 괴성은 처절한 울음으로 바뀌어 있었다.

이 장면은 당시 주니어 간호사였던 나에게 꽤 충격적이었다. 그의 소리침과 울부짖음이 마치 슬로우 모션처럼 느껴졌다. 내 뇌리에 깊이 남을 정도로 아프고 고통스러운 모습이었다. 환자를 살려달라고 눈물짓는 수많은 사람들 속에서, 반대로 이제는 제발 좀 놓아달라고 외치고 있다. 왜 아직도 환자가 죽지 않느냐고 소리치는 이 보호자는 환자를 살려달라며 눈물짓는 다른 가족들과 그 아픔의 결이 같았다. 그 고통은 오히려 스스로를 파괴할 만큼 더 깊게 느껴지기까지 했다.

나는 가끔 "우리 병원은 '죽은 사람도 살리는 병원'이야." 라는 농담을 하곤 했다. 남편은 내 허무맹랑한 표현에 코웃음을 쳤지만 나는 진심이었다. 위급한 상황에서 골든타임을 지켜내고 가망성이 희박한 환자도 살려내는 최고의 병원이었다. 이 병원의 일원으로서 일한다는 자부심이 내 안에 있었다. 병원 평가에서 하나라도 2위가 나오면 초상집이 되는 우리 병원이었다.

하지만 이 고통 속에 울부짖는 보호자 앞에서 나는 마치 무언가 큰 잘못을 한 것처럼 작게 느껴졌다. 환자를 무조건 살려내는 것만이 다가 아닐 수도 있겠다. 무조건 삶을 연장하는 것만이 능사가 아닐 수도 있다. 오히려 모두가 힘들어질 수도 있다. 나는 내가 하는 이 모든 게 최선이라 여겨왔었는데…. 나는 망치로 머리를 한 대 맞은 것 같았다.

전염성 척추염으로 아내와 함께 입원한 이 환자는 '예민하다'는 말로는 무언가 부족하다. 굉장한 피해의식에 사로잡혀 있었고 분노를 잘 조절하지 못하는 것 같았다. 아무래도 병원에 입원할 정도로 아파진 상황이면 불안 정도도 높아지고 감정적으로 굉장히 취약해져 있는 상태다. 그렇기에 이성적, 논리적으로 행동하지 못할 때가 많다. 그 모든 걸 감안해도 이 환자는 무언가 조금 달랐다.

이 환자의 자리는 5인실의 끝자리, 문 바로 앞이었다. 환자들이 드나드는 입구 쪽이기에 누구든 지나치는 자리였다. 그때였다. 환자 베드 발치 쪽의 상두대가 펼쳐져 있었고 커튼으로 가려져 있었다. 자연스레 환자분들이 드나

148

들다 어떤 다른 환자가 모르고 상두대를 툭 치고 갔다. 그 환자의 '어이쿠 죄송합니다.'라는 말이 채 끝나기도 전에 이 환자는 쌍시옷 욕을 걸쭉하게 고함친다. 이 욕은 단발성으로 끝나지 않았다. 그의 입에선 온갖 쌍욕이 난무했다. 옆에 있던 아내도 당황했지만 마치 늘 그랬던 양, 차마 말릴 엄두도 못 내고 있었다.

그 방의 라운딩을 돌기 위해 널싱 카트를 마침 그 앞에 위치시켰던 나는 내 널싱 카트가 이 환자의 상두대를 친 것처럼 얼른 사과하고 그 상황을 중재했다. 하지만 환자의 욕은 멈추지 않았다. 상대가 어르신이라는 걸 알면서도 저 새끼가 아까도 그러더니 또 일부러 그랬다느니, 저러니 여기서 병신같이 있지, 등 한참을 욕 섞인 저주를 쏟아낸다. 다른 병상의 환자들은 어르신한테 그렇게 말하면 쓰냐면서 다들 한소리씩 했다. 그러다 이내 모두 학을 떼며 고개를 돌리고 입을 다무셨다.

이 환자가 지금 쏜 화살이 지금은 아직 정확히 나를 향한 것은 아니었다. 하지만 나는 이 화살이 언제든 나를 향할 수 있겠다는 생각에 머리가 쭈뼛섰다. 이 환자는 중앙 공지에 이름을 올렸다. 곧 정신건강의학과 협진을 받았다. 그는 입원 기간 내내 폭탄을 안고 있는 듯 위태로웠다.

나는 가족들이 병원에 다녀오면 진료는 어땠는지 치료 계획이 뭐라는지 무슨 주사를 맞았는지 무슨 약을 처방받았는지 물어본다. 그러면 대부분 내가 원하는 시원한 대답을 해주지 못한다. 그런데 내가 묻지 않아도 말해오는 것이 있다. 바로 그들이 병원에서 어떤 상처를 받았는지이다.

나는 이들의 말을 들으며 환자의 위치가 된다는 게 얼마나 심리적으로 취약해지는 상태인지 실감한다. 어느 부분은 십분 이해가 가고 내가 그 상황이었어도 그렇게 느꼈을 것 같다는 생각이 든다. 그럴 땐 '내가 다음에 간호할 때 이 부분을 더 신경 써야지' 생각하며 교훈으로 삼고 내 마음속에 잘 담아둔다.

혹여 가족들이 병원 시스템을 잘 몰라서 오해한 거라면 그건 오해다, 이런 절차가 있기 때문에 아마 이런 의미였을 거라며 설명을 해주기도 한다. 그런데 어떨 때는 도대체 그게 왜 화가 날 일인지 나조차도 당최 이해가 안 될 때가 있다. 어떻게 생각회로가 그렇게 연결될 수 있는지 의문이 갈 정도다.

우리 엄마는 세상 인자하며 강인한 사람이다. 딸내미가 간호사니깐 다른 간호사들 보면 내 생각이 나서 잘 해주려 노력한다. 그런 엄마가 뜬금없이 병원에서 상처를 받았다는 것이 아닌가. 나는 자초지종을 들어보았다. 내용인즉슨 병원 외래에서 외래 간호사가 자기 이름을 부르며 피식 비웃었다는 것이다. 아니 사람 이름이 아무리 이상해도 그렇지 어떻게 부르면서 대놓고 피

한국에서 간호사로 살아보기

식 비웃을 수 있느냐는 거다.

내 손모가지를 걸고 말하지만 외래 간호사는 환자 이름에 눈길 주며 그 이름이 얼마나 웃긴 이름인지 곱씹을 새가 단연코 없다. 마치 공장 컨베이어 벨트처럼 쉬지 않고 돌아가는 외래에서, 하루에도 수백 명의 환자를 치고 빼는 외래에서 말도 안 된다. 나는 엄마의 말이 기가 차고 황당해서 대꾸하고 싶지도 않았다. 그러다 나는 답답함에 소리친다.

"다 아는 엄마도 그렇게 생각하는데 다른 사람들은 어떻겠어, 내가 병원에서 어떻겠어!"

나는 괜히 버럭 하며 눈을 흘긴다.

의료진들이 기대한 것 이상으로 잘 버텨주었던 폐암 말기의 그 환자는 오래 지나지 않아 그의 생을 다 하였다. 왜 아직도 환자가 죽지 않고 살아 있느냐고 소리쳤던 그 보호자에게도 배우자의 죽음은 역시나 경황이 없었다. 오랜 입원 생활로 쌓인 짐을 말끔히 정리한 보호자는 간호사들에게 감사의 인사를 빼놓지 않았다. 그리고 내게 그동안 고생 참 많았다는 말을 건넸다. 내가 사는 게 사는 게 아니라 그동안 간호사님을 너무 힘들게 한 것 같다고. 참고맙고 미안했다고.

나는 환자들이 울분에 차서 화를 쏟아낼 때는 그게 단순히 화라는 감정이 아니란 것을 깨달았다. '화'라는 감정은 너무 추상적이고 투박하다. 그 화의 이면에는 분명히 더 분화된 다른 섬세한 감정이 들어 있다. 화의 뿌리에는 답답함, 실망감, 좌절감, 외로움, 고립감, 열등감 등 다양한 모양의 감정이 웅크리고 있다.

그 후로 나는 환자나 보호자분이 표현하는 감정에 마음을 기울이려 노력했다. 갑자기 화를 내기 시작하면 최대한 그 뒤의 상황, 그 아래의 감정을 보려 한다. 서툴게 표현된 감정을 뭉뚱그려 단순히 화로 치부하기에 그들의 좌절은 너무 깊다.

누구나 서툰 마음에, 화내는 것 혹은 가만히 눈물을 흘리는 것 말고는 아무것도 할 수 없던 순간들이 있었을 것이다. 주체할 수 없는 감정을 어떻게 할 수 없는 순간, 나 좀 그냥 받아주지 라며 상대에게 무작정 원하고 기대하는 순간도 있다. 폭풍이 휘몰아치는 마음을 더는 감출 수 없을 때, 우리 모두 그런 날이 있다. 심지어 우리만의 질병인 화병도 있지 않은가.

환자, 보호자의 '화'를 개인적으로 받아들여서 상처 입지 않기를 기도한다. 그 뿌리에는 연약함과 괴로움이 있다. 한 번도 상처받지 않은 것처럼 간호하라. 환자를 위해 그리고 그대를 위해 품으며 나아가길 바란다.

152

정말 끝내주는 간호는
한 끗 차이다

"지금 어디쯤 오고 계세요? 수술 대기실로 오시면 됩니다."

매복된 사랑니가 옆으로 점점 누워 신경을 다 누르는지 치통이 상당히 심했다. 통증 점수(NRS) 6점은 되었다. 심한 통증으로 내 간호가 곱게 못 나갈 지경이었다. 염증이 진행돼 턱 한쪽이 이미 부었다. 발치 수술을 바로 할 수 없는 상황이었다. 약 17개월, 복직한 이후에도 유지하던 모유 수유를 단박에 끊으며 나는 항생제를 며칠간 복용했다.

그 후 본원 수술실에서 겨우 날을 잡았는데 글쎄 그 수술 날짜를 감쪽같이 까먹은 것이다. 오후 3시 40분에 수술이 잡혀 있는데 충격적이게도 그걸 3시에 병원 측의 전화를 받고서야 알게 되었다. 보호자 동반해서 바로 오라는 안내 전화에 나는 부랴부랴 친정 엄마를 얼른 불러내 택시를 잡아타고 병원으로 날랐다. 엄마가 다행히 집에 있었기에 망정이지 함께 갈 보호자까지 없었으면 잡아놓은 수술조차 놓칠 뻔했다.

수술 대기실에 도착하니 간호사 선생님이 너무나도 평온하게 그 모든 걸 감싸 안아주신다. 어떻게 수술 날짜를 잊어버렸느냐고, 아니면 깜빡하셨나 봐요 등 한마디를 할 법도 한데 전혀 내색도 없으시다. 바로 수술용 환자복으로 환복을 했다. 굵은 바늘을 꽂고 수액을 연결한다. 모든 것에 빈틈이 없다.

수술실로 이동하면서도 감동은 이어졌다. 내가 무슨 중환자도 아니고 큰 지병이 있는 것도 아니지만 "수술 잘 받으시고 얼른 쾌차하세요."라는 이송원 님의 말씀이 너무나도 따뜻하게 들려온다. 일하면서 옆에서 들을 때는 그냥 흘려들어 그 말의 힘을 미처 몰랐다. 하지만 당사자가 되어 직접 들으니 한마디의 힘이 꽤나 강력하고 깊은 배려임을 깨닫는다. 수술실 안에서도 모든 것이 철저했다. 뜬금없지만 나는 그들을 보며 '여기서 죽을 일은 없겠군.' 이라는 생각이 들었다. 병원에서 환자 경험, 환자 경험하며 왜 이리 강조하는지 알 것 같았다.

수술 날짜를 까먹은 내 최악의 실수에도 최상의 서비스로 갚아준 의료진. 정말 다들 끝내준다는 소리가 절로 나온다. 모두에게 박수를 보내고 싶다. 그러다 문득 드는 생각, 내가 환자에게 이렇게 감동을 주었던 적이 있었던가.

눈코 뜰 새 없이 몰아치는 병동 업무를 정확하게 액팅하고 처치하려면 수도 없이 확인해야 한다. 그렇다 보니 간호사로서 일하다 보면 '빠짐없이 빈틈없이 빠르고 정확하게'에 치중하게 된다. 그 와중에 환자와 보호자의 이야기도 들어주고 그들의 마음까지 어루만지려면 한 개의 몸으로는 충분하지가 않다는 것을 많이 느낀다.

간호사로서 나는 활력징후가 흔들리는 응급 환자, 통증을 호소하는 환자, 당장 처치나 약물 투여가 필요한 환자 등 우선순위에 맞게 일 처리를 한다. 그러다 보면 환자나 보호자에게 상담을 해주거나 그들이 원하는 설명을 해주는 것은 후순위로 밀려나기 쉽다. 사람들의 이미지 속 간호사는 '친절'이 가장 클지 모르겠으나 병원에서는 친절 하나만 갖고 해결할 수 있는 일은 단연코 없다.

간호사는 매일 보던 환자라도 오늘은 무엇을 더 해줄지를 고민한다. 팀으로 인수인계하며 교대로 일하기 때문에 간호의 연속성이 유지되지만, 항상 후순위로 밀리는 일들이 생기기 마련이기 때문이다. 내가 당연히 해야 하는 일 말고 우선순위에서 밀려 결국에는 그 아무도 신경 쓰지 못하게 된 일이 있는지 살펴보는 것이다. 업무를 본격적으로 시작하기 전 이렇게 각자 자신만의 목표를 안고 업무를 시작한다.

나 역시 업무 시작 전 환자 파악을 하며 무엇을 더 해줄까 고민을 하는데 카덱스에 하나가 눈에 띄었다. 피부감염으로 전신에 도포하는 용액을 처방받았고 환자가 가지고 스스로 바르고 있다는 내용이었다. 흠뻑 적시듯(soaking) 충분한 양을 하루에 수차례 바르게 되어 있었다.

나는 왠지 이 환자가 피부감염 관리를 제대로 하고 있지 못할 것 같았다. 건강한 사람이라고 해도 손이 잘 닿지 않는 등은 바르기가 쉽지 않으니 말이다. 게다가 환자는 수년 전 불의의 사고로 하지 마비였다. 하지가 마비되어 전기장판으로 하지에 화상을 입을 정도로 감각도 느껴지지 않는 상태였다.

라운딩을 돌며 환자에게 처방받은 용액을 잘 바르고 있는지 물었다. 아니나 다를까 환자는 자기가 생각날 때마다 시간 맞춰 바르고는 있는데 손이 안 닿는 등 부위는 전혀 바르지 못했다고 한다. 나는 환자에게 오늘 이걸 하고자 마음을 먹었으니 내가 무슨 일이 있어도 도와줄 것이라고 얘기했다. 그러니 시간 되고 준비되면 나를 꼭 부르라고 신신당부했다. 그리고 여느 때와 같이 이리 뛰고 저리 뛰고 줄줄이 열나는 감염환자들을 간호하며 바쁘게 내 듀티를 보냈다.

역시 우선순위에서 서서히 밀리는 듯 보였지만 나는 일을 하면서도 오늘은 꼭 하리라는 다짐을 잊지 않았다. 짬을 내어 약속한 대로 그 환자를 먼저 찾아가 처방 용액을 등에 시원하게 발라주었다. 환자는 내가 바쁜 모습을 보니 오늘은 역시 안 될 것 같아 차마 부르지 못했다고 한다. 그런 말을 들을 때면 마음이 더 무거워진다. 미친 듯이 바쁜 날에는 특히 더 주의하고 하나라도 더 정성을 다하려 의식적으로 마음을 기울인다.

그 환자는 그날 이후 종종, 그리고 퇴원을 할 때에도 감사한 마음을 나에게 편지로 남겼다. 나에게 감동했다는 환자 덕분에 다시 힘을 얻는다. 내가 한 작은 일이 환자에게 감동을 줄 수 있음에 감사할 뿐이다.

참 별것 아닌 간호사의 행동이나 배려가 환자들에게는 큰 감동으로 다가올 때가 있다. 거동이 불편할 때 잠시 도와주는 것, 낙상을 예방하려 바지춤 뒤를 부여잡고 변기에 앉혀주는 것, 알아듣기 쉽게 설명을 해주는 것 등 주변을 둘러보면 끊임없이 간호사의 손길을 요구하는 수많은 것들이 있다.

예전에 내가 신규일 때 내 듀티에 두 번 가량 낙상이 발생한 적이 있다. 당시에는 어린 마음에 아 왜 하필 내 듀티에 이런 일이 발생했나 하는 마음이 들었다. 하지만 이내 선배 간호사들이 오다가다 낙상 주의에 대해 한마디 하고, 바뀐 보호자에 또 한 번 교육하고, 바지춤을 잡고 화장실에 직접 앉혀주고, 볼일을 다 본 후에 다시 콜벨을 누르라고 철저히 교육하는 등, 눈에 보이지 않는 지속적인 노력이 있다는 것을 깨달았다. 보이지 않는 위험까지 미리 보고 사고 확률을 줄이는 간호를 했던 것이다.

어느덧 시간이 흘러 환자들은 나를 베테랑이라 불러주고 깊은 신뢰를 보여주신다.

"아이고, 우리 베테랑 간호사님 오셨네. 간호사님 오신 김에 저 이발 좀 하고 올게요."

식물인간 아내의 곁을 지키느라 오랜 병원 생활을 했지만 정작 본인은 신경 쓸 겨를조차 없었다. 나를 위한 1시간조차 온전히 내기 버거운 보호자의 상황. 나는 흔쾌히 그러시라고 했다.

보호자가 멋지게 이발하고 머리염색까지 까맣게 깔끔히 하고 오셨다. 훤해지신 보호자분을 보니 괜히 내가 다 뿌듯하다. 비록 보호자분이 없는 동안 더 바쁘고 손이 더 가긴 했지만 그렇게 나를 믿어주시는 그 마음에 나는 오히려 더 힘이 났다.

한 후배 간호사의 인상적인 간호도 기억이 난다. 다제내성 결핵을 앓고 있는 20대 청년 환자의 몸무게는 50kg였다. 음압격리병동에 입원해 격리된 지어언 50일 차. 결핵약을 복용하며 생긴 위장장애로 오랜 기간 제대로 식사를 못해 살이 쪽 빠졌다. 병을 앓기 전에는 건강했을 청년이었다. 이 환자의 체중이 점점 빠지는 걸 본 후배 간호사는 환자를 위해 외국인 환자용 서양식을 추천했다. 서양식을 꼭 외국인 환자만 먹으란 법은 없지 않은가.

서양식을 신청하니 스타터, 앙트레, 사이드, 음료 중에서 각각 1개씩 고를 수 있게 옵션이 주어졌다. 각각을 선택해 입맛대로 메뉴 구성이 가능했다. 환자의 선택은 브로콜리 크림수프, 쇠고기 필레, 모듬 과일, 웰치스 포도맛이었다. 환자 앞에 근사한 한 상이 차려졌다. 오랜 격리로 지쳤던 환자는 간만에 소풍을 나온 듯 기분 전환을 한다. 잠시나마 기운을 차리기에는 충분한 식사다. 마치 내 일처럼 한 번 더 생각해본 그 후배 간호사의 따뜻한 마음씨와 창의적인 접근에 박수가 절로 나온다.

음식 이야기를 하니 나 역시 감동했던 기억이 번뜩 떠오른다. 나이트 근무를 마친 간호사들에게 아보카도를 손수 깎아 트러플 소금에 찍어 먹이시던 우리 파트장님. 이런 상사를 본 적이 있는가. 감동적이다 못해 신선한 충격이었던 이 모습은 절대 잊을 수 없는 기억이다.

감동은 그것을 준 사람보다 받은 사람에게 더 오래도록 기억된다. 진정성

있는 간호로 사람들의 가슴 속에 오래도록 기억되는 일보다 더 멋진 일이 또 있을까. 정말 끝내주는 간호는 아주 작은 한 끗의 차이에서 시작된다. 내가 환자라면, 내가 보호자라면 무슨 말이 듣고 싶을까, 무엇이 필요할까. 끝내주는 간호는 관점을 바꾸는 것에서부터 시작된다.

한국에서 간호사로 살아보기

환자를 어루만지는
간호의 무게

지금으로부터 정확히 10년 전이다. 엄마가 한쪽 가슴 위쪽으로 덩어리 같은 게 만져진다고 나에게 한번 봐달라고 하셨다. 만져보니 가슴 안에 무슨 몽우리가 있는 듯 꽤 단단하게 만져졌다. 나는 설마 하는 마음에 얼른 병원 가서 검사를 해보라고 했다. 그때까지만 해도 별로 대수롭지 않게 생각했다. 엄마는 병원에서 '큰 병원'으로 가보라는 말을 들었다. 그리고 얼마 지나지 않아 암 선고를 받으셨다. 유방암 2기였다.

엄마는 화장실에서 씻으며 엉엉 우셨다. 그렇게 열심히도 살아온 엄마에게 왜 하필 암이 찾아왔는지. 엄마는 그동안의 서러움이 한 번에 터져 나오는 듯 한참을 우셨다. 샤워기의 물소리도 엄마의 울음소리를 감추지 못했다. 엄마는 급하게 암 수술 날짜를 잡았다.

당시 나는 간호학과 3학년으로 막 실습을 돌고 있던 차였다. 엄마의 수술이 있는 날도 역시 나는 학교 병원에서 실습 중이었다. 나는 엄마의 수술에 함께하지 못했다. 마침 수술실 실습을 돌던 차라 나는 엄마가 아닌 다른 누군가의 수술을 멍하니 지켜봤다. 엄마가 암 수술을 받으러 가는데 동행할 수도 없고 차가운 수술대에 엄마를 혼자 올려놓아야 하는 이 상황이 너무도 아이러니해서 눈물이 차올랐다. 하늘도 무심하시지. 하나님이 왜 나에게 이런 시련을 주실까.

유방암 수술을 앞둔 엄마를 붙잡고 엄마와 함께 가지 못해서 내 마음이 아프다고 엄마에게 징징댔다. 이 철없는 딸을 두고 암 수술을 받으러 가는 엄마는 오죽 마음이 안 좋았을까. 하지만 정작 엄마는 꽤 평온했다. 이미 가족들이 안 보는 곳에서 몰래 무수히 많은 눈물을 흘린 엄마였다. 엄마는 큰 수술을 앞두고 오히려 나를 달래고 나를 어루만졌다.

"선영아, 네가 환자들을 간호하듯 다른 사람이 엄마를 그렇게 돌봐줄 거야. 원래 인생이 그런 거야. 너는 다른 환자들 열심히 보면 돼."

나는 실습하며 만난 수술대에 누운 이 이름 모를 환자가 낯설게 느껴지지 않았다. 누군가의 엄마, 누군가의 아빠, 누군가의 아들, 딸. 그냥 환자가 아니라 다들 누군가의 가족일 그들이었다. 이런 생각이 들자 이내 그들을 보는 내

한국에서 간호사로 살아보기

마음의 눈이 달라졌다. 무언가 애틋하고 따뜻한 눈길이 그들에게 더 머물렀다. 나는 가족이라면 내가 마땅히 해야 할 일을 면허를 가지고 전문적으로 해내는 것이 간호라는 생각이 들었다.

우리 엄마는 수술로 종양을 제거한 후 수차례 항암 치료를 받으셨다. 항암 치료 1차, 항암 2차···. 엄마는 그럼에도 씩씩했다. 그러던 엄마의 표정이 어두워지신 것은 머리카락이 뭉텅이로 빠질 때이다. 엄마는 두려운 마음이 드는 듯했다. 이 머리카락 나중에 다시 나는 것 맞지 하며 엄마가 내게 묻는다. 결국 머리카락이 다 빠진 자신의 모습을 거울로 마주한다. 엄마의 서글픈 표정이 스친다. 엄마는 다른 데는 몰라도 본인 두상이 나름 예뻐서 다행이라고 했다. 그렇지만 남들이 보면 불편해한다며, 남들 보기 흉하다며 얼른 두건을 고쳐 쓰셨다. 엄마는 곧 가발을 맞추었다.

엄마는 암과 싸우면서도 제대로 된 쉼과 휴식이 없었다. 항암제 부작용에 따른 울렁거림으로 고생할 때도, 면역력이 떨어지고 피로감이 온몸을 휘감아도 엄마는 그대로였다. 늘 그랬듯 엄마는 가족을 위한 식사를 차려내셨다. 그냥 사 먹자고 해도 엄마는 직접 해내셨다. 본인은 구역질이 나서 식사를 거르더라도 가족들의 식사는 늘 끼니마다 내어놓으셨다. 요리하고 설거지를 하고 빨래를 하고. 엄마의 하루는 암환자인지 아닌지 분간이 안 될 정도였다. 암 선고를 받기 전과 달라진 것이 하나도 없었다.

항암 치료를 마치고 수십 차례의 방사선 치료를 받을 때도 엄마는 여전히 그대로였다. 암과 싸우면서도 스스로의 대한 걱정보다 자식 걱정이 늘 먼저 였다. 엄마 역할을 해내느라 한 번도 약한 모습을 보이지 않았다. 암 앞에서, 아니 자식 앞에서 엄마는 참 강인했다.

되돌아보니 암과 싸우던 엄마에게 딱히 해준 게 없는 것 같아 마음이 아려온다. 엄마도 엄마가 필요했을 텐데…. 따뜻한 말이라도 좀 더 해드릴 걸. 하다못해 병원이라도 함께 가볼 걸. 내 앞가림 하느라 바빠 그 모든 과정의 대부분을 혼자 해낸 우리 엄마. 항암 치료와 방사선 치료를 받는 동안 엄마가 혼자 얼마나 힘들고 외로웠을까. 나는 암환자들의 담당 간호사가 되고 나서야 엄마가 혼자 견뎌내야 했던 그 고통과 처절하고 외로운 싸움의 무게를 새삼 묵직하게 느낄 수 있었다.

그 철없는 딸이 어느덧 엄마가 되어 나는 우리 병원 수술실에 보호자 신분으로 방문하게 되었다. 우리 꼬꼬마 아들 인후의 입천장 쪽으로 과잉치가 2개나 발견되어 제거 수술을 받게 된 것이다. 소아다 보니 전신마취로 진행을 한다고 한다. 간호사로서 일할 때는 '죽은 사람도 살리는 병원'이라 여기며 신나게 거침없이 일했는데 보호자로서 같은 장소에 오니 모든 것이 조심스럽게 느껴진다. 이 작은 아이에게 전신마취라니 심장이 쫄깃해진다. 혹시나 잘못될까 덜컥 걱정이 몰려온다. 나도 영락없는 보통 보호자였다.

연두색 환자복, 사이즈는 75. 참 귀엽고 앙증맞은 환자복을 보니 웃음이 피식 나온다. 환자복으로 갈아입은 아들래미의 모습. 그 모습이 귀여워 내 핸드폰 사진첩에 인증샷을 담는다. 어렸을 때 이렇게 멋지고 용감하게 수술을 잘 받았다고 몇 년 뒤 얘기해주며 함께 깔깔 웃는 상상을 한다.

그 어린 것을 "안녕, 이따 만나." 하고 들여보내고 나니 마음이 꽤 싱숭생숭하다. 병동에서 일할 때는 수술 준비를 하며 수술 전 시행해야 하는 혈액검사나 심전도, 엑스레이 등이 있는지, 동의서는 받았는지 등 보이는 것에만 초점을 맞추었던 나. 의료적으로 필요한 것들을 빠짐없이 챙기느라 바빠 미처 챙기지 못했을 환자와 보호자의 마음. 보호자의 마음이 이랬었겠구나, 그 무게와 혼란스러움을 이제야 오롯이 느낀다.

인후는 이변 없이 잘 수술을 받고 나왔다. 회복실 큰 침대에 작게 누워 있는 내 아이가 보인다. 내 아이의 회복실 담당 간호사는 정말 신기하게도 내가 신규 때 나와 함께 일했던 선배 간호사셨다. 그 당시에도 병동의 기둥 같던 선생님이었다. 선생님은 내가 밑바닥이었을 때 나를 끌어주려 내 멘토가 되어주었던 고마우신 분이다. '일 잘하는 간호사에게 처음이 없었을 것 같으냐며 누구든 처음은 있다'고 나를 격려해주시던 선생님.

나의 대선배인 선생님이 내 아이의 담당 간호사가 되니 또 그렇게 안심이 된다. 덕분에 처음 와본 수술 후 회복실이 마치 친정인 양 편안하다. 선생님은 수술 후의 주의사항 등을 빠짐없이 설명해주신다. 처방 약의 용량도 다시 확인이 필요할 것 같다며 끝까지 꼼꼼하게 챙겨주신다. 보호자가 되어 실제로 느껴 보니 간호사가 환자와 보호자에게 미치는 영향은 실로 컸다.

그로부터 정확히 2주 후 이번에는 인후가 갑자기 열이 40도까지 끓어 응급실에 왔다. 교수님은 뇌척수막염을 의심하시며 요추천자를 진행하자고 하신다. 옆으로 누워 등을 새우처럼 구부린 후 바늘로 뇌척수액을 채취하는 것이다. 아이가 어려서 진정제로 재운 후 진행한단다. 환자에게 설명할 때는 미처 몰랐는데 이걸 내 아이가 한다니 또 덜컥 겁이 났다. 그간 환자들에게 거침없이 설명하던 나를 급반성하게 된다.

산소포화도 모니터링을 하며 아이를 재우기 위해 진정제인 미다졸람(Midazolam) 1.5mg이 정맥 투여되었다. 인후에게 아무런 변화가 없다. 같은 용량으로 한 번 더 투여한다. 뭐 그리 할 말이 많은지 아직도 조잘거리는 인후. 결국 케타민(Ketamine)까지 투여한다. 산소포화도가 갑자기 뚝뚝 떨어진다. 90%, 85%, 77%, 65%. 아주 잠깐이었다. 따지고 보면 고작 1초였다. 하지만 그 찰나에 정말 많은 생각이 들었다. 아이가 어떻게 될까 봐 조마조마했다. 영겁처럼 느껴지던 순간. 눈이 뒤집힌다는 표현이 무엇인지 알 것 같았다. 보호자의 절실한 마음이 무엇인지 다시금 뼈저리게 알게 되던 순간이었다.

166

이때 응급실에 인후와 똑같이 뇌척수막염 의심으로 열이 펄펄 나는 남자 어린이가 있었다. 그 보호자는 정말 신기하게 내가 신규 때 일했던 병동의 혈액종양 전문 간호사 선생님이다. 하고 많은 날 중에 어떻게 그날 이렇게 같은 시간대에 응급실에서 마주칠 수 있었는지. 선생님도 요추천자를 받는 아들 내미 곁에서 마음 졸이는 모습이셨다. 그 어느 환자를 대할 때보다 더 간절한 마음이었을 선생님과 나. '환자를 가족같이'라는 슬로건이 절대 가볍게 들리지 않는 이유다. 환자를 내 가족같이 돌본다, 내 가족같이 간호한다, 내 가족같이 치료한다는 그 말의 무게가 굉장히 크게 느껴지던 밤이었다.

엄마가 암 수술을 앞두고 나에게 해주신 말이 다시 떠오른다. '네가 환자를 돌보듯 누군가 그렇게 엄마를 돌볼 것이니 걱정하지 말라'는 엄마의 말씀은 내가 그렇듯 다른 간호사도 본인을 마치 가족처럼 잘 간호해줄 것이니 걱정을 덜라는 의미였다. 그리고 더 나아가서는 엄마에게, 가족에게 간호를 한다고 생각하고 환자들에게 온 마음을 다하라는 의미도 담겨 있다는 것을 깨닫는다. 엄마의 이 가르침은 내가 간호사로서 임상에서 일할 때 늘 나와 함께였다. 나의 지친 마음을 위로하고 보듬어주었다. 마치 나침반처럼 오래도록 내 곁에 있었다.

여덟 단어 :
임상을 대하는 간호사의 자세

간호사에게 무엇이 있어야 행복할까? 무엇이 있어야 임상이 즐거울까?

우연히 박웅현 님의 『여덟 단어 : 인생을 대하는 우리의 자세』라는 책을 만났다. 행복한 삶의 기초를 쌓기 위해 저자가 첫 번째로 소개한 단어는 바로 '자존'이다. 네 운명을 사랑하라는 '아모르 파티(Amor fati)', 죽음을 기억하라는 '메멘토 모리(Memento mori)'는 삶과 죽음의 상반된 의미의 조합이지만 결국 같은 방향을 바라본다고 이야기한다. 어떤 위치에 있건 어떤 운명이건 스스로 자기 자신을 존중하는 것이 행복의 첫걸음이라고 설파한다. 나는 이를 간호사의 버전으로 풀어서 이야기해보고 싶다.

병원 밖 사람들에게는 간호사가 다 똑같아 보인다. 그렇지만 세상에는 참 여러 길을 걷는 간호사들이 있다. 병원에서 일하는 임상 간호사, 임상 외 분야에서 일하는 간호사까지 따지면 끝도 없다. 임상만 보자면 우선 병원의 규모, 즉 병상 수와 진료과목 수에 따라 상급종합병원(3차 병원), 종합병원(2차 병원), 병원, 의원으로 근무지가 나뉜다. 그 안에서도 어느 과에서 근무하는지 역시 제각각 모두 다르다. 누군가는 1순위로 지원한 과에서 임상을 시작하는가 하면 누군가는 전혀 예상치도 못한 뜬금없는 부서에서 임상을 시작하기도 한다.

의사는 레지던트 1년 차에 한 달씩 과를 돌아가며 각종 부서를 두루두루 경험하게 된다. 이와는 달리 간호사는 한번 그 과에 배치되면 여간해서는 다른 부서로 재배치가 되기 어렵다. 부서 이동을 정말로 원한다면 사직서를 낼 각오를 하고 어렵게 꺼내놓는다. 일종의 도박을 하는 것이다. 운 좋게 마침 빈자리가 있으면 그 자리를 잡거나 아니면 병원을 떠나게 된다. 그래서 어느 부서, 어느 과로 배치됐는지는 의사보다 당장은 간호사에게 더 예민한 이슈다.

문제는 이 과라는 것이 꽹장히 오묘하다는 것에 있다. 누군가는 어떤 과를 특수과라 부르고 누군가는 어떤 과를 잡과라고 부른다. 나는 이러한 현상이 줄 세우기를 좋아하는 우리 한국인의 특성 때문이라고 본다. 아니 세상에 특수과는 무엇이고 잡과는 또 무엇이란 말인가. 어느 과든 사람을 이롭게 하려는 그 본질은 같다. 그 곳이 어디든지, 내가 그리로 배치되었다면 그 길을 옳게 만드는 내가 있을 뿐이다.

나는 혈액종양내과(혈종) 쪽이 그리도 험한 곳인 줄은 몰랐다. 많은 이들이 이곳을 톡식*하다고 표현한다. 나는 뭘 몰랐기에, 암환자들의 빛이 될 것이라고 패기 섞인 자기소개서를 써냈고 1지망에 내과라고 적어냈다. 그렇게 나의 임상은 혈액종양내과로 시작되었다. 따지고 보면 내가 원한 대로 된 것이고 내가 끌어당긴 당연한 결과였다.

그런데 한편으로는 중환자실에 가지 못한 것에 대한 아쉬움이 있었다. 나는 어린 마음에 중환자실 간호사는 무언가 급이 다르다고 생각했었다. 더 중환을 본다는 것이 더 전문적이고 더 멋진 일을 한다는 편견에 사로잡혀 있었던 것 같다. 하지만 이제는 확실히 말할 수 있다. 이 세상에 잡과는 없다. 잡과로 취급하는 사람만 있을 뿐이다.

경력 관련하여 이 잡과만큼 간호사들에게 민감한 것이 있다. 바로 조각경력이다. 나 역시 힘든 신규 생활을 버티고 버틸 수 있었던 이유가 이 때문이다. 조각경력을 갖게 될지도 모른다는 두려움 때문이었다. 지옥 같은 생활보다 내 경력이 조각난다는 게 죽기보다 싫었다. 공들여서 작품을 만들어놓았

---

* '독성이 있는', '유해한' 이라는 뜻의 영어단어 toxic. 과도하게 나를 힘들게 하는 부서, 업무, 사람 등 신체적·정신적으로 유해 정도가 심하다는 것을 표현할 때 쓴다.

는데 완성품이 아니라 얼기설기 이가 빠졌다고 생각해보라. 생각만 해도 힘이 쪽 빠지지 않나.

버티고 버텼지만, 인생이 내 마음대로만 되지는 않는 법. 나는 처음 배치 받은 부서에서 혈종간호사로서 오래도록 일을 하며 그 분야의 전문가, 스페셜리스트(Specialist)로 살 줄 알았다. 그러나 웬걸, 임신출산으로 자연스레 경력 단절이 된다. 그리고 복직하며 다른 부서, 감염내과로 배치 받게 된다. 스페셜리스트는 내려놓고 제너럴리스트(generalist)로 내 삶의 방향이 틀어졌다.

하지만 이 역시 또 어떤가. 감염내과에서 항암을 할 줄 알면 그것은 또 희소한 가치가 된다. 병동에서 항암제 투여를 할 때마다 신이 나서 처방을 확인해주고 코싸인(정확한 투여를 위해 간호사 2인이 함께 확인하는 것)을 해준다. 요새는 어떻게 치나 궁금해서 눈길이 자꾸 간다. 하루 20건 이상 항암제를 걸 때는 몰랐는데 가끔 치니 신선하고 재밌기까지 하다. 사람 마음이라는 게 마음먹기에 달렸다. 참 오묘하다.

오히려 이렇게 강제로 제너럴리스트가 된 것이 시대의 흐름과 잘 맞는다는 생각이 든다. 요새는 평생직장도 없고 일부러 N잡을 하는 시대가 아닌가. 저명한 전문가 집단의 존폐가 AI 때문에 사라지느냐 마냐의 문제로 대두하기도 한다. 그리고 무엇보다 경력이 조각되었다 한들 어쨌든 그 조각은 내 것이다. 나의 일부다.

2017년 12월 29일 내가 끼적여 놓은 글이 보인다. '조각도 하나둘 모으면 돼요. 지금 두 번째 조각 만드는 중.' 그로부터 3년 뒤인 지금, 나는 의료기기 관련 세 번째 조각을 만들고 있으며 동시에 네 번째 조각인 글쓰기도 하고 있다. 인생 참 재미있다.

나는 지금 어떤 시각을 가진 사람인가 한 번쯤은 생각해보자. 현재 일하고 있는 과에 배정받았을 때의 느낌이 어땠는가. 딱히 내키지 않았는가. 혹시 경쟁력이 없는 과 혹은 잡과라며 의기소침하지는 않았는가. 경력이 조각이 났다고 세상 실패한 사람처럼 낙담하지는 않았는가.

내가 단언할 수 있는 것은 모든 사람의 지문이 제각기 다르듯 간호사 역시 제각기 걷는 길이 다르다는 것이다. 간호사 대부분이 걷는 길을 가지 않으면 마치 틀린 것 같은 느낌이 든다. 실패한 간호사라고 손가락질을 받을 것 같다. 하지만 절대 그렇지 않다. 그런 걱정일랑 넣어두어도 된다. 굳이 그렇게 느끼며 감정을 낭비할 필요가 없다.

다 각기 다른 경험이 있기에 함께 팀으로 일할 때 더 빛을 발한다. 서로에게 모자란 부분을 유기적으로 채워나간다. 나만의 빛깔을 가진 간호가 나온다. 저마다 다른 빛나는 이야기가 있기에, 너는 너대로 나는 나대로 귀하다. 소수가 걷는 길을 내가 가야 한다면 오히려 기뻐하자. 모든 답은 내 안에, 내가 걷는 길 위에 있다.

자존(自尊)은 스스로 자에 중할 존, 즉 자신을 중히 여기는 것이다. 삶을 사는 것에 있어 궁극의 목표는 행복이다. 내가 환자를 간호하는 것도, 돈을 버는 것도, 사랑하는 사람을 만나 연애를 하고 결혼을 하는 것도 결국은 다 내가 행복하기 위해서이다. 환자에게 정성을 다하는 것도 1차적으로는 환자를 위해서지만 그 행복의 끝에는 결국 내가 있다.

간호사가 이직률도 높고 장롱면허도 많은 직종인 이유는 무엇일까. 우리에게 행복이 없기 때문일까. 행복을 곁에 두고도 볼 수 없기 때문일까. 아니면 나를 존중하는 자존의 마음이 없기 때문일까. 환자를 향하는 마음이 때로는 나를 위하는 마음과 정반대로 느껴질 때가 있는가. 하지만 그것은 진실이 아니다. 진실은 환자를 향하는 마음의 방향이 결국에는 간호사인 나 자신을 향한다는 것이다.

올 초 『나는 간호사입니다』라는 제목으로 시집을 출간하신 이순행 시인이 있다. 대선배 간호사라는 말도 부족할 정도로 평생을 간호사로 살며 간호사들의 삶과 애환, 눈물을 시로 그려낸 선생님이다. 그는 우리 간호사들이 하는 일을 이렇게 표현한다.

"꺼져가는 생명에/불을 켜주는 일이야말로/하늘이 허락한 사람에게만/주어지는 고귀한 특권"

우리 간호사들은 우리가 생각하는 것보다 더욱 단단한 사람들이다. 선택받은 자로서 하늘이 주신 특권을 누리고 있다. 간호사로서 나의 행복을 찾을 수 없을 때는 내 안을 가만히 들여다보자. 내가 어떤 점 때문에 스스로를 존중하지 못하는가. 무엇이 목마르기에 이러한 특권을 짐으로 버겁게 느끼고 있나. 이렇게도 힘이 드는가. 내 안에 진정한 나 자신이 있는지 한번 들여다보자.

환자가 적을 때 혹은 병동 중증도가 꿀일 때 간호사의 멘탈 변화를 느껴보았는가. 사람이 세상 여유롭고 매우 너그러워진다. 행복한 마음이 흘러나온다. 다들 경험이 있을 것이다. 우리 간호사들의 원래 기본값은 그렇다. 빛의 일꾼인 우리의 기본값과 속성을 잊지 말자. 특권을 누리는 우리 스스로를 늘 존중하자. 어느 과, 어떤 조각경력, 어떤 역량이든 결국 이를 옳게 만드는 과정이 중요하다. 그 과정 안에 내가 있을 뿐이다. 그곳에서 꽃을 피워낼 나를 상상하자.

174

06

기적은
기적처럼 오지 않는다

항생제 내성 격리병실에 처음 뵙는 보호자분이 들어오셨다. 그분은 긴팔 비닐 가운을 조심히 입고 비닐장갑을 끼시더니 첫 번째 자리의 환자 곁에 서신다. 간호사 스테이션 바로 앞에 자리한 이 60대 여환은 교통사고 환자로 6개월째 의식이 거의 혼수상태였다. 말하자면 식물인간이다. 오래간만에 남편분이 지방에서 올라오셨다.

보호자분은 환자 옆에 서서 두런두런 이야기하신다. 딸내미는 지금 어떻게 지내고 있는지, 아들은 곧 군에서 제대할 거라는 소식, 이전에 온 가족이 함께 즐거웠던 추억을 떠올리기도 하고, 젊은 시절 한눈에 반할 만큼 예뻤던 아내 얘기도 한다. 환자는 정작 아무 말이나 미소도 아무 대꾸도 없지만, 그 얼굴만은 평온하니 모두 듣고 있는 듯하다. 곁에서 아내가 궁금해 할 얘기를 빠짐없이 들려주는 보호자분.

지방에서 올라오느라 본인 몸이 피곤할 만도 하실 텐데. 내가 라운딩을 돌며 꽤 많은 업무를 하는 동안에도 보호자분은 엉덩이 한 번 붙이지를 않고 몇 시간째 서서 두런두런 이야기를 하신다. 보기만 해도 눈물겨운 광경에 내 코끝이 찡해온다.

그리고는 대야에 물을 받아 물과 비누로 환자를 정성껏 씻긴다. 환자의 팔과 다리를 쓰다듬으며 가볍게 마사지도 한다. 얼굴을 닦고 팔, 다리 등 보이는 부위는 모두 닦는다. 두부 손상으로 뇌수술 때문에 이미 짧게 깎은 머리카락이지만 빗을 들고 머리를 곱게 빗긴다. 그리고는 한껏 밝아진 목소리로 말씀하신다.

"○○씨 이제 화장하자~ 로션 예쁘게 발라줄게."

보호자분이 완전 로맨티시스트다. 나는 이 놀라운 광경에 시선이 자꾸 간다. 넋을 잃고 보게 된다. 환자의 얼굴을 자세히 살펴보니 고운 얼굴이 보인다. 식물인간 아내를 대하는 남편의 모습. 그 모습에는 그들이 함께 보낸 세월과 그 향이 은은하게 묻어나고 있었다.

병원에서 환자를 보다 보면 다양한 분위기의 보호자를 만나게 된다. 그중 유독 나의 눈길을 사로잡는 분들은 어쩜 저렇게 지극정성으로 할까 싶을 정

176

도의 보호자들이다. 환자에게 정말 잘하는 배우자나 그 자녀를 보고 있자면 존경스럽기까지 하다.

이런 보호자들이 공통으로 입을 모아 하는 말이 있다. 바로 이렇게 된 것도 모두 감사한 일이라고 말한다. 이렇게 살아만 있는 것으로도 기적이라고 고백한다. 환자가 온 힘을 다해 살아내었으니 그 나머지를 기꺼이 내가 감당하겠다는 마음가짐인 것 같다. 이런 보호자분을 보며 내가 아직 철없는 딸, 아내임에 미안한 마음이 든다. 내가 저 상황이라면 과연 저렇게 할 수 있을까 그려보게 된다.

아픈 환자를 지속해서 세심하게 챙기기가 여간해서는 쉽지 않다. 임상에서 매일같이 아픈 환자들을 보는 간호사로서 이를 누구보다 잘 알고 있다. 지치지 않는 체력은 물론이고 감정적으로 소모되지 않는 강한 정신력까지 요구하는 일이다. 이들은 이 어려운 걸 해내고 최악의 상황에서도 그다음 찾아올 기적을 스스로 빚어낸다.

같은 무의식 환자라도 환자별로 컨디션의 차이가 꽤 크게 느껴질 때가 있다. 오랜 기간 와상 상태로 누워 지냈는데 어떤 환자는 엉덩이에 욕창 하나 없다. 심지어 아기 엉덩이처럼 뽀송뽀송해서 놀랄 때가 있다. 그동안 누워만 있었던 환자가 맞나 싶을 정도이다.

같은 식물 둘을 두고 한쪽에는 '사랑해'라고 들려주고 또 다른 한쪽에는 '짜증 나, 너 싫어'라는 말만 들려준 식물의 성장이 다르다는 연구 결과가 떠오른다. 부정적인 말을 들은 식물은 곰팡이가 피고 죽어가는 데 반해, 긍정의 말을 들은 식물은 무럭무럭 푸릇하게 자라났다는 이야기다. 식물인간이 된 사람 역시 주변으로부터 자주 듣는 말의 파장에 따라서 그 건강상태의 차이가 생기는 걸까. 보호자로부터 긍정적인 말을 듬뿍 듣는 환자들은 그 안색이 다르게 느껴진다. 왠지 더 평온하게 느껴지고 그 낯빛 또한 곱다. 보호자들의 간절함이 마치 기적을 서서히 끌어당기는 것 같다.

기적의 의미에 대해 생각해본 적이 있는가. 사전을 찾아보면 '상식으로는 생각할 수 없는 기이한 일'이라고 나온다. 기이한 발자취, 행적을 의미한다. 환자와 가족들이 고백하는 기적은 이렇다. 사고에서 죽지 않고 살아남은 것 자체가 기적이다. 임종을 지킬 수 있음이 기적이다. 지금 이렇게 병을 일찍 발견한 것이 기적과도 같다. 이들의 기적에는 아픔과 고통이 녹아 있다. 깊은 시련이 담겨있다.

환자와 그 가족을 보며 그들이 매일 같이 소망하는 기적을 가만히 들여다본다. 자세히 살펴보면 그들이 원하는 기적은 그리 거창하지 않다. 단지 그냥 사랑하는 가족과 시간을 조금만 더 보내는 것, 얼굴을 마주하고 손을 잡는 것, 아이와 시간을 보내며 추억을 쌓는 것, 지금보다 조금 더 건강한 것이다.

이 기적은 누군가에게는 너무나도 당연해 미처 인지하지도 못하는 것들이기도 하다. 입으로 밥을 먹는 것, 코와 폐로 숨을 쉬는 것, 두 다리로 걷는 것, 양 눈으로 보는 것, 심장이 규칙적으로 뛰는 것, 정상적인 뇌파로 뇌가 작동하는 것. 지금 이렇게 건강하게 일상생활을 누리는 것 자체가 기적임을 병원 밖에 사람들은 미처 알지 못한다. 나 역시 그렇다. 건강을 잃어봐야 그 소중함을 안다는 말은 건강한 사람에게는 잘 들리지 않는다.

누군가에게는 매일 누리는 삶이 이미 기적과도 같은 삶이다. 이미 매일 누리고 있으니 특별하게 느껴지지 않는다. 나 역시 어떤 때는 아이들 육아에 너무 지쳐서 애들이 일찍 자는 게 나의 유일한 소망일 때가 있다. 그런 마음이 들다가도 막상 애들이 아파서 대낮에도 꼼짝없이 누운 상태로 거친 숨을 몰아쉬고 있으면 그렇게 딱할 수가 없다. 다시 아이들의 깔깔거리는 웃음소리가 그리워진다. 그때가 좋았다며 그제야 안타깝고 속상한 마음에 눈물짓는다. 함께 웃을 수 있는 하루가 기적이거늘. 그러다가도 다시 또 웃고 뛰어놀며 며칠간 나를 정신없게 하면 1시간만이라도 혼자 있고 싶다. 참으로 연약한 인간이다.

나에게 이제껏 일어난 일 중에 기적 같은 일이 있다면 어떤 것이 있다고 고백할 수 있을까. 무언가 쉽사리 얘기하기가 어렵다. 친정 엄마에게 나의 기적을 물어본다면 어떨까. 아마 우리 엄마는 내가 세상에 나오던 순간부터 얘기할 것 같다. 나의 탄생의 순간이 얼마나 기적 같았는지. '네가 팔삭둥이로 나왔는데 얼마나 야문지 아주 목청 좋게 울어서 인큐베이터에도 안 들어갔다'부터 시작해서 '네가 2.25kg 생쥐만큼 작아서 포대기 안에서 없어진 적이 있다며 아빠랑 엄마랑 깜짝 놀라서 한참 찾았다'는 둥 그 작은 것이 이렇게 컸다며 이제껏 겪은 온갖 기적 같은 일들을 마치 기다렸다는 듯 쏟아낼 것이다.

나 역시 생각해보니 내 아이들의 탄생부터가 기적이다. 꼬물이는 '아기한테 산소가 잘 안 간다는 말에 산부인과에서 집으로 오는 지하철에서 엄마가 미친 사람처럼 울었었는데 이렇게 건강하게 태어났다'부터 시작해서 메디플라워 산부인과에서 자연주의 출산을 접한 이야기, 너는 '아빠와 함께 17시간의 진통 끝에 나온 특별한 아이'라는 등 해줄 이야기가 많다. 3.78kg의 초산을 호흡과 이완으로만 할 수 있었던 것 모두 기적과도 같은 일이다.

꼬미 역시 '한 달이나 일찍 나왔지만 2.67kg 그 작은 몸으로 씩씩하게 세상에 나와 준 것'부터 시작해서 '엄마와 함께 콤비로 일하며 뱃속에서 자유롭게 펄펄 날아다니며 모녀지간의 케미가 뱃속에서부터 얼마나 좋았는지', 작은 그것이 얼마나 예뻤는지 커가며 얼마나 똑똑하고 애교 많고 앙칼진지 모든 것이 나중에는 기적이라고 회자하며 수십 번 반복해서 아이들에게 얘기될 것들이다.

아이들의 기적 같은 탄생의 순간들이 우리네 어머니와 나에게 생생하게 떠오르듯 모두가 그렇다. 우리는 모두 누군가에게 탄생부터가 기적이고 축복인 삶이다. 태중에 걱정거리와 장애물이 있었더라도 그것은 탄생의 기적을 조금 더 돋보이게 하는 양념과도 같을 뿐이다. 우리의 삶 자체가 탄생의 기적으로부터 시작된 것이다. 그런데 그 이후에는 무슨 기적이 있었나. 우리가 인지하고 있는 기적이 무엇이 있나.

나는 도대체 어떤 유형의 기적을 바라고 있을까. 나에게는 왜 오늘 하루가 그저 버겁고 바쁜 하루 중 하나일까. 나는 언제 오늘 하루가 기적이라고 진정히 고백하는 날이 올까.

07

행복도 불행도
선택은 내가 하는 것이다

병동의 환자들이 대대적인 물갈이가 되더니 다시 중증도가 높아졌다. 중한 신환들이 물밀 듯이 밀고 들어와서 시니어, 주니어 할 것 없이 모두가 식음을 전폐하고 액팅을 한다. 완전히 베드리든(bed-ridden : 와상환자)에다가 기관절개관을 기본으로 가지고 있는 중환들이 다 몰려온 것이다.

환자를 11명 보는데 6명이 베드리든, 2명이 인공호흡기(홈벤트), 1명이 고유량 비강산소캐뉼라(HFNC)를 가지고 있다. 과도한 업무량에 그냥 헛웃음이 나온다. 그러는 와중에 아차 낙상까지 일어난다. 모두가 높아진 중증도에 기운이 쪽 빠졌지만 1분 1초도 멈출 수가 없다. 며칠 뒤 결국에는 파트장님의 특단의 조치로 입원 받는 P근무를 아예 이브닝으로 돌려 중환만 따로 떼어 보게 하셨다. 간호사들의 숨통을 조금이라도 틔워주기 위해 필살기를 꺼내신 것이다. 아, 이때는 '필활기'라고 해야 하나.

한쪽에서는 90대 할머니 환자분이 모든 피검사를 거부하고, 산소, 모니터링 등 모든 걸 잡아 빼며 본인 몸뚱어리 좀 내버려 두라며 역정을 내신다. 저쪽에서는 멘탈이 잠시 흔들린 다른 환자가 본인 침상에 오줌을 싸 갈겼다고 자리 주인인 환자분이 황당함을 호소하신다. 간호사 스테이션에는 왜 베개를 한 개 더 주지 않느냐고 환자분이 찰진 욕을 내뱉으시며 언성을 높이신다.

오늘도 내가 졌다. 두 손 두 발을 다 든다.

이렇게 중증도가 높고 험한 환경에 자주 반복적, 지속적 노출이 되다 보면 후배들을 말리고 싶은 마음이 생긴다. 간호학과를 오겠다고 하는 꽃다운 학생들에게 '오지 마세요, 도망치세요.'라고 찐 조언을 해주는 것이다. 나 역시 이런 종류의 뼈 있는 농담을 실습 중에 많이 들었다. 하지만 그럼에도 불구하고, 그리도 원했기에 나는 간호사가 되기로 선택했다.

막상 임상의 근무 패턴을 보면 항상 힘들거나 하루하루가 늘 지옥 같기만 한 것도 아니다. 임상을 시작하고 초반에는 특히 신규 때는 높은 확률로 그럴 가능성이 매우 다분하다. 하지만 어느 정도 일에 적응되고 나면 사람이 할 짓이 아니라고 느꼈던 일들을 아무렇지도 않게 하고 있는 자신을 발견하게 된다. 또한, 이곳도 사람 사는 곳이기에 또 그 나름의 재미가 있다. 험난했던 하루를 마치면 앓는 소리가 절로 나온다. 그렇지만 그만큼의 보람도 충분히 있다.

임상에서 일하며 행복할 건지 불행할 건지 선택하는 것은 결국 나의 몫이다. 내가 끼적끼적 적어놓은 세 줄 일기에는 '우리 병동 샘들이 너무 좋고 보조원님들도 너무 좋고 중증도도 괜찮고 나 정말 복받았나봐 후힛~' 하며 함박웃음을 짓고 다닐 때의 기록이 있다. 이걸 보면 내가 이런 적도 있었나 하게 된다. 중증도가 꿀이거나 만만했던 임상의 기억들은 그 반대의 기억에 쉽게 묻힌다. 꿀병동인 날의 비율이 극히 낮을 뿐 아니라 그 임팩트가 다소 약하기 때문이다.

그렇게 행복한 날들이 며칠 가다 보면 또 중증도가 너무 높고 업무량이 치사량에 가까워 죽을 것 같은 날들도 온다. 업무를 시작하기도 전에 이미 불쾌감의 게이지가 100에 도달한 채로 업무를 시작하기도 한다. 인계 역시 마찬가지다. 어떨 때는 난리가 나서 인계를 주기조차 미안할 정도로 정리가 안되어 있을 때도 있고, 어떤 때는 아주 평온해서 자애로운 선배 선생님이 "바뀌는 거 없죠?" 하며 쿨하게 넘겨받아 주시기도 한다.

입원 환자를 받는 P근무도 그렇다. 예정되어 있던 입원보다 적게 환자가 떠서 '에이, 교통비만 날렸지 않느냐, 얼른 가라'라며 선배가 등 떠밀어 전일 근무를 반일 근무(half)로 바꾸고 일찍 퇴근한 적도 있다. 어떨 때는 끝도 없이

한국에서 간호사로 살아보기

밀려오는 입원환자에 정신이 혼미할 정도다. 업무를 마친 후 그저 칼퇴하고 최대한 집에 빨리 가는 게 소원이다가도, 또 어떨 때는 인계 후 후배와 한창 수다를 떠느라 30분을 더 놀다가 퇴근하는 재미를 누리기도 한다.

인생 만사가 여러 굴곡이 있듯 이렇게 임상 역시 마찬가지다. 바빠서 돌아버릴 것 같다가도 또 이 정도면 살 만하다 싶다. 중요한 것은 여러 굴곡 앞에서 내 마음을 안정한 상태로 유지하는 것이라는 생각이 든다.

임상에는 행복하기로 선택한 사람과 그렇지 않은 사람이 있다. 행복하기로 선택한 사람은 힘든 환경에서도 어떻게든 다시 치고 올라온다. 그렇지 않은 사람은, 타인이 혹은 내 주변이 바뀌기만을 기다린다. 그러나 안타깝게도 내가 속한 환경이나 주변을 바꾸는 것은 거의 불가능에 가깝다. 그렇기에 주변에 바라는 쪽은 더 힘들고 고달파질 수 있다.

사실 환경이나 주변을 바꾸는 가장 손쉬운 방법은 나 자신이 내가 바라는 사람이 되는 것이다. 나부터 내가 원하는 선배, 내가 원하는 동료, 후배가 되는 것이다. 나는 남을 바꿀 수 없지만 나를 바꿀 수 있기에 그 시작을 달리하는 것이다.

음압격리병동에서 나이트 근무를 하는데 웬일인지 자정 즈음부터 한 환자로부터 시작된 콜벨이 끝이 없다. 속 쓰리듯 배가 아프다고 약을 달라는 콜벨이다. 입원 시 시행한 통증 사정에 '통증 없음'으로 되어 있는데 뜬금없이 무슨 일인가 보니 환자가 크론병을 앓고 있다고 말한다. 헉 소리가 절로 나온다. 이 중요한 정보를 입원할 때 말씀 안 해주신 거냐고 지금 따져봐야 아무 소용이 없다. 환자는 아까 낮에 입원해서 들어올 그 순간에는 아프지 않아서 통증이 없다고 얘기했다고 한다.

담당 당직 의사에게 노티(notify)를 하려 전화를 하는데 IP폰이 신호음만 계속 가고 받지를 않는다. 당직의가 잠적한 것인지 곯아떨어졌는지 알 길이 없다. 아직 노티도 되지 않았는데 1~2분 간격으로 환자로부터 콜벨이 울려댄다. 약은 도착했나요, 배 아파요, 약 좀 주세요, 열나요, 더워요, 약 왔나요, 아이스팩 좀 주세요, 제빙기는 있나요, 다른 병원에는 있던데요, 추워요, 약은 아직인가요…. 환자의 통증은 점점 더 심해진다.

나는 결국 다른 병동을 담당하는 윗연차 당직의에게 연락했다. 음압 격리 병동에서 노티를 한다고 하니 왜 본인에게까지 연락이 왔는지 의아해한다. 상황과 사정을 얘기하니 "네, 그럼 우선 급한 불부터 끕시다."라며 본인 일처럼 상황 정리를 도와준다. 순식간에 처방을 입력해주고는 효과 없으면 다시 알려달라는 말도 잊지 않는다.

통증으로 떼굴떼굴 구르는 딱한 환자에게 우선 처방대로 모르핀을 투여한다. 서서히 환자의 고통스러운 움직임이 잦아드는 것이 보인다. 똑똑 한 방울 두 방울 들어가는 약만큼 환자가 편안해진다.

병동 담당이었던 당직의는 본인의 IP폰이 먹통이었다고 다음날 미안한 마음을 전화로 전해왔다. IP폰의 신호가 계속 가다가 어느 순간부터 전원이 꺼졌다는 멘트로 바뀌었다. 나의 심증은 배터리가 다 돼서 꺼졌고 당직의가 피곤에 지쳐 한숨 푹 잔 것 같지만 그래도 흔쾌히 받아준다. 그 몇 시간 푹 잤으면 그도 나도 족하다. 초반에 힘들었지만 환자도 결국 잘 잤지 않은가.

환자의 콜벨이 마치 실시간 카톡 같았던 그 밤. 처음에는 아니 어떻게 1~2분 간격으로 콜벨을 누를 수가 있지, 라는 생각에 당황스러웠다. 그 상태로 좀 시간이 지나자 노티고 뭐고 그냥 환자가 원하는 모든 걸 얼른 해주고 싶었다. 하지만 환자가 통증이 완화되어 새벽에 곤히 잠들자 그제야 이 모든 것이 간절함의 표현이었음을 깨닫는다. 매 순간이 너무나도 간절했기에 콜벨로 수시로 표현할 수밖에 없었던 환자. 내가 해결해 줄 것을 믿고 나에게 적극 도움을 요청했던 것뿐인 환자. 이렇게 환자의 어려운 순간을 해결할 수 있으니 또 얼마나 좋은가. 감사한 하루가 하나 더 지나간다.

엑스레이를 찍어주시던 영상의학과 주 선생님이 생각이 난다. 인후가 본원에서 엑스레이를 찍게 되어 선생님을 뵙게 되었다. 어리둥절 얼어 있는 아이에게 "용감한 서인후 왔구나!"라며 격하게 맞아주셨다. 5살 아이에게 딱 맞는 눈높이로 대하는 그 모습에 왠지 모를 단단한 내공이 느껴졌다. 인후에게 용감한 아이라고 최면을 걸어주신 후에 순식간에 척척 엑스레이를 찍으시고는 "역시 용감하게 잘했어. 용감한 서인후야."라며 칭찬까지 잊지 않으셨다.

잠깐이었지만 나는 선생님이 열정적으로 업무를 하는 모습에 크게 감동했다. 매우 인상적이었다. 선생님에게서는 활기가 느껴졌다. 지금 내가 서 있는 자리, 내가 하는 일을 이토록 사랑하고 있다는 걸 온몸으로 말하고 있었다. 내가 칭찬카드를 꼭 써드리고 싶어서 성함까지 메모했지만, 애가 아파 정신없다는 핑계로 결국에는 쓰지 못했다. 다행히 성은 기억이 나기에 이렇게나마 받은 감동을 전한다.

누군가는 엑스레이를 잘 찍는 것과 아이들을 잘 다루는 스킬이 뭐 그리 관련이 있겠느냐 할 수도 있다. 하지만 환자가 낯설어하지 않고 편안하게 협조하여 엑스레이를 찍으면 1인당 소요시간이 단축된다. 이런 시간을 모으면 응급환자를 몇 명 더 검사할 시간도 확보하게 된다. 궁극적으로 환자에게는 만족스러운 환자 경험을 선사하게 된다. 주 선생님의 그 내공은 본인의 일을 아끼는 만큼 더 완벽하게 갈고닦았기에 나올 수 있는 모습이었다. 행복을 선택한 자의 모습이었다.

08

퇴근하는 순간
환자 되는 간호사들

삼성서울병원의 암병원 지하 깊숙이에는 병원 직원들이 마사지를 받을 수 있는 릴랙스 룸(relax room)이 있다. 시각장애를 가진 안마사가 30분간 최상의 마사지를 선사해 준다. 선한 일자리의 창출과 직원 복지라는 두 마리 토끼를 잡은 최고의 시스템이다. 예약하는 게 여간 힘든 게 아니지만 한번 받을 때는 천국이 따로 없다.

간호사의 직업병으로 근골격계 질환이 많이 꼽힌다. 간호사는 업무적 특성상, 베드에 누워 있거나 앉아 있는 환자에게 처치하기 때문에 허리를 굽힐 때가 많다. 환자에게 주사 약물을 투여하거나 채혈을 할 때도, 욕창 관리나 각종 드레싱을 할 때도, 소변줄을 꽂거나 온갖 배액관을 관리할 때도 까딱하다간 다 척추에 부담이 가게 된다. 내가 편한 최적의 자세를 적극 찾지 못하고 환자에게만 맞춰주다 보면 알게 모르게 척추에 쌓인 부담은 나중에 그대로 되돌아온다.

병동에 허리가 안 좋아 복대를 차고 일하던 선배도 있었다. 옆에서 보고 있자니 이렇게까지 해야 하나 싶을 정도였다. 현장에서 뛰지 않는 파트장님들에게도 디스크는 피해 가지 않는 것 같다. 통증 완화를 위해 파트장님이 신경차단술(nerve block)을 받으셨다는 등의 소식이 종종 내려왔다.

20대 때는 이러한 모습들이 왠지 나와는 거리가 멀게 느껴졌다. 당장은 교대 근무로 생활리듬이 깨지고 잠을 푹 못 자는 것이 불편할 뿐이었다. 수면장애만 조금 있을 뿐이지 몸에 큰 이상은 없었다. 몸 사리지 않고 일한다는 의미도 뭔지 잘 몰랐다. 환자들이 회복하고 나아지면 그 모습을 보는 것만으로도 충분했다. 그냥 뿌듯했다. 하지만 아이를 낳고 복직할 즈음 내 몸은 이전과는 사뭇 달라져 있었다.

특히 내 손목 관절이 유독 너덜너덜했다. 아기에게 최고의 선물인 모유를 먹이기로 내가 선택했기에 나는 고집스럽게 모유 수유를 고수했다. 출산보다 더 무서운 유방울혈을 손수 헤쳐나간 탓이었다. 무려 17개월이었다. 항생제 복용으로 강제로 멈추기 전까지 나는 모유 수유를 멈출 생각이 없었다. 사랑니가 옆으로 누워 결국 수술로 제거해야 하는 상태가 돼서야 나는 멈추었다. 그깟 게 뭐라고 참 유난히도 애썼다.

한국에서 간호사로 살아보기

그렇게 모유 수유와 손목 관절을 바꾼 덕에 나는 주사약을 준비할 때도 수전증이 있는 사람처럼 손이 후들후들 떨렸다. 바이알에 주사기로 용매를 넣고 약을 녹이고 다시 수액에 섞고. 뭐 대단한 힘이 드는 것도 아닌데도 그랬다. 환자를 베드에서 이동카로 옮기거나 욕창 예방을 위해 자세 변경을 2시간마다 하는 일은 가끔 두렵게 느껴지기까지 했다. 손목 관절에 무리가 가는 게 느껴질 정도였다.

선배들이 임상은 오래 할 일은 못 된다고 하던 말들이 떠올랐다. 밤중에 환자·보호자분이 오늘은 제발 푹 자고 싶다며 자세 변경을 거절하면, 환자에게 욕창이 생길까 걱정되면서도 '아 오늘 밤에는 살았다…' 오히려 고맙게 느껴지기까지 했다.

간호대학 졸업 전 내가 4학년 때, 임상을 먼저 시작한 선배가 방광염을 앓고 있다는 소식이 들려왔다. 병동의 중등도가 높고 업무량이 많아 화장실을 제때 가지 못해 방광염이 생겼다는 것이다. 아니 도대체 얼마나 바쁘기에 화장실에 갈 수도 없다는 걸까. 화장실에 갈 시간이 없으니 물도 그냥 안 마시면 된다는 꿀팁 아닌 꿀팁까지 들려왔다. 일할 때 간호사의 아이오(I/O : 섭취량/배설량)가 영(0)이라는 씁쓸한 얘기도 함께였다.

환자 자리에 보면 아이오를 적는 용지가 놓여 있는 걸 본 적이 있을 것이다.

간호사는 환자의 섭취량과 투여된 수액량 등 환자의 몸으로 얼마나 들어갔는지의 섭취량과 배뇨, 배변, 구토, 배액량 등 환자의 몸에서 얼마나 빠져나왔는지의 배설량을 꼼꼼히 확인한다. 체내 수분 균형이 잘 맞는지, 환자의 신기능을 확인하는 기본 지표이다. 환자 상태의 경중에 따라 더 적극적인 중재가 필요한 경우 더욱 촘촘한 간격으로 파악해 전산에 기록하기도 한다. 이렇게 환자에 관해서는 철저하면서도 간호사는 본인 근무 중에는 아이오가 모두 영(0)으로 수렴할 때가 있다. 즉, 먹은 것도 배출한 것도 없다는 의미다.

나 역시 1년 차 초반에는 근무 중 아이오는 영(0)이었고 거의 1일 1식을 했다. 제시간에 주어진 일을 끝내기도 버거웠다. 환자는 끝도 없이 나를 찾았고 액팅은 해도 해도 줄지 않았다. 오히려 더 느는 마법과도 같은 일이 벌어졌다. 인계를 줄 때는 뭐 이리 개똥같이 던져주느냐는 선배의 눈칫밥을 먹느라 감히 식사할 깜냥이 안 됐다. 그 결과 병동에서 근무를 시작한 지 2개월 만에 체중 7kg를 감량하는 은혜를 누렸다. 덕분에 내 인생 몸무게의 최저점을 찍었다. 가장 마르고 여리여리한 체형으로 아름답게 결혼식을 치르는 쾌거를 손쉽게 이루었다. 일부러 돈 주고 다이어트도 하는데 그래 잘됐다는 생각으로 나는 긍정적으로 받아들였다.

이렇게 불규칙한 식사로 인해 꽤 많은 간호사가 위염은 기본이고 역류성 식도염 등 각종 위장관계 질환으로 고생한다. 업무량을 쳐내면서도 제 때 먹

한국에서 간호사로 살아보기

지 못하고 굶거나 몰아서 먹으니 때로는 타의로 1일 1식을 한다. 그러다 보면 '있을 때 먹자'라는 생존본능이 학습된다. 한 번 먹을 때 폭식을 한 후 피곤함에 지쳐 바로 자는 등 건강과는 거리가 먼 식사 패턴에 빠지기도 쉽다.

낮과 밤을 거스르며 교대 근무를 하는 일 역시 신체적으로 꽤 부담된다. 교대 근무에 잘 적응한다고 느끼는 간호사라 하더라도 실제로 몸은 그렇게 느끼지 않을 수 있다. 생체리듬이 틀어지는 교대 근무자가 다른 일반인들보다 암 발병률이나 심질환 이환율 등의 위험도가 높은 것을 보면 알 수 있다.

임상으로 서서히 얻는 신체적인 직업병뿐만 아니라, 간호사가 겪는 정신적인 스트레스 역시 그 무게감이 꽤 크다. 아픈 사람들을 주로 대하다 보니 겪게 되는 우울감, 질병의 진행이 치료보다 더 빠르게 느껴질 때의 무력감, 여러 가지 관계에서 비롯되는 대인 스트레스, 순간의 실수로 비롯된 자책과 죄책감, 숨 막히는 환경으로 유발된 공황장애, 정신적으로 충격적인 것을 보았을 때 겪는 외상 후 스트레스 장애(PTSD)까지 다양하다.

참 아이러니하게도 간호사가 간호를 사랑하면 할수록 경험하는 아픔이 크다. 나의 직업을 사랑하면 할수록 정신적으로는 더 병들기가 쉽다. 무슨 말이냐면 나라는 사람을 간호사라는 직업에 동일시할수록, 간호사라는 페르소나를 퇴근하며 온전히 내려놓지 못할수록 스스로 숨통을 더 옥죄게 할 수 있다.

우리 사회는 간호사라면 마땅히 이 정도는 해야 한다는 사회적인 통념과 요구도가 있다. 간호사들은 이 사회적으로 요구되는 간호사의 모습에 부합하기 위해 자신을 닦달한다. 자신의 본래 모습을 잊어버리거나 구분하지 못하고 완전히 사로잡히기도 한다. 병동에 서는 순간부터 그 역할에 자신을 끼워맞춘다.

간호사의 페르소나를 아예 버리는 행동도 문제가 있다. 예를 들어, 외국의 간호사들이 마약에 손을 댄다거나 환자가 원하는 대로 안락사를 돕는 등의 행위는 여기에 속한다. 하지만 우리나라에서는 페르소나를 벗는 쪽의 극단보다는, 페르소나를 벗지 못해 생기는 극단이 더 많다.

간호사라는 페르소나와 자신을 과도하게 동일시할 때는 이성적인 판단조차 하지 못하는 상태가 된다. 나를 파괴할 정도가 되면 이 페르소나를 과감히 벗어던져야 하는데 그러지 못하는 것이다. 이제 그만 이 페르소나를 벗어볼까, 다른 페르소나를 써볼까 하는 마음조차 들지 않는 것이다. 참 비극적인 일이다.

내 신규 시절 간호사 이름표에는 '이선영B'라고 적혀 있었다. 동명이인의 대

선배가 있어 자연스레 알파벳 B가 붙었다. 웬만해서는 같은 이름이 있는 병동으로는 배정이 안 된다. 그럼에도 불구하고 나는 혈종에 배치될 운명이었나 보다. 그렇게 나의 B급 병원생활이 시작되었다. 병동 선생님들은 나를 B샘이라 불렀다. 듣다 보니 또 괜찮은 나만의 정체성이 되었다. B급이면 또 어떤가. 가장 행복한 사람은 금메달, 은메달도 아닌 동메달이라고 하지 않나.

간호사인 나와 그냥 인간인 나 사이에는 분명한 괴리가 있다. 병원에서는 하나하나 세밀하게 옴쎄하게 치밀해지려 노력하지만, 현실에서의 나는 구멍도 많고 허당미가 넘치는 사람이다. 이 둘이 균형감을 잃지 않도록 나만의 콘셉트로 둘을 통합하려는 마음가짐이면 충분하다. 굳이 간호사라는 페르소나를 내 얼굴로 삼으려 애쓰지 말자. 나만의 예쁜 얼굴이 따로 있지 않은가.

4장

서른다섯,
간호사를 내려놓다

오늘만큼은
나를 간호하기로 했다

나는 친정 엄마의 헌신 덕분에 큰 무리 없이 임상에 임할 수 있었다. 2교대, 3교대를 하는 딸 스케줄에 맞춰 엄마의 일정이 돌아갔다. 우리 엄마의 달력에는 나의 근무시간표가 적혀 있었다. 데이(D), 데이(D), 나이트(N), 나이트(N), 나이트(N), 오프… 두 번째 육아휴직에 들어가면서도 나는 당연히 복직할 줄 알았다. 내가 임상을 그만둔다는 옵션은 아예 생각해보지도 않았다. 선배 간호사들은 둘째를 낳은 후 대부분 자취를 감추었다. 아니면 아이들이 초등학교를 입학하게 되는 시기에 줄줄이 떨어져 나갔다. 하지만 나는 아닐 줄 알았다. 나는 비켜갈 줄 알았다.

첫째 인후가 나왔을 때도 산바라지부터 육아까지 모두 친정 엄마의 몫이었다. 늘 그렇게 사셨다. 본인보다는 자녀를 위해서였다. 그러던 엄마가 외손주들 육아를 포기하겠다고 선언하셨다. 이제 엄마의 인생을 좀 즐기겠다는 것도 아니었다. 이제는 친손녀를 돌볼 때가 왔다고 하셨다. 황당할 노릇이었다. 나는 엄마의 결정에 큰 충격을 받았다. 그건 나에게는 사형선고나 마찬가지였다. 나는 부정하고 싶었다. 어떻게든 아니라고 믿고 싶었다. 엄마의 육아 포기 선언은 내 임상의 끝을 의미했다. 나도 언젠가는 끝이 있을 거라는 건 알고 있었지만 그게 지금일 줄은 정말 몰랐다. 나는 부정해야만 했다.

"엄마, 아니지? 진짜 이제 안 봐준다고?"

육아휴직이 다 끝나기도 전에 커리어 사형선고를 받다니. 나는 너무나도 아팠다. 임상이 뭐라고 그걸 내려놓기가 고통스러웠다. 우는 둘째를 안고 며칠 밤낮을 울었다. 선생님들과 함께 환자를 보며 울며 웃었던 병원생활이 이미 아득하게 느껴졌다. 도대체 내가 왜 이리도 아플까. 나는 내 안을 가만히 들여다보기로 했다. 오늘만큼은 나 자신을 간호하기로 마음먹었다.

첫째가 태어나고 신생아인 인후를 다룰 때 손 떨리도록 조심스러웠던 기억이 난다. 그렇게 작고 여린 생명체는 간호해본 일도 없었다. 모든 것이 나에게도 처음이었다. 까딱 잘못 했다가는 팍 터져버리는 물풍선처럼 그리도 조심스러웠다. 그저 바라만 보아도 온 우주를 얻은 양 감사하고 행복했다.

누가 한 배에서 나온 거 아니랄까 봐, 둘째 하윤이도 그렇게 예뻤다. 한 번

한국에서 간호사로 살아보기

해보았으니 두려운 마음보다는 꽤 자신감도 붙었다. 세상에 일찍 나온 하윤이는 조산아라는 타이틀이 붙었지만, 명목상 조산아일 뿐 뭐 하나 엄마 속썩이는 것도 없었다. 핏덩이 육아를 하며 매일 반드시 내가 수행해야 하는 업무는 이렇게 정리될 수 있었다.

1시간 반 간격으로 모유 수유, 기저귀 확인 및 교환하기. 매일 목욕시키고, 탯줄/배꼽 소독, 비타민D 경구 투여하기. 낙상 초위험군으로 분류하고 낙상 예방 활동하기. 눈 맞추고 쓰다듬으며 사랑을 표현해주는 것은 말할 것도 없다. 뭐 대수냐 싶지만 직접 처음 해보면 뭐하나 쉬운 것이 없었다.

모유 수유 그게 뭐라고 엄마들이 울고 웃는다. 누구는 양이 적어서 잘 안 나와서, 누구는 아기가 잘 못 물어서 못 빨아서, 누구는 젖몸살이 와서 등등 모유 수유하는 내내 고생이다. 목욕 역시 마찬가지다. 신생아를 처음 목욕시키는 거만큼 부담스러운 일도 없다. 2kg대의 아기를 안아 드는 것조차 갓 출산한 엄마에겐 이미 버거운 일이다. 큰 맘 먹고 준비물 다 세팅해놓고 빠르고 꼼꼼히 해야 한다. 그렇게 정성과 사랑을 먹고 한 생명체가 사람이 된다.

그렇게 육아에만 전념하던 차, 어느 날 들이닥친 친정 엄마의 육아 중단 선언은 갑작스러웠다. 그럼 애 둘을 어떡하라고. 애들 걱정이 나오다가도 아 이제 일하기는 틀렸구나, 내 일 걱정이 몰려왔다. 산후우울증이 왔나 싶을 정도로 이 감정은 묵직했다. 나는 퀴블러 로스(Kubler-Ross)가 말한 상실의 5단계, 부정 – 분노 – 타협 – 우울 – 수용의 단계를 그대로 겪었다.

처음에 난 이게 끝이 아니라고 어떻게든 더 할 수 있다고 생각했다. 설마 아닐 거라고 내 임상의 끝을 부정했다. 아이들을 봐주는 도우미를 구해야 하나, 나는 교대 근무를 하는데 어떻게 일정을 매번 맞춰야 하지. 온갖 생각이 꼬리에 꼬리를 물었다. 아무리 생각을 하고 머리를 굴려 봐도 상황이 여의치 않자 나는 분노했다. 도대체 언제까지 교대 근무를 해야 하는지, 왜 내가 필요한 시간에 아이를 맡길 수가 없는 건지, 왜 나는 이 산을 넘을 수 없는 건지 나의 모든 상황에 화가 났다.

그 후 나는 타협한다. 그래, 이 정도면 많이 했다. 7년의 세월. 너무 힘들고 버티기 어려워 출근길에 그냥 차에 치이고 싶었던 나다. 그럴 때도 있었던 내가 지금 끝을 아쉬워하고 있다. 이걸로 만족하자. 딸로 입사해 두 아이의 엄마로 퇴사한다. 두 번의 육아휴직, 참 오래도 버텼다. 그래, 장하다, 이 정도면 꽤 오래 한 거라고 나는 나 자신을 위로했다.

그러다 우울감이 엄습한다. 그 험난했던 신규 시절도 견뎌냈는데 이렇게 끝이 나는구나. 다시 일할 날이 오기나 할까, 나에게 사회생활이란 이제 없는 건가. 속상한 감정이 물밀듯이 몰려왔다. '하윤아, 네가 우니까 엄마도 우

한국에서 간호사로 살아보기

는 거야.' 나는 며칠 밤을 우는 둘째와 같이 울었다. 아슬아슬 쥐고 있던 모래가 손가락 사이로 흘러나와 후두두 떨어져 흩어지듯 모든 것이 그렇게 떨어져 내렸다.

이렇게 로서의 나의 삶이 멈춰졌다. 임상 현장에서 다사다난했던 순간들이 파노라마가 되어 나를 관통해 지나갔다. 이제는 끊긴 필름이 된다. 그렇게 나는 끝을 수용하며 이를 온전히 받아들였다. 나는 모든 것을 내려놓고 나서야 나 자신을 돌아보는 시간을 갖게 되었다.

임상에 있으면서 다른 선배 선생님들의 끝을 여러 번 본 적이 있다. 그중에서도 가장 기억이 나는 뒷모습은 임상 15년 차 경력, 병동의 정신적 지주였던 선배 선생님의 모습이었다. 이 선생님은 복직 후 내 트레이닝을 담당했던 엄마 선생님이기도 하다. 외래로 발령 나서 말하자면 원내에서 부서 이동을 하는 거였다. 따지고 보면 선생님 역시 바랐던 거였고 좋은 기회고 좋은 일이었다.

선생님은 송별회에서 소감을 말씀하시다 갑자기 엉엉 우신다. 아마 끝이라는 게 번뜩 실감이 나셨던 것 같다. 그 모습을 보면서도 나는 잘 몰랐다. 오래 몸담으셨던 병동과 이별하는 아쉬움이 정말 클 만도 하다고 짐작만 했을 뿐이다. 그 속을 미처 몰랐다. 내가 임상을 내려놓는 처지에서 이제 와 다시 생각해보니 지금 나와 비슷한 심정이 아니었을까 싶다. 마치 다시는 되돌아올 수 없는 강을 건너는 그런 심정이 아니었을까. 앞으로 다시는 병동 세팅에서의 임상은 없을 것이기에 현재를 내려놓으며 만감이 교차했을 선생님.

이 선생님 말고도 끝은 많았다. 외국에서의 삶과 다른 꿈을 찾아 사직한 선생님, 임상 외 직업을 향해 떠난 선생님, 결혼 출산 육아로 임상을 내려놓은 선생님 등등. 곁에서 지켜보면서도 나는 나의 끝은 어떨까 하고 상상조차 해본 적이 없었다. 나는 떠나는 선생님들의 눈이 그저 반짝인다는 것만 알아챘을 뿐이었다. 그 반짝임은 차오른 눈물 탓이었다.

'애기 어린이집에서 하원 하면 끝이다, 얼른 자자!' 하며 살기 위해 대낮에 눈 붙이는 삶을 사는 간호사. 그런 삶이 왜 그리도 좋았던 건지. 이제 다 내려놓으려니 또 추억이다. 얼마나 중환으로 채워졌을까 걱정이 되면서도, 육아를 피해 출근하던 나. 육아가 너무 빡셀 때는 쉬는 날보다 왠지 모르게 더 활기가 돌던 출근날.

환자와 보호자들과 말 그대로 지지고 볶으며 즐거웠던 날들. 아침에 퇴근하며 병동 선생님들과 밥 먹고, 오전에 어린이집 엄마들이랑 모임 갖고. 24시간가량 깨어 있으며 오늘도 알찬 하루를 보냈구나 하던 날. 막상 체력이 달려 죽겠다가도 잠깐 자고 일어나면 지나가 버린 오프에 허무하던 날들. 특별히

204

주말도 공휴일도 없는 일이지만 남들 일하는 평일에 주말 기분을 내던 날들. 내게 BR(침상안정)과 NRD(일반식) 두 가지만 있어도 충분하고도 남았던 오프날들. 환자의 고맙다는 한마디에 그저 행복하고 뿌듯하던 날들. 모두 다 돌아보니 좋은 추억뿐이다.

이렇게 나는 내가 매일 누리던 일상을 온전히 내려놓을 때가 되어서야 이 날들이 나에게 얼마나 빛이 나던 소중한 날이었는지 알게 되었다. 임상 간호사로서의 자부심과 충만한 보람을 느끼며 지내던 나의 아름답던 날들. 나의 빛나던 조각을 내려놓는다. 어쩌면 지금껏 나의 전부였던, 나의 소중한 일부를 내려놓는다.

나를 믿는 순간,
상상은 현실이 된다

여느 때처럼 둘째 아이를 돌보느라 정신이 없는데 남편에게서 카톡이 왔다.

"이번 주말에 바로 출국이야."

약 2개월 간 필리핀 현지 업무 후 주재원 발령 여부가 결정된다고 했다. 세상이 무너진 것처럼 절망과 슬픔 속에 있던 나는 눈이 번쩍 뜨였다. 어차피 커리어적 사형선고를 받은 마당에 나는 뭘 가릴 것도 망설일 것도 없었다. 오히려 이것이 내 인생을 통째로 바꿀 계기가 될 것임을 확신했다. 한국에서는 벅찼던 간호사 워킹맘이라는 그 꿈을 필리핀에서 현실로 만들리라 마음먹었다.

필리핀에서 간호사로 취업을 할 수 있는지 눈에 불을 켜고 정보를 찾았다. 한국 간호사 면허가 인정되는지 안 되는지는 나중 문제였다. 인터넷으로 찾기도 하고 여기저기 수소문도 했다. 한인 간호사가 정식으로 현지 병원에서 임상을 뛰는 케이스는 없는 것 같았다. 게다가 필리핀 간호사 평균 월급이 만 페소라고 한다. 한화로 24만원이었다. 왜 그렇게 많은 필리핀 간호사들이 미국에서 활동하는지 알 것 같았다. 어떻게 방향을 잡아야 되나 고민이 커졌다.

이 시점에도 나는 멈추지 않았다. 메이드를 고용해 20만원 월급을 주면 4만원이 남지 않는가. 신이 주신 절호의 기회였다. 주어진 상황에서 나는 모든 문을 두드릴 준비가 되어 있었다. 공교롭게 월드잡 해외취업아카데미가 막 시작하려는 타이밍이라 영문이력서와 면접 관련 준비를 시작했다. 둘째를 유모차에 밀고 아기 띠로 업고 우선 강의실에 갔다. 아기가 찡찡대서 복도로 자꾸 나오는 일이 반복되자 결국에는 강의실 문 밖에서 귀동냥으로 들었다. 복도에서 혼자 문틈으로 새어나오는 희미한 음성을 들으며 내가 지금 무얼 위해 이러고 있나 왠지 서글픈 생각도 들었다. 그래도 희망이 있었기에 나는 열의가 넘쳤다.

현지에 머문 지 약 한 달, 한국에서 배로 보낸 짐이 도착하기 바로 전날 밤 잡매칭 사이트에 이력서를 올리고 잤다. 그 다음 날 바로 확인 전화가 왔다.

영어를 오래 놓고 살아서 초반에 무지하게 고생했다. 현지 억양을 알아듣기도 쉽지 않았다. 그래도 잘 넘겼다.

회사 HR직원과의 1차 전화 인터뷰, HR 매니저와의 2차 전화 인터뷰가 며칠 사이에 이루어졌다. 그다음은 총괄 매니저와 대면 면접이었다. 떨렸지만 내 면접 필승법을 떠올렸다. 바로 상대에게 함께 일하고 싶은 사람이 되는 것이다. 스스로도 그렇다고 굳게 믿는 것이다. 이제껏 여러 가지의 면접을 통해 깨달은 진리였다.

매니저와의 면접은 매우 순조로웠다. 한국처럼 면접관이 지원자를 평가하는 딱딱한 분위기가 아니었다. 나 역시 회사를 면접하는 입장이었다. 직장상사와 서로 이름을 부르며 편안하게 대화를 나누었다. 마치 면접이라기보다 서로 궁금한 것을 해결하는 분위기였다. 매니저는 혈액종양내과와 감염내과를 둘 다 경험한 나의 업무경력을 흥미롭게 봐주었다. 면접을 마무리하며 필기시험은 시간이 꽤 오래 걸린다며 아예 며칠 후로 잡아주었다.

필기시험은 예상 밖이었다. 묵직한 3묶음의 시험지가 놓여 있었다. 각기 수십 장은 되어보였다. 한 세트 당 45분이란다. 훑어보니 내가 이제껏 무얼 배웠는지 확인하는 목적의 시험이 아니었다. 앞으로 내가 이 회사에서 담당할 업무를 시나리오로 구성해 문제화해놓은 것이었다. 객관식, 주관식, 서술형 등

아주 다양한 조합의 문제가 가득했다. 참신한 발상의 시험이었다. 시험지를 부여잡고 시간이 모자를까 봐 조마조마 최선을 다했다. 머리에 쥐가 날 정도의 시간이 흐른 후에야 나는 집으로 돌아올 수 있었다.

보통 한국은 채용 일정이 정해져 있는데 이곳의 방식은 사뭇 달랐다. 수시 채용이기 때문에 각 응시자에 상황과 일정에 따라 다르게 진행됐다. 나는 이 과정이 뭔가 주먹구구로 보이고 불투명, 불친절하게 느껴졌다. 정신적으로 힘들고 부담스러웠다. 하지만 직접 겪어보며 찬찬히 생각해보니 나름 괜찮은 방법이었다. 정말 뜻이 있는 소수만 추려 인력풀에 넣어두는 것도, 업무역량을 확인하는 방법도 꽤 인상적이었다.

연봉 협상 등 마무리 조율이 완전히 되지 않은 상태에서 코로나 바이러스 사태가 터졌다. 도시는 완전히 봉쇄되었다. 정부에서 발급해준 출입증이 없으면 집 밖으로 아예 나갈 수가 없었다. 출입증은 남편의 몫이었다. 한국에서부터 쏟은 몇 개월간의 노력이 좌절되는 것 같았다. 사측으로부터 최종 후보라는 통보를 받았지만 진행되는 건 없었다. 나의 일과 일상, 그 모든 게 불안정했다.

그로부터 약 2~3개월 후에야 고용 계약서에 서명을 할 수 있었다. 새로운 형태의 근무가 시작되었다. 바로 재택근무다. 일을 시작한 지 벌써 수개월이 넘었지만 아직 회사 사무실에서 일한 적이 없다. 아침에 일어나면 책상 위 노트북을 켠다. 그게 출근이다. 임상에서 일할 때에 비하면 업무환경이 천지가 개벽할 정도로 달라졌다. 나를 좌절하게 했던 요인이 엉뚱하게도 전혀 새로운 세상을 열어주었다. 한 쪽 문이 닫히니 다른 한 쪽 문이 열렸다.

재택근무의 가장 좋은 점은 내 시간 관리를 좀 더 주도적으로 할 수 있다는 거다. 오전에 밀도 있게 업무를 본 후 점심시간을 쪼개 낮잠을 자거나 아이들 샤워를 시킨다. 내가 배고플 때가 내 식사시간이 된다. 12시간가량 발바닥에 불이 나게 만보 이상을 걸으며 온 병동을 휘젓고 다닐 때와 비교하면 천국이 따로 없다.

내가 이제껏 알고 있던 세상의 틀이 와르르 깨지고 있다. 내가 미처 상상하지도 못했던 방식의 하루가 내 일상이 되었다. 이전에는 칼퇴가 꿈이었는데 지금은 출퇴근 자체가 없는 파격 속에 살고 있다. 더 큰 상상이 나에게 흘러들어 온다.

요새 업무하며 내가 주목하는 키워드는 '효율'이다. 이전에는 크게 생각해 보지 않았다. 임상 간호사에게는 근무시간보다 일찍 조기에 업무를 끝낸다는 개념 자체가 없다. 간호사:환자의 비율은 이미 미국의 2~3배가 된다. 시간 내에 맡은 바를 해내고 환자 안전을 최우선으로 하는 것만으로 충분히 벅차고도 남는다.

게다가 간호사 1인이 업무적으로 초과 성취를 해야만 아슬아슬하게 겨우 처리할 수 있는 업무량이 주어진다. 입원환자가 평소보다 적거나 혹은 장기 휴일을 맞아 퇴원환자가 갑자기 증가하는 등 업무량이 감소한다면, 또 그에 맞게 간호 인력을 감축한다. 병원 경영진들에게 효율이란 환자 안전은 높이고 간호사 인건비는 낮추는 것이다. 그렇기 때문에 간호사에게 효율은 곧 업무량의 증가를 의미했다.

하지만 나는 이제 8시간에 처리할 일을 어떻게 한 두 시간 만에 처리할지에 대해 고민한다. 그런 생각을 한다는 것 자체가 너무나도 즐거운 과정이라는 것을 체감하고 있다. 8시간의 업무를 6시간으로 줄이는 방안을 떠올리려면 스트레스가 되지만, 아예 1시간으로 줄이는 쪽으로 생각을 하면 혁신적인 아이디어가 나온다. 상상만 해도 즐겁지 않은가.

지금 와서 생각해보니 간호사라는 직업은 슬프게도 시간을 파는 일이었다. 특히나 임상에서 뛰는 간호사는 직접 몸을 써서 시간을 채워 반드시 노동해야 한다. 그렇지 않으면 그가 얼마나 많은 지식과 임상경험을 가졌든지 간에 돌아오는 것은 없다.

임상에서 하루를 어떻게 마무리하나 생각해보자. 소위 '골수까지 갈아 넣어' 매일 매일 정신없는 근무 시간을 보내고 녹초가 되어 퇴근한다. 그 피곤함을 잊을 때까지 핸드폰을 만지작거리다 피곤에 지쳐 잠이 든다. 근무 외 시간도 그 다음 근무를 위해 회복하는 시간으로 쓰인다. 결국 오프날도 역시 고용주, 즉 사용자에 귀속된 시간이나 마찬가지인 것이다.

생각해보면 간호사는 시간만 파는 것이 아니다. 시간뿐만이 아니라, 내 젊음을 팔고 내 몸을 팔고, 나의 건강, 심지어 나의 영혼, 즉 정신건강까지 모두 팔아넘기기도 한다. 너무 많은 것을 헐값에 팔고 있는 건 아닐까. 한번쯤은 찬찬히 들여다보는 멈춤의 시간이 필요하다. 회사가 직장인의 꿈에는 관심이 없듯, 병원 역시 간호사의 꿈에는 큰 관심이 없다.

임상에 있을 때는 전혀 알지 못했다. 이런 세상이 있는지 상상도 못했다. 임상에서는 왜 이런 삶을 살지 못했을까. 왜 상상하지 않았을까, 왜 욕망하지 않았을까. 내 경험상 간호사로서 나의 욕망은 참으로 소박했다. 1년 차 간호사 때는 실수가 없기를, 다시는 보고서 쓸 일이 없기를 간절히 기도했다. 2년 차에는 빠뜨리는 일이 없기를 바랐다. 퇴근하고 나오면 빠뜨린 게 생각났다. 육아휴직 중이었던 3년 차는 양질의 잠만 잘 수 있기를 바랐다. 4년 차 복직하며 다시 실수만 없기를 뒷 근무조 선생님께 민폐 안 끼치기를 바랐다. 그러다 갑자기 5년 차에는 액팅하지 않고 수익이 창출되는 삶을 꿈꾸었다. 전혀 새로운 욕망이었다.

　인간은 적응의 동물이고 그 욕망은 끝이 없다. 농담인 듯 진심인 듯 숨어 있던 내 5년차의 욕망이 스물스물 다시 피어난다. 하루에 왜 8시간 일해야 하는가. 어떻게 하면 노동시간을 줄일 수 있을까. 왜 하루에 10만원만 벌어야 하는가. 왜 꿈과 돈, 일과 삶, 둘 중에 꼭 하나를 골라야 하는가. 왜 둘 다는 안 되는가. 나는 이다음을 계속 상상한다.

인생은 결국
선택의 연속이다

탈임상 후 이직 만 5개월 차, 우리 팀에 새로운 매니저가 왔다. 매니저는 서로 알아가는 시간도 가질 겸 1:1 온라인 면담을 잡았다. 그간의 업무역량을 평가하고 앞으로의 방향을 결정하는 자리이기도 했다. 매니저는 가볍고 편안하게 시작했다. 나는 간호사로서 이전 경력과 지난 5개월간 새 업무를 해본 소감에 대해 나누었다. 이야기꽃을 한창 피우던 중 매니저는 다시 임상으로 돌아갈 계획이 있느냐고 내게 물었다. 망설임 없이 대답이 나왔다.

"아니요, 임상으로 돌아가진 않을 겁니다. 난 이미 완전히 새로운 사람이 됐습니다."

나는 대답을 술술 하고서도 스스로에게 놀랐다. 꼭 드라마에서 '네가 이전에 알던 내가 아니야'라고 상대에게 선포하는 것 마냥 무언가 짜릿했다. 새로운 나를 기꺼이 맞이하던 순간이었다.

탈임상 후 나는 새로운 일을 하며 새 삶을 살기로 선택했다. 도무지 갈피를 잡을 수 없던 나지만, 시장이 반찬이듯 절박함은 나를 움직이게 하는 원동력이 되었다. 심지어 아무 연고도 없는 타국에서 내가 할 수 있는 일을 기적처럼 찾았다. 함께 으쌰으쌰 하는 동기들을 만났다. 팀워크가 좋아 똘똘 뭉치는 팀원들을 만났다.

팀원들은 나보다 분명 해당 업무경력이 긴데도 불구하고 선후배 관계가 아니라 동료라고 강조했다. 병원에서 초반에 업무를 배울 때 몇 개월의 경력 차이로도 위아래가 명확히 나뉘는 병원의 모습과는 사뭇 달랐다. 물론 이런 모습들도 그들의 선택이란 걸 안다. 그렇기에 참 감사할 뿐이다.

그다음 나는 팀에 이바지하는 팀원이 되기로 선택한다. 그들이 이제껏 일해오던 방식을 빠르게 체화하고 내가 할 수 있는 부분을 적극 담당했다. 가르치는 사람이 여유가 있어야 더 잘 가르쳐 줄 수 있다는 것을 알기에 상대가 여유를 확보할 수 있도록 만전을 기했다. 중고 신입의 강점이라면 강점이었다. 트레이닝 받은 대로 최대한 스스로 해보고 피드백을 받는 식으로 모든 업무를 진행했다. 동료는 그런 나를 좋아했다. 아무래도 임상에서 신규 시절 겪은 고난이 큰 도움이 됐다.

그 후에는, 일의 주도권을 잡기로 선택했다. 나는 체외진단 의료기기의 제품 클레임을 담당하는 기술지원부 소속이다. 클레임은 주로 학술마케팅부를 통해 접수되고 기술지원부에서 데이터베이스화 하여 제조원으로 보고된다. 양측 사이의 의사소통도 조율한다. 위음성, 위양성 등 클레임이 들어오면 해당 의료기관에서 의료기기나 체외진단키트를 제품사용 설명서에 명시된 대로 검사를 진행했는지 여부를 가장 먼저 확인한다. 여러 가지 의사소통이 꽤 필요한 과정이다.

　업무 중 학술마케팅부의 애로사항을 알게 되었다. 제조원에서 뒤늦게 꼭 필요한 정보를 물어올 때면 특히 곤욕스러워했다. 그걸 이제 묻느냐고 조사가 진행되고 있기나 하냐며 고객이 더 화가 나는 상황이 될 게 뻔했다. 환자를 수년 간 간호해본 간호사라면 최일선 노동자의 애로사항에 뼛속깊이 공감할 것이다.

　그래서 나는 이 프로세스를 아예 갈아엎었다. 끝에서 시작하기로 한다. 클레임 초기 접수 단계부터 제조원에서 꼭 필요한 정보를 수집할 수 있도록 20가지의 엄선된 확인사항을 포함한 템플릿을 만들어 학술마케팅부에 전달했다. 템플릿을 사용해 클레임을 접수해주십사 적극 업무협조를 요청했다. 그 템플릿이 업무에 큰 긍정적인 영향을 미칠 것이란 것을 알았는지 다 도입하여 사용 중이다. 그 덕분에 최소 3~4일에서 길게는 열흘까지도 걸리던 정보

수집이 현재는 접수 단계에서 이루어지고 있다. 정말 괄목할 만한 변화다.

좋은 팀원을 만난 것도, 내가 업무에 잘 적응을 한 것도, 주도적으로 일하고 책임을 지는 것도 모두 나의 선택이었다. 사회생활을 완전히 처음 시작할 때는 이를 몰랐다. 이 모든 것이 내가 선택하기보다는 주변의 영향을 받는 것이라 생각했다. 내 마음대로 되지 않는 상황 때문에 때로는 좌절하기도 했다. 하지만 지금은 알고 있다. 인생에서 내가 선택할 수 있는 부분이 의외로 꽤 많다는 것을 나는 점점 더 깨달아가고 있다.

더 확장하자면, 일을 통해서 무엇을 얻을 건지, 무엇을 남길 건지, 어떤 성장을 할 것인지 이 역시 모두 나의 선택이라는 것이다. 나는 일을 통해 자신감, 행복감을 얻고 동료와의 추억과 내 발자취를 남기는 이 과정들이 즐겁다. 회사라는 울타리 밖, 야생에서도 생존할 수 있는 진정한 성장을 만들어가는 나를 꿈꾸고 있다. 아니 그렇게 선택했다.

일을 대하는 방식은 사람마다 다르다. 같은 기간 동안, 같은 트레이너에게 배웠다 하더라도 모두가 같은 방향으로 행동하지는 않는다. 이미 가지고 있는 가치관과 경험이 제각기 다르기 때문이다. 누구는 없는 일을 만들어서라도 하고, 누구는 주어진 일만 하고, 누구는 꼭 해야 하는 일을 빠뜨리기도 한다.

그런데 정말 신기한 게 있다. 주어진 업무를 다 하고 없는 일을 만들어서라도 하는 사람이 업무에 투입하는 시간과 노력이 가장 길고 클 것 같지만 그렇지도 않다. 꼭 해야 하는 일을 빠뜨리는 사람은 업무에 크게 관심이 없거나 게으르거나 신경을 쓰지 않는 사람일 것 같지만 그 역시 또 그렇지만도 않다. 성격, 시간관념, 인간관계, 학습 스타일, 가치관, 성취욕 등 여러 가지가 얼기설기 영향을 미친다. 인간은 단순하지가 않다.

예를 들면 오늘까지 제출을 하지 않으면 조직의 목표 달성을 실패하는 업무가 있다. 나는 내가 할 수 있는 선에서 업무를 진행했고 이제 상사의 확인만 있으면 된다. 이런 상황에서 누구는 상사에게 바로 이야기를 꺼낸다. 오늘 안에는 확인이 되어야 함을 알린다. 또 누군가는 상사가 알아서 챙기겠지, 혹은 내가 상사를 푸시할 수는 없지, 그건 예의가 아니지 라고 생각한다.

이렇게 모두의 생각과 대처가 다르다. 각기 다른 선택을 내린다. 이러한 사소한 선택들이 모여서 그들의 역량을 만들어낸다. 이것을 업무적인 결정에서 끝내는 것이 아니라 큰 인생의 판으로 확장해놓고 보면 어떨까. 결국 여러 가지 선택들이 모여서 그만의 인생을 만드는 것이 아닌가.

이때까지 나는 여러 가지 선택지가 있으면 가장 어려운 길을 선택해왔다. 베트남의 호주대학으로 유학을 간 것도, 돌아와서 간호학과로 편입을 한 것도, 졸업 후 취업하며 모교 병원이 아니라 삼성서울병원을 선택한 것도 그 때 문이었다. 가장 어렵다고 느꼈기에 그렇게 한 것이다. 주재원 마누라로 필리 핀에 나와 살며 굳이 새 직장을 잡은 것도, 그 와중에 이렇게 책을 쓰는 것도 모두 다 같은 맥락이다. 내가 가진 옵션들 중에 가장 어려운 길이기에 이 길 을 걷고 있다. 나는 이렇게 선택한 길을 후회한 적이 없다. 가장 어려운 길을 골랐을 때 가장 후회가 없다. 이 진리를 나는 이미 수많은 경험을 통해서 매 우 잘 알고 있다.

병원을 나와 탈임상을 하는 과정에서 나는 내가 가진 타이틀, 연봉과 경력 을 모두 내려놓았다. 사실 간호는 내가 좋아하는 일이었기에 나만 원한다면 힘닿는 데까지 할 수 있을 줄 알았다. 하지만 인생이 그렇지가 않았다. 직장생 활만이 답인 줄 알았는데 그것도 아니었다. 현재의 나름 만족스러운 이 직장 도 마찬가지일 것이다. 이곳 역시 나와 가족의 미래까지 책임져주지 않는다. 얼마 지나지 않아 또 좌절의 순간이 반드시 올 것이라는 것도 이제는 안다.

내가 시간을 파는 이상, 이는 무한정 반복될 것이다. 그러므로 나는 가치를 팔기로 선택한다. 부유하고 풍요롭기로 선택한다. 그리고 부와 풍요를 다른 간호사와 나누기로 선택한다. 나는 탈임상 전문 간호사로서 간호사들의 탈 임상을 도우며, 간호사들에게 부를 끌어다주는 글을 쓴다. 내가 무작정 두드 리며 심지어 필리핀에서 탈임상의 문을 열었듯이 그대들도 두드리면 열린다.

나는 내가 한 발짝 앞서 겪는 것들을 간호사와 예비 간호사들을 위해 기록한다. 그대들이 나로 인해 시행착오를 줄일 수 있기를 진심으로 바란다. 그것이야말로 내 기쁨이다.

초록창에 리자인알엔을 치면 나를 만날 수 있다. 리자인이라는 이름은 퇴사하다는 의미의 영단어 'resign'이고 알엔(RN)은 간호사(Registered Nurse)를 의미한다. 즉, 탈임상 간호사라는 뜻이다. 나는 탈임상 전문 간호사라는 나만의 타이틀을 갖기로 선택한다. 그리고 반 발자국 앞서서 나와 같이 임상과 탈임상에 대해 고민하는 간호사에게 용기와 격려, 깨달음과 희망을 나누기로 선택한다. 리자인은 're-'와 'design'의 'sign'을 합쳐 새롭게 내 미래를 디자인한다는 의미도 있다. 여러분이 이 책을 읽고 영감을 받았다면 언제든 나에게 연락을 주어도 좋다. 내 카톡 아이디는 rnsunyong이다.

탈임상이 나에게 가르쳐준 소중한 것들

 나의 탈임상의 순간이 기억난다. 나의 퇴사는 담담하고 차분했다. 상사의 책상에 사표를 당차게 내리꽂는 장면도 없었고 뒤도 안 돌아볼 정도의 정떨어짐도 없었다. 내가 사랑하고 아끼던 나의 꽤 많은 부분을 차지하고 있던 나의 업, 임상이라는 나의 빛나는 조각을 담담히 내려놓던 날. 나는 꽤 괜찮았다. 퇴직원을 제출하러 병원으로 가는 길은 오히려 설레기까지 했다. 참 오래간만의 외출이었다. 10개월 된 하윤이를 아기 띠로 메고 간만에 바깥 공기를 쐬었다. 마치 바깥나들이를 오랫동안 기다리던 사람이 비로소 나온 것처럼 마음이 다소 설레기도 했다.

 이 들뜬 기분은 첫째 아이의 육아휴직을 마치며 복직을 하던 그때 그 기분과 어딘지 모르게 흡사했다. 퇴근 없는 육아를 피해 복직하던 첫날, 기분 좋은 일탈처럼 느껴졌던 그날.

4장. 서른다섯, 간호사를 내려놓다

물론 약간의 긴장감도 있었지만, 공식적인 해방의 자유를 얻은 것 마냥 나는 행복감에 충만했다. 이번이 그날과 다른 점이 있다면 긴장감을 대신해 후련함이 있다는 것이다. 물론 약간의 아쉬움도 있었지만 말이다.

인사과의 직원들은 모두 말쑥하게 정장을 입고 있었다. 사무실에 들어서자마자 나는 그들과의 괴리를 느꼈다. 병원을 떠난 지 약 1년도 안 되는 시간이었지만 나는 내 자리에서, 그들은 그 자리에서 매 순간이 바빴기 때문이리라. 아기를 품에 안고 직원이 안내해주는 대로 퇴직원을 작성하고 설문조사 용지를 받았다. 7년을 마무리하는 그 절차가 새삼 참 간소했다. 임상에서 빈틈이 없는 것처럼 퇴직 절차 역시 빈틈이 없고 순조로웠다.

준비된 퇴직 설문지에 있는 문항을 찬찬히 살피며 퇴직 사유에 답을 했다. 조직문화와 개선점, 하고 싶은 말 등을 묻는 설문문항이 있었다. '아, 미리 준비해올걸.' 다음에 퇴사할 때는 아예 미리 보고서 형식으로 하고 싶은 말이나 'Special Thanks to'를 미리 작성해 와서 스테이플러로 찍어서 내야겠다는 뜬금없는 생각이 들었다. 언제일지 모르지만, 다음 퇴사에는 그렇게 남아 있는 자들에게 조금이나마 도움이 되겠다는 쓸데없는 다짐을 했다. 아이가 칭얼거리고 정신이 없는 와중에 그래도 몇 자 남겼다. 이건 남아 있는 자에게 다시 세밀하게 묻길 바랐다. 그 방법이 더 효과적일 것이란 생각이 들었다.

퇴직원을 제출한 후 양손 가득 커피를 들고 병동에 올라갔다. 이제 간호사로서는 마지막이 될 우리 병동을 잠시 눈에 담았다. 동료 간호사 선생님들에게 인사하며 탈임상, 퇴사를 알렸다. 너도 나도 축하하는 분위기다. 그리고 그간 감사했던 파트장님께 인사를 드렸다.

이 특별할 것 없는 퇴사가 두고두고 기억이 나는 이유는 따로 있다. 나의 퇴사의 순간, 우연히 다른 간호사의 퇴사 장면을 엿보았기 때문이다. 파트장님과 이런저런 얘기를 나누던 중 나는 작지 않은 충격에 사로잡혔다. 머리가 땅하는 느낌과 함께 마음에 꽤 묵직한 무게감과 답답함이 생겼다. 이전에 퇴사한 선배 간호사가 퇴사 면담을 하며 오랫동안 엉엉 울고 나갔다는 것이었다. 이유는 간단하고 명확했다. 본인은 계속 일을 하고 싶었지만 육아 때문에 일을 계속할 수 없는 상황이었다.

'나만 그런 게 아니었구나…'

나는 이 퇴직원을 제출하러 오기 수개월 전 이미 내가 밤낮없이 겪었던 고통과 시련, 눈물의 나날들이 떠올랐다. 아이를 부여안고 함께 울던 날들이 스쳐 지나갔다. 내가 그 고통을 알기에 뼛속 깊이 공감하기에, 이 선배 간호사의 이야기는 왠지 모르게 나의 가슴 속 깊숙이 남았다. 내가 집에서 미리 수많은 눈물의 나날을 미리 보내지 않았더라면 어땠을까. 나 역시 필히 그 선배 간호사처럼 파트장님 앞에서 펑펑 울 수밖에 없었을 것이라는 생각이 불현듯 들었다.

　너무 힘들어서 그만 좀 하고 싶다가도 막상 내려놓으려니 또 그렇게 아프다. 참 아이러니하다. 나는 이 얼굴도 모르는 선배 간호사의 눈물, 그리고 지금도 어디선가 남모르게 흘리고 있을 간호사들의 눈물을 말끔히 닦아주고 싶다는 마음이 들었다. 아니, 그들이 피눈물을 흘리기 전에 이를 예방하고 싶다는 일종의 사명 같은 것이 내 안에 생겨났다. 이렇게 내 안에 씨앗 하나가 심어졌다.

　임상 간호사는 반드시 탈임상의 과정을 거치게 되어 있다. 시한부 간호사이다. 여기서 '시한부'라는 말에 주목할 필요가 있다. 시한부의 의미는 끝이 정해져 있고 그 끝이 임박했다는 뜻이다. 우리 간호사들이 하루에도 열두 번씩 '아…, 이건 오래 못 할 짓이다.'라고 막연히 느끼며 사직서를 가슴에 품는 것과는 결이 다르다. 임상 간호사는 언제가 되었든, 시간의 문제일 뿐이지 모두가 탈임상을 한다.

　임상에서 만난 환자들을 떠올려보자. 시한부로서 어느 정도의 기간을 선고받느냐는 개인마다 다르다. 하지만 환자들이 시한부라는 것을 선고받는 시점은 모두가 같다. 환자에게 더는 의료적으로 아무런 손을 쓸 수 없는 상태가 되고 나서야 시한부 선고를 받게 된다.

나 역시 마찬가지였다. 나 역시 임상 간호사로서 더는 일할 수 없는 상태가 되고 나서야 내가 시한부임을 알게 되었다. 그제야 온몸으로 절실히 깨닫게 되었다. 이제껏 내가 시한부인 줄 아예 몰랐던 건지 아니면 사실 시한부임을 알면서도 부정해왔던 건지 복기해봐야 소용이 없었다. 바뀌는 건 없었다.

암환자들이 말기 시한부 선고를 받을 때의 기분이 어떨까. 인간은 누구나 반드시 죽는다. 모두가 죽을 것을 알지만, 그 시기가 내가 예상하던 게 아니기에 시한부 선고 역시 당사자와 가족에게는 큰 상실로 다가온다. 그렇기에 그 상실에 대해 부정하고 분노하고 타협하고 우울감을 충분히 맛본 후에야 자연스레 수용하는 일련의 과정을 겪게 된다.

배우자의 죽음이 인간에게 가장 고통스러운 스트레스 지수 100이라는 말을 들어봤을 것이다. 홈즈(Holmes)와 라헤(Rahe)가 고안한 스트레스 지수이다. 하지만 같은 죽음이라 하더라도 그것이 예측 가능했냐 혹은 그렇지 않았나에 따라 느끼는 스트레스 정도의 차이도 꽤 크다. 돌발성이 고통의 크기를 결정하는 중요한 요인 중 하나이기 때문이다. 하루아침에 황망하게 사고사로 죽음을 맞이한 것과 오랜 기간 지병으로 앓다가 병세가 악화해 사망한 것에 사람들이 느끼는 충격이 다른 이유이다.

그러므로 간호사로서 탈임상의 충격을 좀 완화하려면, 탈임상의 필연성을 반드시 미리 인지해야 한다. 그 시기를 예측하고 앞서 주도해야 한다. 그리하면 탈임상은 충격과 스트레스가 아니라 변화와 혁신의 퀀텀 점프가 될 것이다.

퇴사하는 간호사의 상황과 배경은 사람마다 다 다르다. 세상은 극과 극이기에 퇴사만 바라보는 사람도 있고 퇴사만은 어떻게든 피하고 싶은 사람도 있다. 참 아이러니하다. 이런 극과 극 상황에서도 공통점은 있다. 내가 원하든 원하지 않든 탈임상의 순간은 반드시 온다는 것이다. 탈임상은 퇴사와 동의어일 수도 아닐 수도 있다. 원내 보험심사과 등 사무직에 배치된다거나 간호본부 산하 직접간호 외 업무를 보는 쪽으로 탈임상할 수도 한다. 어찌 되었든 시기의 문제일 뿐 탈임상은 내일 당장이든 혹은 30년 후가 되었든 반드시 온다.

나에게 탈임상은 갑작스러웠다. 나 역시 탈임상의 문을 열기 전까지는 이렇게 간호사 인생이 끝나는 줄로만 알았다. '임상의 끝'이 마치 '인생의 끝'처럼 들렸다. 하지만 막상 새로운 문을 열어보니 병원 바깥도 역시 사람 사는 곳이었다. 요새 나는 바깥 풍경을 즐기는 재미에 한창 빠져 있다.

임상의 끝은 시작에 불과하다. 물론 한 번도 열어보지 않은 새로운 문을 여는 것은 꽤 용기가 필요하다. 밖에 어떤 풍경이 펼쳐질지 그 문을 열지 않고는 아무도 알 수가 없기 때문이다. 임상 바깥의 세상, 탈임상의 세계는 생각보다 더 넓고 다양하다. 이를 기억한다면 그 끝이 그리 쓰지만은 않을 것이다.

탈임상의 시대가 도래했다. 평생 직업이 사라지고 N잡(job)의 시대가 왔다. 시대의 흐름과 맞물려 간호사라는 직업 역시 다방면으로 진화가 이루어질 것이다. 시한부임을 선고받으며 임상의 끝을 맞이하면 당신은 하수, 탈임상을 인지했으나 준비하지 못했으면 중수이다. 그렇다면 고수는 어떨까. 고수는 탈임상 후 무엇을 할지 정해놓고 그에 맞는 임상을 쌓는다. 끝에서부터 시작하는 것이 진정한 고수다. 설레고 행복한 마음으로 고수의 탈임상을 준비하자.

나를 위하는 것이
곧 모두를 위하는 것이다

부모님에게 유언을 미리 써달라고 부탁해본 적이 있는가. 나는 친정 엄마에게 부탁한 적이 있다. 앞만 보며 달려왔는데도 무언가 나아지지 않는 답답함과 좌절이 있었다. 어렵게 현지에서 취업을 확정지었는데 코로나로 도시는 봉쇄되었고 정부는 가구당 1인에게만 외출할 수 있는 정부발급 통행증(Quarantine Pass)을 줬으며, 어떻게 된 일인지 사측의 직무교육은 계속 미뤄졌다. 이제껏 어제보다 오늘이 나은 줄로 믿고 그렇게 살아왔는데 인생이 꼭 그렇지만도 않은 것 같았다.

나는 항상 이다음, 이다음을 바라보며 나의 행복과 즐거움을 미뤄왔다. 그런데 도대체가 끝이 없었다. 나는 친정 엄마에게 이 세상에서 마지막으로 나에게 꼭 남기고 싶은 말이 무엇인지 미리 삶의 지혜를 써달라고 했다. 나는 그게 지금 당장 필요했다. 더 미뤘다가는 돌이킬 수 없이 늦을 것 같았다.

"엄마, 날 살린다 생각하고 A4용지 딱 2장만 써줘."

엄마는 딸내미의 황당한 요구에 지금 죽으라는 거냐며 농담하셨다. 엄마는 그렇게 펜을 드셨다. 약 5일 후, 엄마는 정성스레 작성한 유언장을 보내왔다. 나는 당장 읽고 싶었지만 급한 마음을 잠시 접어두었다. 후루룩 읽고 싶지 않았다. 마음의 준비가 필요했다. 나는 일과를 마치고 애들이 잠들기만을 기다렸다. 살아계신 엄마의 유언장을 받아 읽는 것은 꽤 심호흡이 필요한 일이었다. 나는 떨리는 손으로 클릭했다. 내게 익숙한 엄마의 필체가 정갈하고 빽빽하게 적혀 있었다.

'선영아, 막상 유언장을 쓰려 하니 가슴이 너무 먹먹하고 서글픈 생각이 든다…'

내 이름을 부르며 시작하는 엄마의 유언장에는 내가 원하는 내용이 없었다. 엄마의 유언은 내 얘기로 가득 차 있었다. 엄마는 내가 태어난 날짜와 시, 분, 초를 적었고 그날부터 쭉 내가 얼마나 예뻤는지, 내가 얼마나 자랑스러운 딸인지를 말하고 있었다. 애틋하고 사랑스러운 사위, 손자, 손녀에 대해 말하고 있었다. 늘 스스로보다 자식이 우선이었던 엄마의 삶이 그대로 나타나는 것 같았다.

엄마의 유언장을 읽는 내내 마음이 아려 눈물이 흘렸다. 엄마가 내게 전하려는 건 나와 우리 가족을 향한 사랑, 내가 앞으로 가져야 할 소망과 책임이었다. 병상의 환자들이 이생의 끈을 놓으며 가족들에게 꼭 하려던 말, 환자 가족들이 눈을 감고 떠나려는 이에게 사랑한다고 울며 외치던 그 마지막 모습과 다를 게 없었다. 엄마가 적어놓은 내용은 그 자체로 나를 치유했다.

미뤄지던 직무교육이 결국 재택으로 시작되었다. 유럽발 교육이었다. 시차 때문에 교육시간이 사뭇 혁신적인 시간대로 정해졌다. 오후 4시에서 새벽 1시였다. 삼교대에서 벗어나니 나는 더블 듀티를 뛰고 있었다. 그래도 그저 감사했다. 오전에는 아이들을 돌보고 오후에는 내내 교육을 받았다. 현 직장은 의료기기 관련 업무로, 임상에서 해왔던 환자 간호 업무와는 전혀 다른 일이다. 나는 내가 생각하는 후회 없는 방식으로 처음부터 온전히 다시 시작하기로 한다. 나는 이제 의료기기를 간호하는 간호사다.

함께 트레이닝 받는 동기들은 일본, 중국, 말레이시아/인도네시아, 인도팀에 배정될 친구들로 국적, 나이, 성별 모두 제각각이었다. 그래도 다들 아시아권이라 그런지 공감대가 초반에 쉽게 형성됐다. 예를 들면, 강의 중 다들 질문이 없길래 나만 못 알아들은 줄 알고 좌절했었다. 나중에 동기들에게 물어보면 다들 그냥 넘어갔던 것이었다. 또 유독 한 상사의 영어 발음이 알아듣기 어려워 동기들에게 물었더니, 본인도 도대체 어느 발음인지 모르겠다며 상사의 모노톤 말투를 성대모사 했다. 마치 학창시절로 돌아간 것 같이 즐거웠다.

나는 교육 내용을 한 번에 소화할 수 없을 거란 걸 알기에 적극 메모하고 궁금한 것들을 해결했다. 내가 모르는 건 동기들도 모르는 게 당연했다. 쉴 틈 없이 빡빡한 교육 일정 덕에 동기들의 원성과 좌절이 나날이 늘어갔지만, 나는 반 발자국 앞서서 동기들을 이끌었다. 한 온라인시험에서 85점, 90점, 95점으로 3번 연속으로 떨어져 가장 먼저 재응시를 해야 할 때도 오히려 잘 됐다는 생각이 들었다. 어떤 서류를 작성해, 누구에게 어떻게 보고하고 재시험을 요청하는지 그 방법을 동기들과 나눌 수 있겠다는 생각에서였다.

이런 마음가짐으로 하다 보니 실수가 크게 두렵지 않았다. 새로운 업무와 시스템을 익히는 피로한 과정에서도 웃음을 잃지 않을 수 있었다. 먼저 알게 된 꿀팁들을 적극 나누고 동기들의 고충에 귀를 기울였다. 내가 할 수 있는 그 모든 방법으로 도와주고 격려와 용기를 불어넣었다. 얼마 지나지 않아 나는 동기들의 해결사가 되어 있었다. 덕분에 역량평가 만점에 가까운 점수를 받으며 나는 슈퍼루키로 등극했다. 서로의 마음을 털어놓고 힘들 때 서로 끌어주던 동기들이 아니었으면 해내지 못할 일이었다. 내가 못 따라갈까 봐 최대한 주도적으로 임한 건데, 나를 위한 게 결국은 모두를 위하는 일이었다.

한국 정규 교육의 특성상 어렸을 때부터 어디로 향하는지도 모른 채 우리는 무작정 참 바쁘게도 달려왔다. 대부분이 비슷할 것으로 생각한다. 우리 앞에 놓인 가장 크게 보이는 산 하나의 중턱에서, 이 산만 넘으면 이제 행복한 나날이 펼쳐지겠지 하고 기대한다. 하지만 막상 넘고 나면 더 큰 산이 있다. 이전보다 더한 날이 펼쳐진다. 그 산이 끝인 줄 알았지만, 막상 살아보면 그것이 또 시작이다. 가정을 꾸리고 자녀가 하나둘 늘어가면 또 느낌이 다르다. 정말 끝도 없이 달려가는 삶이다.

대부분 직장인이 그렇듯 간호사 역시 마찬가지다. 학과 공부를 마치고 소망을 안고 임상을 시작하지만 꿈꾸던 삶과는 어느 정도 거리가 있다. 쳇바퀴 돌 듯 일하며 공부까지 해야 한다. 간호사로의 삶에 적응하면 그보다 더하게 책임이 커진다. 숨이 턱까지 찰 만큼 일하고는 있지만, 나아지고 있다는 생각보다는 언제까지 이렇게 일 할 수 있을까 하는 걱정부터 몰려온다. 비단 나만 이렇게 느낀 건 아닐 것이다.

우리는 모두 궁극적으로 행복하기 위해 이 세상에 왔다. 그런데 아이러니하게도 막상 현재를 살아가는 사람은 드물다. 모두 다 눈코 뜰 새 없이 하루하루가 어떻게 가는지도 모르게 바쁘게 살아가고 있다. 그런데 사람들 대부분이 미래 혹은 과거에 살고 있다. 누구는 미래를 위해 현재를 자제하고 억압하는 삶을 살고, 누구는 과거 그때가 좋았지 하며 추억하며 버티는 삶을 산다. 지구별에서 잠시 소풍처럼 머물다 가는 세상인데 왜 이렇게 바쁘고 힘이

232

들까. 왜 이 여정을 누리지 못할까.

나는 가정을 꾸리고 자녀가 생긴 이후로는 미래를 살아왔다. 지금 내가 무엇을 원하는지에 관심을 쏟는 건 사치였다. 내 안을 들여다볼 여유가 없었다. 매일 해야 할 일들이 있고 감당해내야 할 역할이 가득했다. 아이들이 더 크기 전에 이 정도는 이루어놓아야 할 텐데, 얼른 자리를 잡아야 할 텐데 하며 마음이 조급했다. 타국에서 내 살 길을 찾아가며 나의 고민은 더 깊어갔다. 문제는 나였다. 나는 현재를 제대로 사는 법을 몰랐다.

의외로 꽤 많은 간호사가 '멈춤'을 모른다. 더욱이 나 자신을 위한 멈춤을 생각해보지 않는다. 잠시 멈추고 나의 끝이 어딜까 찬찬히 생각해보자. 당신의 끝이 병원 안인가, 병원 밖인가. 잠시만 멈추면 나의 끝은 병원 밖을 향한다는 새로운 시각이 보인다. 이제 병원이라는 울타리 안에서 병원과 환자만을 위한 무언가를 쌓기보다는, 직장 밖에서도 자생할 수 있도록 나를 위한 무언가를 쌓아보자. 본인만의 병원 사용설명서를 짜보자. 세상 속으로 훨훨 날아가기 전, 최대한 실험하며 다양한 스킬들을 습득하자. 월급을 받으며 여러 가지 스킬들도 얻고 있는 지금이 즐겁기만 할 것이다.

이게 바로 진정한 현재를 사는 법이다. 이 깨달음으로 인생의 2막, 3막을 서서히 열어보자. 지금 임상에 있다면, 임상에서 나를 힘들게 했던 것, 뭔가 아쉬웠던 점들을 우선 떠올려보자. 이를 해결하다 보면 결국에는 나를 위하고 모두를 위하는 따뜻함과 결단이 나올 수 있을 것이다.

나는 탈임상하며 마주했던 고통과 시련, 깨달음을 글로 담는다. 병원 밖에서 직장생활을 하며 기초체력을 쌓고 있다. 나는 그다음을 향해 나아간다. 이렇게 생각하니 현재가 새롭게 다가온다. 내 경험은 다른 선생님들의 시행착오를 줄여주는 과정이 된다. 나를 세우는 것에 집중하며 나는 한층 더 단단해진다. 그 단단해짐으로 탈임상을 앞둔 간호사 선생님들을 한 발자국 앞에서 끌어준다. 말하자면 나는 '탈임상계'의 슈퍼루키다.

등산하며 올라갈 때는 주변의 아름다운 풍경이 보이지 않는다. 이후에 하산할 때는 전혀 다른 장관이 펼쳐진다. 이렇게 꽃들이 예쁘게 피었던가, 이렇게 멋진 풍경이 있었나 할 정도다. 같은 길의 풍경이라도 내가 얼마나 보고 음미하느냐에 따라 완벽하게 다른 길이 된다. 내가 눈에 담고 느끼는 만큼만 보는 것이다. 같은 길이래도 평생에 잊지 못할 아름다운 길이 되기도 하고, 반대로 전혀 기억나지 않는 흙길이 되기도 한다. 고개만 조금 들면 그림 같은 풍경이 있는데 그동안 왜 발에 걸리는 돌덩이, 나뭇가지들을 치우는 데에 급급해 내 발끝의 흙길만 보았던가.

06

진짜 내가 될 용기야말로
세상 가장 큰 용기이다

간호사라는 페르소나를 벗고 나면 남는 것이 무엇이 있을까. 한 번 생각해 본 적이 있는가. 나는 이렇다. 삼성서울병원 혈액종양내과 및 감염내과 간호사, 2번의 육아휴직 포함해 7년 근속, 3번의 육아휴직 후 복직하는 레전드 오브 레전드가 되는 것이 꿈이었지만 2번째 복직의 문턱에서 좌절, 연봉 6천 내려놓음. 일신상의 이유로 탈한국 및 탈임상!

이다음 나에게 남은 것은 무엇일 것 같은가. 나는 급기야 나 자신에게 고쳐 묻는다. 나에게 남은 것이 있기나 할까.

탈임상을 한다는 것은 내가 그동안 써왔던 간호사의 페르소나를 벗고 나의 민낯을 다시 마주하는 것을 의미했다. 민낯을 하고 거울을 보니 나에게 남은 것이 아무것도 없는 것처럼 느껴졌다. 마치 발가벗겨진 것 같았다. 그동안 병원에서 쌓아온 내 지식과 경험들이 모두 아득해졌다. 별것도 아닌 걸 참 지고지순하게 열심히도 했다고 느껴졌다. 물론 이 생각은 큰 오류지만 말이다. 내가 이제껏 겪은 모든 것은 나를 만든 '별것'이다. 하지만 당시에는 그걸 몰랐다. 이쯤 되니 나는 지상 최대의 난제인 '나는 누구이며, 뭘 잘하지?'라는 질문을 떠올리게 되었다. 나의 민낯은 나를 고뇌하게 했다.

나는 나라는 사람에서 병원과 간호를 빼고 남은 그 무언가를 찾아보려는 노력을 시작했다. 내가 일하던 병원이라는 업무 세팅을 제하고 나니 내가 잘하는 것이 쉽게 떠오르지 않았다. 이제껏 쉬지 않고 일을 해왔지만 아이러니하게도 나에게 남은 건 없었다.

'내가 그동안 뭘 한 거지, 내가 뭘 할 줄 아는 거지…?'

나는 무언가 나만의 목표를 갖지 않는 이상 공부하거나 행동하지 않는 스타일이다. 지금 아무것도 하고 있지 않지만, 더 격렬하게 아무것도 하고 싶지 않을 때가 있다. 아마 이 책을 읽고 있는 많은 사람 역시 그럴 것으로 생각한다. 하지만 나는 무언가를 한번 하고자 결정하면 옆도 뒤도 돌아보지 않는다. 무언가에 몰두해서 해내는 그 과정 자체가 나는 즐겁다.

이런 특성은 내가 무언가 몰두할 것이 없어졌을 때 잘 나타난다. 내 의지와

236

는 다르게 내 일이 멈춰졌을 때 나는 그것을 상당히 참기 어려웠다. 첫째 아이를 낳고 육아휴직 중에도 나는 옳다구나 하고 미국 간호사 면허(NCLEX)를 땄다. 둘째 때는 육아의 흐름을 더 잘 알기 때문에 시간을 더 잘 쓸 수 있었다. 애기가 '뒤집기 전까지'를 목표를 잡고 기어코 아이엘츠(IELTS) 공인영어점수를 만들어놓았다. 미국에서 임상을 하게 되는 날이 혹시나 올까봐 해놓았는데, 어찌 되었든 결과적으로는 미국이 아닌 땅에서 요긴하게 쓰였다. 그 덕에 탈한국과 탈임상을 동시에 할 수 있었다.

이 '나다움'을 찾는 과정은 나 자신을 진득하게 관찰하는 데에 달려 있다. 내가 언제 기뻤지, 내가 언제 화가 났었지, 언제 좌절했지, 무엇에 상처받았지 등 나의 감정과 생각에 시선을 주는 과정이다. 이렇게 하다 보면 나라는 사람이 어떤 사람인지 하나둘씩 보인다. 마치 내가 예능 프로그램에 출연 중이라 생각하고 나의 장면마다 스스로 자막을 달아보자. 굳이 나의 행동과 생각을 미리 해석할 필요도 없다. 마치 예능에서 '라면 한 젓가락 뺏어 먹는 스타일', '화나면 말 빨라지는 스타일'이라고 그대로 자막을 다는 것처럼 나의 상황과 나의 반응을 그대로 묘사하면 된다. 진짜 나를 굳이 남의 눈으로 해석하려 들지 말자.

나는 남편의 주재원 발령이 확정되고 친정 엄마가 이제 좀 쉬며 애나 키우라고 할 때도 귓등으로 들었다. 어쩌면 내가 아직 쓸 만한 사람이라는 것을 일을 통해 확인받는 것인지도 모르겠다. 이유야 어찌 되었든 나는 일하며 행복하고 일하는 시간 대부분이 즐겁다. 체외진단 의료기기 관련하여 제품성능 클레임을 담당하며, 최근에는 환자 사망 사례도 보고받았다. 물론 제품과는 관련이 없었다. 임상을 떠났는데도 환자 사망 사례를 다루는 나를 보니, 한번 간호사는 영원한 간호사인가 싶다.

그 와중에 이렇게 책도 집필 중이다. 이게 나다. 어떨 때는 무언가에 몰두하는 이유가 불안과 고통이었고, 어떨 때는 몸의 근질거림과 재미였다. 매일 반복되는 엄마로 사는 삶 속에서 성취감을 느낄 무언가도 필요하다. 철없을 때 품었던 '나는 엄마처럼 안 살 거야'라는 다짐이 마음 한편 아직 남아 있기도 하다. 한마디로 단정 지을 수 없는 무언가가 나를 계속 움직이게 한다. 이러한 움직임은 나에게 활력과 활기를 준다.

그에 반해서 살림, 집안일에 나는 재능도 적성도 없다. 특히 요리는 부담스럽기 짝이 없다. 재능이 없다면 흥미와 관심이라도 높아야 그 부족함이 상쇄될 텐데 그렇지도 않다. 초반에는 상당히 고통스러웠다. 3만원의 식재료를 사서 나의 귀한 시간을 투입하면 3천 원짜리의 요리가 나온다. 시간과 노력을 투입한 결과가 10분의 1이 되는 황당하고 이상한 요술을 보고 있노라면 힘이 쭉 빠졌다. 하지만 나는 이제 관점을 바꾸었다.

"강점에 집중하고 몰두하라. 무능력을 중간 수준으로 끌어올리는 데는 일류를 초일류로 만드는 것보다 훨씬 더 많은 에너지가 필요하다."

피터 드러커(Peter Drucker)가 저서 『내일을 지배하는 것』에서 언급한 내용이다. 또한, 마커시 버킹엄 도널드 클리프턴도 그의 저서 『강점혁명』에서 인생의 비극은 우리가 천재적인 재능을 타고나지 못한 데 있는 것이 아니라, 가지고 있는 강점을 충분히 활용하지 못한 데서 온다며 강점 집중을 강조한다. 나는 무능력을 중간 수준으로 끌어올리는 데 필요한 그 많은 에너지를 쓰지 않기로 했다. 요리는 남이 해주는 것이 가장 맛있다.

누구에게나 시간은 공평하게 주어진다. 하지만 시간을 사용한 결과는 참으로 다르다. 어떤 이는 자신의 강점에 집중해 구루(guru : 고수)의 삶을 살고, 어떤 이는 자신의 부족한 부분에만 초점을 두어 투입량만 늘린다. 마이너스를 영(0)으로 맞추기 위한 삶을 산다. 어느 쪽이 풍요로운 삶일까. 전자가 더 풍요로운 삶을 사는 것이 당연하지 않을까. 이들이야말로 나는 진짜 내가 될 용기를 가진 자들이라고 본다.

성공한 많은 사람들이 기록하는 삶에 대해 말한다. 자신들의 성공 요인으로 기록을 공통으로 꼽는다. 일기 쓰기, 글쓰기 등 무언가를 쓰고 남기는 과정이 바로 이 나다움을 찾는 과정이다. 쓰고 남기며 지속해서 자신에게 피드백 한다. 무턱대고 따로 시간을 내서 내가 어떤 사람이지 하고 생각하는 것보다, 내 생각과 감정을 실시간으로 지속해서 빚어내는 글쓰기가 더 효과적이다. 흐른다고 그냥 흘려보내기에는 소중한 것들이 너무 많다.

이러한 과정을 그들이 놓지 않았기 때문에 그들이 사용한 시간은 다른 결과를 냈다. 매일 강점에 집중하는 하루를 설계할 수 있었다. 한정된 시간을 제대로 쓰며 더 나은 성과로 이어졌다. 이들은 그렇게 거인이 되었다.

간호사가 되기까지의 과정은 누구에게나 같다. 4년제 간호대학에 입학해서 요구되는 이론과 실습시간을 성실히 채우고 국가고시에 합격하면 간호사가 된다. 비교적 다른 분야에 비해 아직은 간호계의 순혈주의가 꽤 짙다. 하지만 모두가 같은 경험을 가지고 간호사가 되는 것은 아니다.

나는 간호학을 배우기 전 경영학을 먼저 쌓았다. 나는 가방끈이 길지는 않지만 두껍다. 나처럼 다른 과를 먼저 배우고 편입해 간호사가 된 사람, 직장생활 몇 년 하다가 간호사가 된 사람, 간호조무사로 살다가 꿈을 품고 간호사가 된 사람 등 여러 간호사가 있다. 앞으로 더 다양한 케이스가 증가할 것으로 본다. 간호계가 순혈주의에서 더 멀어질수록 이전과는 전혀 다른 혁신에 점차 가까워질 것이다.

한국에서 간호사로 살아보기

보통의 사람들은 다수와 다를 때 불안을 느낀다. 나 역시 그랬다. 왜 나는 특이하지, 왜 나는 남들과 다르지, 등 남들과 다르다는 것 자체를 부정적으로 받아들인다. 바로 그 지점에서 나만의 강점이 피어난다는 걸 잘 모른다. 내가 이미 가진 것, 내가 경험한 것이 나에게는 너무 익숙하기에 이를 새로운 눈으로 알아채기가 쉽지 않다.

청춘들의 멘토, 김난도 교수는 인생에서 가장 소중한 것은 '인생의 조각들을 성실히 맞추는 것'이라고 말했다. 내가 가진 조각들을 버리지 말고 이미 가진 것들을 소중히 여기며 하나하나 맞추어가라는 의미다. 내가 가진 점들을 연결하라는 스티브 잡스의 말과도 일맥상통한다. 내가 가진 점들을 연결해서 나만의 그림을 그려내는 것이 우리에게 주어진 귀중한 인생 과제다.

세상 유일한 그림은 그 자체로 아름답다. 나만의 그림을 위해 내가 이미 가진 퍼즐 조각들, 나의 강점에 집중해보자. 내 하루를 정리하고 흔적을 남기는 것으로부터 시작해보자. 진짜 나를 만나고 진짜 내가 되는 용기를 얻을 수 있을 것이다. 우연이든 필연이든 앞으로 내가 가질 조각과의 연결도 빨라질 것이다.

07

입사와 동시에
탈임상을 선포하라

예전에 온라인에 도는 짤 하나를 우연히 보고는 빵 터진 적이 있다. 어떤 홈페이지에 올라온 글과 베스트 댓글을 캡처한 거였다. 본인이 재직 중인 회사만 닉네임으로 나오고 익명으로 글을 올리는 사이트였다. 글 작성자의 닉네임은 '한국철도공사'였다. 글쓴이는 본인을 말을 예쁘게 하는 사람으로 소개했다. 사내에서도 예쁘게 말하기로 소문이 자자하다고 했다. 어떤 질문이나 코멘트도 잘 받아쳐주겠다며 댓글을 모집했다. 베스트 댓글에는 짧은 한 문장이 올라와 있었다. 인신공격도 그 어떤 욕도 아니었다. 글쓴이가 도저히 좋게 받아쳐 줄 수 없었다는 베스트 댓글은 이렇게 쓰여 있었다.

'철길만 걸으세요.'

여러분은 '쭉 간호만 하세요'라는 말을 듣는다면 어떤 기분이 들 것 같은가.

242

아무런 거리낌 없이 웃을 수 있는가. '앞으로도 간호화만 신으세요.'라는 말에 마냥 웃을 수 있지만은 않을 것이다. 세상에는 뾰족구두, 하이힐, 샌들, 운동화 등 눈 돌아가게 예쁘고 멋진 신발들이 한 가득이다.

100세 시대인 요즘은 평생직장이 없어졌다. 그뿐 아니라 평생 같은 업종의 일을 유지하는 것도 오히려 유별난 시대가 되었다. 심지어 직장인 10명 중 8명이 투잡 의향이 있다는 설문조사 결과도 있다. 'N잡러'라는 신조어도 더 이상은 낯설지 않다. 바야흐로 탈임상의 시대가 도래했다.

당신은 임상 간호사로서의 수명이 얼마나 될 것으로 예상하는가. 길이가 100mm인 선을 하나 그어놓고 1mm를 1년의 나이로 환산해서 따져보자. 병원에 입사해서 간호사로서 임상간호 경력을 쌓기 시작한 나이의 눈금에 우선 표시를 해놓자. 그다음, 본인이 예상하는 탈임상의 나이의 눈금을 표시한 뒤 그 사이를 빗금으로 채워보자.

예를 들어 25세에 임상을 시작해서 30세에 탈임상을 계획하고 있다면 25mm부터 30mm까지 총 5mm의 칸이 채워진다. 임상 간호사로서 나에게 허락된 시간이 100칸 중 총 5칸인 것이다. 이 시간이 짧게 느껴지는가, 아니면 길게 느껴지는가? 100칸 중에 단지 5칸을 채우기 위해 20년 이상 달려온 것은 또 어떻게 느껴지는가?

임상의 기간을 확인했다면 이제 나머지 칸을 봐보자. 탈임상을 한 30세부터 100세까지는 몇 칸이 남아 있는가. 무려 70칸이다. 임상 간호사로서는 5칸, 탈임상 간호사로서 70칸을 보내는 것이다. 무려 14배의 격차다. 하지만 우리가 받는 기존의 교육은 어떤가. 고작 5칸을 위해 최소 4년을 투자했지만, 나머지 70칸을 위해서는 그 어떤 교육도 받지 않는다. 심각한 불균형이다.

임상을 시작하기 전에 반드시 임상이 유한하다는 것을 인지하고 이를 겸허히 인정해야 한다. 그리고 탈임상으로의 전환을 어떻게 할 것인지 그 유한한 임상 기간에 최대한 뼈대를 잡고 나와야 한다.

지금 임상에서 발바닥에 불이 나게 뛰고 있는 신규 간호사라면 이 이야기조차 가슴이 답답할 수 있다. 신규로서 하나하나 일을 배워서 사고 치지 않고 한 사람 몫을 해내는 것이 목표라 한눈팔 겨를이 없기 때문이다. 게다가 도대체 5칸이 웬 말이냐, 지금 1칸 채우지도 못하고 응사(응급사직)할 것 같다는 말이 절로 튀어나온다. 임상을 뛰는 당사자로서는 하루하루가 미칠 것 같고 그야말로 견디기 어렵다. 나 역시 생신규 시절 '버티기 전략'으로만 임상을 보냈기에 백 번 천 번 공감한다.

간호사에게 신규 시절은 임상에서 겪는 인생의 밑바닥이다. 마치 끝이 보이지 않는 어두운 터널을 손전등이나 물 한 모금 없이 나 홀로 걷는 기분이다. 하지만 이 고난의 시간을 기회로 삼으면 임상은 큰 깨달음을 안겨줄 것이다. 부디 자신을 포기하지 않기를 바란다.

이미 임상경력이 수년 있고 병동의 허리를 담당하는 간호사라면 남은 시간은 더 한정적이다. 이미 스스로 느끼고 있을 것이다. 끝이 얼마 남지 않았다는 것을 말이다. 수년간 축적된 심신의 번아웃으로 최근 매일 가슴에 사직서를 품고 출근한다면 예정보다 더 빨리 병원을 박차고 나올 소지가 다분하다. 임상에 뛰어들기 전 차분하고 설레는 마음으로 계획했던 것들은 이미 아득하다. 계획했던 시간을 다 채우지 못하고 중단하는 것도 그리 나쁘지 않은 선택으로 느껴진다. 오히려 달콤하게 느껴지기도 한다.

25세에 임상을 시작해 30세에 탈임상을 계획했지만 부득이하게 28세로 당겨지는 일, 주변에서 너무도 흔히 찾을 수 있다. 이렇게 되면 간호사로서 임상에서 보낸 시간은 100칸 중의 3칸밖에 되지 않는다. 도 닦는 마음으로 하루하루가 모여 3년을 이루어 냈겠지만, 인생의 자로 봤을 때 3칸이 짧게 느껴지는 건 사실이다.

사실 남이 어떻게 보는지는 중요하지 않다. 더욱 중요한 것은 본인의 생각이다. 스스로 임상이 짧은 것 같다, 충분하지 않은 것 같다, 내가 전문적이지는 않은 것 같다 하며 불안한 마음이 가득 있다면 임상을 나오게 되었을 때 자신감을 회복하기 위한 시간이 따로 또 필요하다.

약 10년 이상의 경력간호사는 어떨까. 강산이 한 번 두 번 변하는 시간 동안 줄곧 임상에서 경력을 쌓았던 간호사라고 크게 다르지 않다. 그들 역시 그 임상경력을 병원 밖에서 어떻게 써먹어야 할지, 나의 지식과 경험으로 어떻게 스스로와 주변을 이롭게 할지, 어떻게 돈으로 바꿀지는 알지 못한다.

내가 탈임상을 하며 겪어보니 좀 더 전략적으로 임상에 접근할 필요가 있다는 생각이 든다. 누군가는 정말 '힘닿는 데까지' 임상에서 일할 것이라 마음먹는다. 미안하지만 이것은 계획을 세우지 않은 것과 같다. 내가 그랬다. 이 말은 마치 '나는 평생 스물넷으로 살 거예요.'라는 말과 똑같다. 그런 일은 일어나지 않는다는 말이다.

그렇게 막연하게 생각하기보다는 내가 갖게 될 임상경력을 더욱 주도적으로 빚어보자. 내가 원하는 분야를 먼저 정하고 어느 정도 동안 임상에 머물지를 생각해보자. 그리고 그 기간 내에 꼭 통달하고 싶은 간호 사례, 간호 지식과 술기, 마인드, 태도 등을 미리 적어서 내 미래의 이력서를 구상해보자. 내가 탈임상을 할 시점의 나를 떠올리며 미래의 이력서를 현재 써놓고 시작하는 거다.

이렇게 목표지점을 미리 잡고 시작을 한다면 힘들고 어려운 와중에서도 이리저리 흔들리기보다는 중심을 잡을 수 있을 것이다. 그리고 임상을 뛰는 동안 실제로 그 이력서대로 성장하고 있는지, 실무역량들을 키워왔는지 중간 점검을 해보자. 내가 글로 적어놓은 것들이 하나둘씩 실현이 돼가는 것을 내 눈으로 직접 보게 될 것이다. 이는 나 자신에게 큰 동기 부여가 된다. 매일 똑같이 쳇바퀴처럼 바쁘게 돌아가는 병동 업무가 사뭇 다르게 느껴질 것이다.

지금 와 생각해보니 파트장님들이 가끔 말씀하시는 '이제 경력관리 좀 해야지'라는 말이 이런 의미 같다. 나에게 더 맞는 경력 조각들을 내가 주도적으로 선택해 더 크게 빚어내는 거다. 그러려면 내가 이미 가진 조각들, 지금 빚어내고 있는 조각들을 항상 인지하고 있어야 한다. 미처 보고 있지 못하다가 시간이 흐른 후에야 내가 가진 조각이 뭐가 있더라 하고 되돌아보면 어떤 조각은 이미 먼지가 뿌옇게 쌓여서 잘 보이지가 않는다. 잘 보여야 이리저리 맞춰보고 연결도 할 수 있다.

입사 시 나는 삼성에 뼈를 묻겠다는 호기로운 마음이었다. 내 프리셉터 선생님들의 빵빵한 임상경력을 보며 나도 최소한 그 정도는 채울 줄 알았다. 참 뭣도 모르는 풋내기였다. 인생이 내 맘처럼만 되는 것이 아니란 걸 미처 몰랐다.

임상이 그리도 좋았던 건지 작년까지만 하더라도 나의 꿈은 임상 끝판 왕이었다. 은퇴하는 날까지 임상에서 현역으로 뛰는 것이었다. 힘닿는 데까지 환자를 직접 간호하는 임상 간호사로 살다가 동료와 함께 케이크 하나 자르며 조촐한 은퇴식을 여는 것이 나의 로망이자 소망이었다. 참 소박하기 그지 없어 보이지만 나의 온 마음이 담긴 꿈이었다.

그대들에게는 소명과 소망을 안고 전한다. 그대들이 아무리 마음속으로 다짐하고 선포해도 여러 가지 변수로 바뀔 가능성이 크다. 시대의 흐름 역시 그렇다. 나의 의지, 지지 체계, 혹은 주변 환경에 따라 임상은 끝도 없이 늘어나기도 하고 단숨에 짧아지기도 한다. 이 끝이 가까운 미래일지 먼 미래일지 정확히 알 수는 없으나 분명한 것은 반드시 끝이 있다는 것이다. 그리고 높은 확률로 내 예상과 빗나간다.

목적지를 정해놓고 나아가는 배와 그렇지 않은 배는 시작부터가 다르다. 도착 지점을 나침반과 망원경으로 미리 들여다보며 가는 배가 있다. 이 배는 중간중간에 불어오는 바람의 힘도 활용하고 풍파에도 적극 대비한다. 반대로, 정처 없이 파도가 치는 대로 바람이 부는 대로 이리저리 휩쓸려가는 배는 어떤가. 오랜 시간이 지난 후 전혀 엉뚱한 자리에 좌초하거나 혹은 같은 자리에 남아 있기도 한다.

248

이 두 배는 시작부터가 다르다. 그러니 그 끝이 다른 것은 자명하다. 임상은 탈임상을 위해 존재한다. 입사와 동시에 탈임상을 선포하라. 의식을 깨워 끝에서 시작하라.

08

시련이 기회임을 알아차릴 때
모든 것이 변한다

코로나가 전 세계를 휩쓸며 세상이 많이 멈추었다. 이곳 필리핀도 큰 영향을 받고 있다. 매일 최소 수천 명대의 확진자가 나온다. 천 명대가 그나마 안정된 상태다. 이곳에 온 지 1년이 지났지만, 막상 밖에 나간 적이 드물다. 인생의 모든 삼라만상이 집 안에서 이루어진다. 창밖의 이국적인 풍경도 날씨도 그저 벽에 걸린 액자 같다. B.C.(Before Corona)와 A.C.(After Corona)의 삶의 격차가 크다.

내가 있는 이곳이 한국이 아니란 걸 체감하는 순간이 있다. 안타깝게도 바로 수많은 자연재해와 마주할 때다. 코로나 이전에도 이곳의 자연재해는 꾸준했다. 특히 우리 가족이 필리핀으로 이주한 초기에는 자연재해가 많이 겹쳤다. 지진, 따알(Taal)화산 폭발, 태풍 등 각양각색의 자연재해가 수시로 몰아쳤다. 코로나 이전에 화산재 때문에 이미 마스크 대란이 있었다. 아이는 어린이집에 안 가는 날이 태반이었다. 보육비를 한 달 내는 것이 맞나 싶을 정도였다.

매일 아침 현지어로 '왈랑 파속(Walang pasok)'이라는 재난 문자가 와 있었다. 직역하면 쉬는 날이라는 뜻으로 보통 '휴교'를 의미한다. 나는 이제껏 태풍은 여름에 한 번 지나가는 줄 알고 있었다. 그런데 이곳은 1년에도 수십 차례 태풍이 몰아친다. 달라도 너무 다르다. 태풍이 오면 어린이집 단체 톡방에는 매일 아침 휴교 연장 여부가 업데이트된다.

지금 코로나로 온라인 수업을 진행 중인데도 가끔 휴교령이 떨어진다. 어차피 집에서 온라인 수업을 듣는 건데 왜 굳이 휴교를 하는 건지 나는 참 의아했다. 하지만 이내 내가 무지했음을 깨달았다. 밖의 상황을 전혀 모르는 탓이었다. 회사에서 보내주는 재난 메일을 보고서야 실상을 알았다. 수많은 집이 홍수에 잠겼고, 부서진 다리와 교각은 강을 따라 둥둥 떠내려가고 있었다. 인터넷이 끊기고 전화가 터지지 않는 등 상황이 심각했다. 자연재해는 없는 자들에게 더 가혹했다.

한국을 떠나 필리핀에 오게 되며 나는 무언가 '다른' 삶을 기대했다. 그런데 웬걸, 그보다 '더한' 삶이 펼쳐졌다. 너무나 괴로웠다. 이렇게 살고 싶지 않았다. 그렇게 긍정적이던 나도 지치기 시작했다. 잘하던 일까지 내려놓고 왔는데 이게 뭐하는 건지 싶었다. 오래전부터 꿈꿔왔던 기대가 좌절되는 것 같아 더 고통스러웠다.

그러다 우연히 유튜브 〈권마담TV〉를 통해 김태광 대표님을 알게 되었다. 김도사라는 호칭으로 더 유명한 그는 〈한국책쓰기1인창업코칭협회〉의 대표다. 나는 그의 저서 『100억 부자의 생각의 비밀』을 읽고 완전히 다른 생각을 품게 되었다. 김도사님은 온갖 역경과 시련을 딛고 처절했던 과거를 성공으로 완벽히 바꾸었다. 무일푼 빚쟁이에서 수백억 대의 부자로 자수성가한 성공자였다. 나는 그의 유튜브 채널 〈김도사TV〉를 주의 깊게 보기 시작했다. 그의 말대로 내 의식을 확장하고 싶었다. 수백 권이 넘는 그의 저서 중 『신용불량자에서 페라리를 타게 된 비결』, 『김대리는 어떻게 1개월 만에 작가가 됐을까』 등 하나하나 섭렵하며 성공자의 의식을 나에게 장착했다.

그의 책을 읽고 나는 난생 처음 홀린 듯이 필사를 했다. 자기 전마다 필사한 후 잠들었다. 무언가 내 안에 꿀렁거리는 에너지가 있었다. 필사를 다 마친 후 나는 도사님에게 호기롭게 카톡을 보냈다. 그렇게 나는 김도사의 제자가 되었다. 김도사님은 성공의 비밀을 '책 쓰기'와 '의식의 확장'으로 꼽는다. 우리 모두는 '최고의 성능으로 달리기 위해 태어난 슈퍼카'라고 설파한다. 덕분에 이 모든 것이 나의 의식, 나의 관점, 나의 그릇 때문이라는 것을 알게 되었다. 그제야 내가 이 땅에 온 소명을 다시 보게 되었다. 집 안에서도 할 수 있는 게

한국에서 간호사로 살아보기

서서히 내 눈에 보이기 시작했다. 깜깜했던 눈앞이 밝아지는 느낌이었다.

나는 책을 읽으며 마음에 위안과 힘을 얻었다. 희망을 품었다. 책 하나로 이렇게 달라지는 나 자신을 보는 것이 놀라웠다. 내가 가장 힘들 때 만난 책 한 권을 통해 최고의 스승이자 구루를 얻었다. 내 인생을 송두리째 바꾸었다. 나의 가치는 무한하기에 나는 내게 주어진 모든 시간과 자원을 활용한다. 끝에서 시작한다. 내 미래까지 바꿀 영감을 얻는다. 도사님을 만나고 나는 거인의 어깨에서 시작하는 것을 직접 경험하고 있다.

책을 통한 변화를 직접 체험하니 나도 누군가에게 그런 사람이 되어주고 싶다는 마음이 솟구친다. 내가 겪었던 시행착오와 깨달음을 나누고 싶다. 지금 내가 글을 쓰는 이유다. 나도 당신도 빛의 일꾼이다. 책 한 권으로 내 삶이 송두리째 바뀐 것처럼 당신의 삶도 그럴 것이다. 이 책을 읽고 깨달음과 영감을 얻은 당신도 그리될 수 있다.

조던 피터슨의 저서 『12가지 인생의 법칙』에는 '당신에게 최고의 모습을 기대하는 사람과 만나라'는 인생법칙이 나온다. 같은 시골동네에서 태어난 여럿의 동네 친구들이 나중에는 전혀 다른 삶을 살게 된다. 조던 피터슨은 그 비결로 내 최고의 모습을 기대하는 사람이 있었는지의 여부를 꼽는다. 그것이 바로 컴포트 존(Comfort Zone : 안전지대)을 나와 공포지대(Fear

Zone)를 지나 학습지대(Learning Zone), 성장지대(Growth Zone)로 가는 길이라고 한다. 나에게 최고의 모습을 기대하는 사람들 곁에서는 좌절하거나 맥이 빠진 모습을 보이지 않게 된다.

지금 되돌아보니 한국에서 간호사의 삶을 내려놓고 고통스러웠던 이유가 이 때문인 것 같다. 물론 내 일을 매우 사랑해서이기도 하지만, 급작스레 컴포트 존을 나와야 하는 것 역시 괴로웠다. 새로운 환경에 던져졌을 때는 공포와 불안 그 자체였다. 나는 안전지대를 나와 공포지대를 지나서 학습지대의 출발선을 지나 성장지대로 향한다. 직접간호 이외의 분야로 나의 컴포트 존이 확장되었다는 것에 기쁘다. 또 다시 멋진 나를 만들어가고 있다.

임상에 있을 때 나이트 근무를 마치고 퇴근하는 길에 아이를 어린이집에 데려다주곤 했다. 몸이 천근만근이고 잠이 쏟아져 머리가 뱅글뱅글 돌지만 그래도 아이와 함께했다. 친정 엄마와 함께 인후의 양손을 잡고 걸으면 더 웃음꽃이 피었다. 함께 걷는 그 몇 분 동안 아이가 까르르 웃으며 어린이집에 도착하면 그걸로 족했다. 함께하는 시간이 행복했다. 아이는 언제나 내 최고의 모습을 기대한다. 나를 온 우주로 아는 아이만큼 나를 동기 부여할 수 있는 이가 또 있을까.

이 아이가 뱃속에 있을 때 우리 시아버님은 우리 병원으로 몸소 찾아오셔

한국에서 간호사로 살아보기

서 종종 내게 점심을 사주셨다. 근무일 말고 교육일이 보통 아버님과 함께 점심식사를 하는 날이었다. 아버님은 내가 무엇을 먹을지 메뉴를 고민할 때마다 '뭘 먹을지 모를 때는 제일 비싼 거 고르면 된다.' 하시며 허허 웃으셨다. 지금 와서 생각해보니 함께 있는 동안만이라도 현실적인 걱정은 잊고 현재를 살라는 의미이셨던 것 같다. 그 살뜰한 마음에 감사할 따름이다.

버겁고 바쁜 하루 안에서도 가만히 살펴보면 내가 선택할 수 있는 몫이 있다. 생각의 방향을 살짝 뒤집어보니 감사한 것들이 가득하다. 비록 외출은 못하지만 집에서라도 아이들이 신나게 뛰어노니 감사하고, 어디 다치거나 아파도 하룻밤 자고 일어나면 나아지는 정도니 감사하다. 재택으로 일하며 애들을 곁에 두고 볼 수 있으니 이 얼마나 감사한가. 없는 시간을 쪼개 이렇게 책을 집필하고 있으니 얼마나 또 의미 있는 삶인가. 내가 처한 상황은 같지만 나 자신이 바뀌니 순식간에 모든 것이 변했다. 나는 행복을 누리고 있다. 지금 나는 천국에서 살고 있다.

의식적으로 노력을 해야만 현재를 온전히 누릴 수 있다. 천국에 있어도 지옥으로 느끼는 사람이 있는가 하면, 지옥에서도 천국처럼 사는 사람이 있다. 같은 상황에서도 어떤 면을 보느냐에 따라 삶의 질이 크게 달라진다.

부정적 사고에 빠지기 쉬운 것이 인간이다. 아홉 가지 좋은 점이 있고 한 가지 안 좋은 점이 있을 때도 인간에게는 그 한 가지 옥의 티가 가장 먼저 눈에 보인다. 하지만 정반대로, 아홉 가지 안 좋은 상황에서도 한 가지의 좋은 점이 있을 때 그 덕분에 희망을 품고 살아가는 것 또한 인간이다. 실낱같은 희망으로 좌절과 역경에서 다시 일어난다.

쳇바퀴처럼 돌아가는 삶 속에서도 잠시 멈추어 방향만 잘 잡아도 그것은 나를 위한 일이 된다. 그 미묘한 차이를 직접 느껴보라. 여러분을 다시 가슴 뛰게 할 것이다. 내가 어떤 선택을 내릴 것인지, 어떤 삶을 살 것인지는 바로 나 자신에게 달려 있다. 당신은 천국을 지옥으로 만드는 사람인가, 지옥도 천국으로 만드는 사람인가? 지금 당장 스스로에게 새 삶을 선물하라.

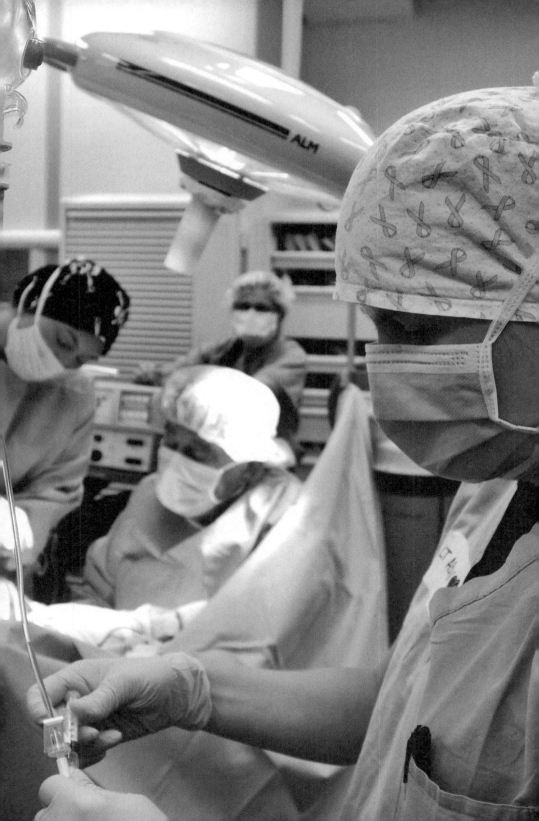

5장

간호사를 지망하는 후배들에게

마음껏 넘어져도
괜찮아

몇 해 전 'ㅎ' 중학교에서 자유학기를 맞아 간호사 진로 관련 강의를 했던 게 생각난다. 중학생 친구들을 만나기 전에 요새 친구들은 어떤 생각을 하나 궁금해서 인터넷에 '중학생 뇌 구조'라고 검색을 해보았다. 성적, 친구 관계, 집안 문제, 이성 친구, 게임 등 대부분이 내가 '요즘 애들'이었을 때 고민하던 그런 것들이었다.

교실에서 내가 만난 친구들은 한없이 귀엽고 장난스러운 친구들이었다. 몸집은 나와 크게 다를 바 없었지만 아기 티가 가득했다. 무서운 중학생, 중2병 등의 단어는 전혀 떠오르지 않는 순수한 아이들이었다. 나는 강의를 시작하기 전에 포스트잇을 한 장씩 나누어주며 오늘 강의에서 이것만큼은 꼭 알고 싶은 게 있으면 적어달라고 요청했다. 나는 학생들이 적어낸 질문들을 한 장 한 장 살펴보았다.

'내신 성적이 어느 정도셨어요?'

'평균 몇 점 맞으셨어요?'

'간호사 되려면 무슨 공부해야 돼요?'

주로 성적, 공부에 초점을 둔 질문들이 많이 나왔다. 직업이 학생인 이들의 자연스러운 모습이었다.

초등, 중등, 고등학교의 정규 교육을 받으며 시험을 보는 이유가 무엇일까. 물론 학생의 본분이 학습이기 때문에 그 효과를 극대화하려는 이유도 있다. 하지만 나는 이 학습의 과정이 바로 '넘어지고 일어나는 과정의 반복'이라고 본다. 세상에 나와서 넘어졌을 때 다시 일어서는 연습을 공부를 통해서 하고 있다고 생각한다. 공부란 걸려 넘어지고 스스로 일으키는 과정을 반복 연습 하며 나 자신을 시험해보는 일련의 과정이다.

나의 중고등학교 시절에는 다행히 어제보다 나은 오늘, 오늘보다 나은 내일 을 살 수 있었다. 평균 90점을 넘어본 일도 고등학교에 올라와서야 처음 있는 일이었다. 전반적으로 나는 시간이 지날수록 점차 나아지고 있었다. 그런데 베트남에서 대학생활을 시작하면서부터 나는 생전 처음 받는 점수에 적응 해야 했다.

한국에서 간호사로 살아보기

난생처음 영어로 에세이를 적어낸 후 담당 교수님으로부터 피드백을 받는 시간이었다. 나는 교수님 앞에 앉자마자 소스라치게 놀랐다. 빨간 펜으로 수도 없이 비가 내려 있었다. 교수님은 약 10분간 내가 작성한 보고서의 좋은 점이 무엇인지 신이 나서 쉬지 않고 이야기하셨다. 온갖 좋은 형용사를 들었고 화기애애 웃으며 대화를 마무리했는데 내 에세이 마지막 장에는 'Good!'이라는 짧은 코멘트와 62점이 쓰여 있었다. 잠깐만, 이게 70점 만점인가 착각할 정도였다.

나는 이상한 괴리에 혼란스러웠다. 이 세상 칭찬은 다 받은 것 같은데 점수는 야박하기 그지없었다. 이런 일이 이후로도 몇 번 반복되었다. 그래도 나는 그다지 적응이 되지 않았다. 나는 풀이 죽었다. 나는 내가 쓴 게 다 틀렸다고 조심스레 친구들에게 털어놓았다. 그런데 친구들이 의외의 이야기를 해줬다. 그 비 내리는 작대기 표시는 '맞았다'는 걸 의미한다고 했다. 나는 더 이해가 가지 않았다. 빨간 비에 대한 의문은 풀렸지만 그렇다면 그 온갖 칭찬은 또 무엇이고 그 반대의 점수는 또 무엇이란 말인가.

나는 몇 학기가 지나고 나서야 이게 서양 문화임을 알 수 있었다. 더 정확히는 호주 쪽의 성적문화이다. 그들에게 우선 100점이나 A+ 따위란 없다. 정말 미친 듯이 잘해서 여기저기 동네방네 소문내고 싶은 정도의 수준이 나오면 HD를 준다. 'High Distinction'의 준말이다. 다른 여러 비슷한 것들과 비교하여 뚜렷하고 큰 차이가 있다는 말이다. 점수로 환산하면 80~100점이 여기에 속한다. 말하자면 우리의 A+는 80점 이상인 HD와 같다.

이곳은 낙제(Fail) 여부를 가리는 50점이 기준이다. 낙제의 바로 위 단계인 PA(Pass)는 기준을 통과할 정도로 잘한 친구, CR(Credit)은 인정할 정도로 잘한 친구, DI(Distinction)는 꽤 차이를 보일 정도로 잘한 친구, HD(High Distinction)는 뚜렷하고 큰 차이를 보여주며 잘한 친구가 된다. 그래서인지 62점을 주면서도 마치 칭찬을 하지 못해 안달이 난 사람처럼 온갖 좋은 말을 해준다. 학생 안에 이미 있는 것을 충분히 꺼내려는 작업이다.

그에 반해 우리는 한국의 성적 체계는 A가 기준이다. A+는 A보다 잘한 친구, A는 잘한 친구, B는 A보다 못한 친구, C는 B보다 못한 친구가 된다. 피드백 역시 A와 비교해 어떤지, 무엇이 부족한지에 대해서 설명한다. 무엇을 더 채워야 하는지에 초점을 둔다.

즉, 우리나라는 어떻게 남과 비슷할 것인지 혹은 더 앞설 것인지를 고민한다. 남과 어떻게 다를 것인지(distinction) 그 차이에 초점을 맞추는 그들과는 큰 차이가 있다. 이런 의식이 모든 상황에 적용된다고 생각해보라. 삶을 대하는 태도와 자신감, 자의식에도 영향을 미치는 것은 당연하다.

264

공강 시간 동안 도서관에서 시간을 보내고 있는데 처음 보는 친구가 와서 자연스레 말을 걸었다. 이런저런 얘기를 하는데 가입한 클럽이 있느냐며 함께 들자고 했다. 나는 'Why not?'이라는 생각으로 친구가 얘기했던 댄스스포츠와 합기도 클럽 두 개에 모두 가입했다. 나는 지구상에 몇 안 되는 심각한 몸치이지만 댄스스포츠 수업은 꽤 재미있었다. 이 수업이 아니었다면 내 평생 그런 몸짓은 해보지 못했을 것이다. 합기도 역시 전혀 다른 새로운 세상이었다. 상대방의 힘과 방향을 잘 보고 그것을 역으로 사용하는 부분이 꽤 매력적이었다. 초반에는 어떻게 넘어질 것인지 낙법만 진탕 배웠던 기억이 난다.

클럽데이(Club Day : 동아리 축제)에 사부님과 합기도 시범을 보이며 학생들을 끌어모으기도 했다. 나는 얼마 배우지도 않은 초급자였지만, 사람들의 시선을 모으기 충분할 정도로 내 체구는 작았다. 155센티에 40 몇 킬로의 작은 몸으로 사부님과 무언가 대결을 열심히 하고 있으니 구경하던 친구들의 눈이 반짝였다.

합기도에 대한 나의 의리는 특히 시험기간에 남달랐다. 상법(Commercial Law)이라고 비즈니스 코스에서 과락으로 악명 높은 과목이 있다. 두 번을 시도해도 통과를 못 한 친구들이 꽤 있을 정도로 누구나 벌벌 떠는 과목이었다. 심지어 오픈북 시험인데도 그랬다. 이 과목의 중간고사 바로 전날은 합기도 연습이 있는 날이었다.

나는 합기도를 할 것인지 시험공부를 할 것인지 결정을 내려야 했다. 나는 고뇌했다. 귀찮은데 쿨하게 합기도를 포기하고 그 1시간 동안 책상 앞에 앉아 공부를 할까 하며 잠시 흔들렸다. 그러다 다시 생각을 고쳐먹었다. 어차피 그리한다 해도 내 마음이 편하지 않을 것이다. 나는 큰마음을 먹었다. 결국, 현재에 집중하는 것으로 결론을 내렸다. 합기도를 할 때는 합기도를 열심히 하고 그 후에 시험공부를 할 때는 또 집중해서 하면 된다는 마음이었다. 그렇게 막상 한번 해보니 역시 별것 아니었다. 덕분에 시간을 관리하는 방법과 멘탈 관리도 자연스레 배울 수 있었다.

이 두 가지의 클럽 활동을 시작으로 나는 다양한 경험에 나를 내던졌다. 해외 인턴십 프로그램에 관심이 생겨서 아이섹(AIESEC)이라는 학생단체에 굳이 어렵게 면접보고 들어가 회원(Exchange Participant)이 됐다. 체코 쪽으로 해외 인턴십을 생각해보기도 했었지만 결국 진행하지는 않았다. 그 후 친구들 20명가량과 함께 싱가포르에서 열린 리더십 콘퍼런스에도 참여했다. 그 당시에는 내게 꽤 도전적인 일이었다. 모두 잊지 못할 추억이다.

어렸을 때 위인전 동화를 한 권 정도는 읽은 적이 있을 것이다. 무언가 대단하게 큰 성공을 한 위인이 어렸을 때는 과연 어땠을까 상상해본 적이 있는가. 위인전을 읽어보면 나와 또래지만 나와는 비교도 안 될 정도의 것들을 이루어내고 소위 '떡잎부터 다른' 위인의 모습이 그려진다. 사실 이런 부분만 보면

'역시 나는 특별한 사람이 아니야, 이런 사람들과 나는 달라'라고 생각하기 쉽다. 하지만 내가 주인공인 책 속에서 나는 어떤가. 나는 유일무이하다. 그 누구도 걸어보지 않은 길을 내가 걷고 있는 것이다. 이 세상에 다른 어떤 누구도 나의 부모 밑에서, 나와 같은 교육을 받고, 내가 겪은 경험을 그대로 겪지 않았다. 우리 모두가 전인미답(前人未踏)의 인생을 살고 있다. 이전 사람들이 밟아놓은 그대로의 인생을 사는 사람은 이 세상에 아무도 없다.

지금 나만의 인생 책을 써나가는 중이라고 생각을 해보자. 내가 어떤 실패를 하든, 어떤 좌절에 맞닥뜨리든 그것은 모두 나의 그다음 챕터를 위한 양념 같은 이야기가 된다. 더 맛깔나는 인생을 위해 실패라는 쓴맛도 본다. 눈물 콧물 쏟는 매운 좌절도 맛보는 것이다. 이렇게 생각한다면 내가 넘어졌거나 인생의 내리막이라 느껴질 때 그것을 대하는 태도가 달라진다. 내 이야깃거리가 하나 더 생기는구나 하며 기쁘게 맞이하게 된다.

인생의 굴곡은 나라는 사람을 더 풍요롭게 해준다. 실패나 고통은 나에게 깨달음과 교훈을 안겨준다. 비록 넘어졌지만, 넘어진 덕에 일어나는 법도 배울 수 있다. 누구보다 많이 넘어져 본 사람은 다시 일어나는 데 고수다. 져본 사람이 이길 줄도 안다. 넘어졌을 때 아무렇지 않게 다시 일어나는 방법을 힘 좋을 때 열심히 배워놓자.

적어놓은 꿈은
절대 배신하지 않는다

나는 고등학교 3학년 여름방학 즈음 아버지의 주재원 발령으로 가족이 다 함께 하노이로 이주했다. 베트남에 있는 RMIT대학교에서 유학을 시작했다. 당시 베트남에 있는 유일한 국제대학교로 호주 본교의 학교였다. 왜 나에게 수능 볼 기회조차 주지 않느냐고 울며 소리쳤던 것이 무색하게 나는 한국 생활을 뒤돌아 볼 여유조차 없었다. 대학 수업을 알아들을 정도로 영어 실력을 키우는 것이 급선무였다. 나는 전형적인 한국 교육을 받아온 지극히 평범한 학생이었다. 영어로 말 한마디 하기도 입을 떼기도 어려웠다. 약 1년가량 하노이에서 지내며 어학 과정과 입학 준비 과정(University Preparation Program, 대학 교양 과정의 일종)을 밟았다. 겨우겨우 대학에 입학할 정도는 만들어놓았다. 그리곤 오빠와 함께 호치민으로 내려와 본격적인 대학 생활을 시작했다.

설레는 첫 수업. 아마 조직행동론 시간이었던 것 같다. 교수님이 우리 학생들에게 각자 본인 이름과 꿈을 간단히 말하는 시간을 갖자고 한다. 내 차례가 되었다.

"나는 간호사가 될 거예요."

CEO가 되고 싶다는 친구, 사업할 거라는 친구, 가업을 물려받을 거라는 친구, 유명한 대기업에서 일하고 싶다는 친구들, 심지어 교수님의 귀까지 쫑긋해진다. 모두의 시선이 내게 쏠린다. 그렇지만 나는 망설임이 없었다. 나는 내 꿈이 그저 좋았다.

학창 시절부터 나는 평범함을 꿈꾸었다. 크게 바라는 것도 없었고 현재보다 아주 약간 업그레이드된 평범함을 좇았다. 친구들이 나의 꿈을 물을 때면 나는 '평범하게 사는 게 꿈이야.'라고 답하거나 심지어 '현모양처'라고 답하기도 했다. 이런 내가 꽤나 확고하고도 뚜렷하게 추구했던 꿈이 바로 간호사였다. 이 꿈 하나만큼은 나는 한 치의 양보도 없었다. 내 고등학교 학생기록부 장래희망에는 간호사라는 세 글자가 학생 칸, 학부모 칸 양쪽에 가지런히 쓰여 있었다. 나는 베트남으로 출국하기 전 부모님에게 아예 선포했다. 귀국하면 간호학을 다시 공부해서 간호사가 될 것이라 선언했다. 부모님은 내 결정을 마다치 않으셨다. 오히려 힘을 북돋아주셨다. 아버지는 '경영학이 모든 학문의 근간이다.'라시며 세상에 하나뿐인 간호사가 될 것이라며 격려하셨다.

간호사를 향한 내 열정은 참 애틋할 정도였다. 나는 부모님에게 선포한 대로 베트남에서 경영학과를 졸업한 후 귀국하여 다시 간호대학 편입 준비에 돌입했다.

'내가 입은 간호사 가운이 누구보다 하얗고 빛날 수 있도록 도와주세요. 나를 거쳐가는 모든 환자들의 마음을 어루만지시고 나로 인해 더 행복할 수 있도록 도와주세요. 언제나 간호사로 살고 싶다는 마음 변치 않게 해주세요.'

정확히 2009년 4월 13일에 고도원 님의 『꿈 너머 꿈 노트』에 작성해놓은 나의 꿈이다. 간호의 길에 들어서려 막 편입 준비를 시작하던 시점이었다. 종이 위에 쓰면 이루어진다고 하길래 간절한 마음으로 내가 써놓은 유일한 꿈 한 가지다.

편입학 시험은 보통 영어시험, 전공시험, 면접의 3단계로 이루어져 있다. 1단계 관문인 영어시험은 각종 영어시험 중 끝판왕에 속하는 것으로 정평이 나 있다. 게다가 시험 성격 자체가 수능의 패자부활전의 느낌이라 응시자들의 열기도 매우 뜨겁다. 다들 자는 시간 빼고 온종일 이 시험만을 준비한다. 객관적으로 난이도도 높다. 원어민들도 일상생활에서 잘 쓰지 않는 온갖 쓸

데없는 고난도의 어휘, 논리, 까다로운 지문이 많이 나오기 때문이다. 영어가 모국어인 친구들도 착실히 준비하지 않으면 고배를 마시게 된다. 장기전이라는 것도 어려움을 더한다. 멘탈 관리가 쉽지 않다. 정말 꿈만 보고 나아가는 거다.

시험 준비를 하며 하루 대부분을 보냈던 교실 안 내 자리는 문 바로 앞 벽 쪽 끝자리였다. 내 자리 벽에는 일곱 글자가 쓰여 있었다. '승패 병가지상사(勝敗 兵家之常事)'. 전쟁을 직업처럼 일삼고 있는 병가(兵家)는 이기고 지고 하는 것을 당연한 것으로 알고 있어야 한다. 기뻐하지도 낙심하지도 말고 태연하게 생각하며 앞으로의 대책에 더욱 신중을 기하라는 위로와 격려, 훈계가 섞인 말이다. 나 자신을 지속해서 동기 부여하기 위해 내가 적어놓은 말이다.

덕분에 나는 고려대학교 영어 고사 쿠엣(KUET)에서 전국 2등, 0.02%라는 성적으로 1차 관문을 통과할 수 있었다. 응시자 평균 53.33점, 내 점수 94점이었다. 나는 이 덕에 J편입학원 홈페이지와 교재 표지에 대문짝만 하게 얼굴이 실리기도 했다. 대학 입학 장학금도 받았다. 한동안 학교를 다니면서도 J편입학원의 조교로서 스터디를 이끌었다. 특별설명회나 선배와의 대화에 참석해 후배들에게 꿀팁을 전수했다.

딸내미의 작은 결실에 부모님은 크게 기뻐하셨다. 엄마와 최종 합격 결과를 확인하며 모니터를 부여잡고 함께 울음을 터뜨렸다. 엄마는 딸내미가 1등으로 고대에 합격했다고 신바람이 나셨다. 전국 1등은 Y대에 갔으니 아예 틀린 말은 아니었다. 아버지는 학교 홈페이지에 올라온 위 결과를 스크린샷해서 컬러로 몇 장 출력해 파일에 꽂아놓으셨다. 안 그랬으면 어렴풋하니 기억이 흐려졌을 텐데 이 역시 기록의 힘이다. 그 덕에 10년 전 이야기를 생생히 나눌 수 있음에 감사하다.

이렇게 나는 경영학과 4년, 편입 1년, 간호학 3년(2~4학년)까지 8년의 시작을 들여 간호사가 되었다. 간호사가 되려고 굳이 그만큼의 우여곡절이 필요했을까 싶을 정도로 나는 그것들을 헤쳐왔다. 보통의 동기들에 비해 4년을 돌아왔다. 그런데도 나는 시간을 낭비했다는 생각보다는 오히려 시간을 벌었다는 느낌이 들었다. 이 길이 내가 진정으로 원하는 길이란 걸 알았기 때문이다.

많은 사람들이 다른 누군가가 원하는 삶을 살기 위해 애를 쓴다. 그러다 잘 안 되면 남을 원망하기도 하고 인생을 낭비했다고 여긴다. 하지만 나는 애초에 그러지 않았다. 내가 내 인생의 주인으로서 스스로 결정하고 온전히 책임졌기에 그 자체로 행복했다. 나는 끌어당김의 법칙이 무엇인지, 우주의 법칙이 무엇인지 그때는 제대로 몰랐다. 그저 한결같은 마음으로 내가 원하는 지점만 봤다. 단지 종이 위에 적었을 뿐이다. 이 기적적인 결과는 꽤 인간적이고 양보의 미덕까지 있어 두고두고 만족스러웠다. 나의 목표, 내가 원하고 바라던 것 하나를 이룬 이 성공의 경험은 특별했다. 나에게 큰 의미로 다가왔다. 무언가를 이루어가는 과정들, 마침내 이루었을 때의 그 환희. 이 패턴을 기억하면 나는 못 이룰 일이 없을 것 같다는 생각이 들었다. 내 인생의 좋은 밑거름이 되었다.

간호사가 되고자 하는 마음으로 이 책을 읽는 친구들이 있다면 나는 미리 축하한다고 말해주고 싶다. 인간이 마주한 지상 최대의 난제 두 가지를 어느 정도 해결했기 때문이다. 간호사의 꿈을 품고 있다면 '나는 누구인가?'와 '나는 뭘 좋아하는가?'라는 난제에 '나는 다른 사람을 도울 때 행복감을 느끼는 사람이고 앞으로 간호사로 살고 싶다.'라고 자신 있게 말할 수 있을 것이다.

원하는 것이 있다면 그것을 우선 글로 쓰자. 단지 글로 적었을 뿐인데 그 영향은 막강하다. 나의 마음가짐이 달라지고 나의 태도가 달라지고 나의 행동이 달라지고 나의 하루가 달라진다. 그런 하루하루가 계속 모인다면 어떨까. 생각만으로도 기대되지 않는가. 나의 미래는 내가 쓴 것에 꽤 가까이 가 있을 것이다. 10년 전 간절한 마음으로 적어놓은 꿈을 찬찬히 다시 본다. 그리곤 수정하여 새로 쓴다. 내 글에 새로운 힘을 불어넣는다. '간호사와 예비 간호사를 나의 주 대상자로 삼고 앞으로 메신저의 삶을 살도록 도와주세요. 내 대상자를 세워주세요. 그리고 간호계를 세워주세요.'

스펙보다 강한
나만의 스토리

"선생님에게 질문하겠습니다. 마침 저희 본원에서 베트남에 'Plant Transplantation'을 계획하고 있습니다. 내후년 경 진행 예정입니다. 현재 기획 단계인데 어떤 전략으로 접근하면 가장 효과적이라고 생각하십니까?"

믿기지 않겠지만, 신입 간호사로서 병원에 입사 면접을 볼 때 내가 받았던 개별 질문이다. 상상을 초월하는 질문이지 않은가. 여러분이 간호사로 면접을 보러 갔는데 이런 질문을 받았다면 어떤 생각이 들 것 같은가? 당황스러운 마음이 앞설 것 같은가? 나는 이 질문을 받자마자 나는 '됐다'라고 생각했다. 이 질문은 내가 가진 이야기들이 눈길을 끌었다는 것을 의미했다. 나의 이야기를 흥미롭게 읽어봤어야 비로소 나올 수 있는 질문이었기 때문이다. 내가 경영학부터 쌓은 것을 면접관이 주의 깊게 봤기에 이런 파격적인 질문이 나올 수 있었다. 나는 당시에 그리고 지금도 'Plant Transplantation'이 무엇인지 정확히는 모르겠으나 그래도 직관적으로 알아들었다. 현재의 병원 세팅 그대로 베트남에 옮겨 운영할 거라는 의미였다. 물론 면접관에 의해 순식간에 만들어진 가상 시나리오였다.

"제가 경험한 바로는 베트남 사람들이 삼성을 바라보는 시선이 굉장히 우호적이고 삼성에 대한 기대치가 매우 높습니다. 그렇기 때문에 그에 걸맞게 의료, 간호, 서비스 등 다방면으로…"

면접관이 고개를 끄덕였다. 입가에 미소가 있었다.

스펙에 관한 이야기를 해볼까 한다. 요즘 온라인에서 '○○ 서류 합격, 스펙 공개합니다.', '×× 최종 합격, 스펙 공개합니다.'라는 등 합격 스펙을 공유하는 글을 많이 찾아볼 수 있다. 해당 회사에 지원하려는 사람들은 이를 참고 해서 객관적으로 본인이 그 스펙에 미치는지 미치지 않는지를 파악한다. 누군가는 지원하기도 전에 지레짐작하여 미리 포기한다. 또 누군가는 이 정도면 되겠지 하며 준비를 이어간다.

하지만 안타까운 일은 본인이 정작 어떤 이야기를 가진 사람인지 충분히 생각해보지 않는다는 데에 있다. 내가 어떤 경험들을 통해 이 자리까지 왔는지, 내가 뭘 좋아하는지 등 나에 대해서 생각하고 정리하는 데에 시간 쏟기를 아까워한다. 그보다 먼저 어떤 회사인지 이 회사가 원하는 인재상이 무엇인지 분석한다. 그리고 자신을 끼워 맞춘다. 결국, 완성된 퍼즐로서의 나 자신을 보여주지는 못하게 된다. 상대의 틀에 끼워 맞춰진 내 퍼즐 몇 개를 얼기설기 보여주는 꼴이 된다. '나'라는 그림을 온전히 만들어내지 못한다.

'우선 1차 관문을 통과해야 그다음 기회가 주어지니까, 서류는 어떻게든 통과해야 한다'라고들 말한다. 하지만 나는 스펙이 아니라 본인이 정말 좋아서, 재밌을 것 같아서, 그냥 하고 싶어서 무언가 시도해본 경험이 있는지 묻고 싶다. 그런 경험들 속에서 나만의 이야기가 만들어지기 때문이다. 다른 사람이 아닌, 나는 무슨 이야기를 할 것인지 먼저 떠올려보라고 말해주고 싶다.

사람마다 물론 다르겠지만 많은 예비 간호사들이 Big 5를 목표로 취업을 준비한다. 자리는 한정되어 있기에 누군가는 합격하고 누군가는 떨어진다. 당연한 이치다. 내로라하는 친구들이 고배를 마시는 일도 나는 많이 보았다. 나는 본교 병원을 포함해서 총 세 군데에 지원했고 운 좋게도 모두 합격했다. 합격의 비결을 꼽으라면 나만의 스토리 덕이라고 말할 수 있을 것 같다. 내가 무언가 특출난 게 아니다. 다른 아무도 나 같은 이야기를 갖고 있지 않기 때문이다. 합격한 친구들이 모두 넘버원(No.1)은 아니었다. 하지만 모두는 반짝반짝 빛나는 온리원(only one)이었다.

한국에서 간호사로 살아보기

베트남 호치민시에서 대학을 다닐 때 일이다. 인더스트리 프로젝트(Industry Project)라는 마지막 학기를 남겨둔 시점이었다. 졸업 후 정식으로 사회에 나가기 전에 말하자면 인턴십을 하는 과정이었다. 나는 어디에서 일해야 하나 고민했다. 그러다 우리 집 바로 앞에 있는 클레버런(Cleverlearn) 어학원을 떠올렸다. 내가 왠지 재밌게 잘할 수 있을 거라는 믿음이 있었다.

나는 작성해둔 이력서를 들고 큰 고민하지 않고 찾아갔다. 직원은 매니저가 자리를 비운 상태라며 이력서를 건네주겠다고 했다. 그다음 날 바로 연락이 왔다. 시간 괜찮으면 오후에 한번 들리라고 했다. 내가 어떤 옷을 입고 갔는지 아직도 기억이 난다. 노란 블라우스와 하얀 치마를 입고 갔다. 참 풋풋했다. 나는 그 자리에서 바로 면접을 보았다. 다행히 매니저가 나를 마음에 들어 해서 그다음 주부터 바로 일을 시작할 수 있었다. 나는 일을 하며 놀았다. 훨훨 날았다.

처음 시작은 입학 담당자(Admission Officer)였다. 아직 학기 중이었기 때문에 낮에는 공부하고 오후 5시 반부터 9시 반까지 파트타임으로 일을 했다. 어학원에 오는 내원객들을 상담하고 영어 레벨테스트를 진행하고 그들에게 맞는 코스를 찾아주는 일이었다. 한 달에 백만 동, 당시 한화 6만 원가량의 기본급이었지만 나는 크게 개의치 않았다. 함께 일하던 언니들도 나를 친동생처럼 아껴주었다. 근무 첫날부터 퇴근 후 나를 찐 맛집에 데려가 다정하게 환영회를 해주었다. 이후에도 수많은 길거리 음식들을 소개해주었다. 베트남 길거리 음식은 목욕탕 의자에 앉아서 먹어야 더 맛있다. 그 꿀맛 같던 베트남 음식들이 아직도 기억에 난다. 현지 친구들이 달팽이(Snail)를 먹으러 가자고 하면 '뭐, 달팽이를 먹으러 가자고?'하고 인상 찌푸리지 말고 우선 믿고 따라가 보자. 온갖 소라, 고둥 등등 눈이 휘둥그레지고 침이 좔좔 흐르는 맛있는 해물을 무슨 떡볶이 마냥 간식처럼 먹을 수 있을 것이다.

정성껏 상담하다 보니 한 3개월 후 나에게 새로운 직함의 명함이 이미 나와 있었다. 마케팅 담당(Marketing Executive)이었다. 나는 물 만난 고기마냥 마케팅 관련 아이디어를 동료와 매니저에게 공유했다. 근처 한인들을 타겟팅 하는 홍보자료들을 쏟아냈다. 마라톤, 할로윈 파티 등 어학원 내 여러 이벤트의 성공적인 개최를 도왔다.

나는 어학원 셔츠를 입고 스스로 모델이 되어 사진촬영을 했다. 물론 누가 시키진 않았다. 그냥 티셔츠를 주길래 입고 찍었다. 그 모습을 유심히 본 건지 어쨌는지 이후 매니저는 나에게 어학원의 광고 모델이 되어달라고 했다. 현지 지역방송사에 방영될 CF였다. 콘티는 '이곳에서 배워서 영어를 잘할 수 있게 되었다'며 인터뷰를 하는 형식이었다. 처음에는 영어로 대사하며 찍었다. 하지만 감독은 곧 마음을 바꿨다. 시청자들이 내가 현지인인지 한국 사람인지 구분이 안 갈 것 같다고 코멘트 했다. 결국에는 한국말로 다시 찍었

한국에서 간호사로 살아보기

다. 의문의 1패였지만 나는 그저 재미있고 신이 났다.

그렇게 주인의식을 갖고 또 3개월 정도 일했더니 이번에는 내 앞으로 사업 개발 담당(Business Development Executive)이라는 명함이 나와 있었다. 어학원 꼭대기 층에 있는 무슨 골방 같은 데서 나이 지긋하신 다른 회계, 총무과 직원분들과 일했다. 참 거창한 이름 앞에 내가 뭘 했는지 기억도 잘 안 난다. 그냥 학교에서 배운 걸 다 써먹는다는 생각으로 적극 임했다.

이렇게 끝일 줄 알았는데 약 3개월 후 이번에는 기업 영업 담당(Corporate Account Sales Executive)이라는 명함이 나와 있었다. 우리 어학원 프로그램으로 영어 여름캠프를 오려는 기업·단체들과 계약 전 조정 단계부터 계약 종료 후 유지 보수까지 담당하는 역할이었다. 어학원 측에서 딱히 단체를 받으려 노력하지 않았지만, 현장 방문 온 고객과 운 좋게 연결되어 내게 넘어온 것이다. 나는 고객과 어학원 사이의 의사소통을 조율하며 첫 계약을 성사시켰고 마무리까지 함께했다. 일한 것은 1년 남짓이지만 4개의 명함 아래서 나는 참 훨훨 날았다.

나는 고등학교 때부터 간호사가 꿈이었다. 나에게 경영학은 간호학 이전에 잠시 거쳐가는 정류장 같은 거였다. 하지만 나는 정류장을 휙 지나치지 않았다. 나는 주어진 환경에서 내가 할 수 있는 걸 지속해서 하는 편을 선택했다.

만약에 내가 어학원 면접을 보기 전 '나는 간호사가 될 건데 이런 경험이 앞으로 무슨 도움이 되겠어. 해봐야 뭐 별것 없을 것 같은데.'라며 하지 않았다고 생각해보자. 나는 3개월마다 명함을 새로 받으며 새로운 업무에 나를 내던지는 경험도 없었을 것이다. 내 평생 잊지 못할 추억과 인연도 얻지 못했을 것이다. 나는 이곳에서 내 배우자, 사랑하는 남편을 만났다. 동료와 허물없이 함께 지낸 소중한 기억들은 언제 떠올려도 마음이 따뜻해진다. 잠깐 용기를 낸 덕분에 다양한 업무 경험을 쌓은 것뿐만 아니라 놀이터처럼 일하는 일터를 경험할 수 있었다. 지금 생각해보면 내가 신나게 뛰어놀 수 있도록 매니저가 판을 잘 깔아주었다는 생각이 든다. 정말 감사할 따름이다.

안타깝게도 요즘 친구들은 스펙 쌓기에 혈안이 되어 있다. 물론 여러 가지 기업에서 원하는 것들의 구색을 갖추려 노력하는 것은 좋다. 하지만 그저 이력서에 한 줄 쓰고 끝인 것들에 너무 많은 시간을 쏟는 것을 보면 조금은 아쉬운 마음이 든다. 용기 내서 작은 실행에 옮겨야만 나만의 스토리가 시작된다. 그렇지 않으면 붕어빵처럼 찍어내는 스펙만 남을 뿐이다. 나에게 도움이 되지 않는 경험이란 이 세상에 없다. 어떻게든 그로부터 무언가 배우고 지혜를 얻는 내가 있을 뿐이다.

내가 받은 면접 질문이 기억나는가? 그것보다 더 상상을 초월하는 나만의 면접 질문을 받아보자. 남들과 다르면 뭐 어떤가? 그게 바로 내 스토리다.

280

간호사를 지망하는
후배들에게

간호사라면 누구나 소위 말하는 진상환자, 고상하게는 블랙 컨수머(black consumer)를 응대한 적이 있을 것이다. 나는 진상환자가 되는 것이 무섭다. 내 직업병이다. 절대 병원에서 블랙 컨수머가 되고 싶지 않다. 그런 환자를 응대했던 기억과 그때 받았던 스트레스 때문일까.

아마 그것보다는 나 스스로 간호사의 입장을 너무나도 잘 알기 때문일 것이다. 또한, 나는 내가 감동했던 좋은 환자가 되고자 하는 마음이 있다. 내가 무통주사 없이 호흡과 이완만으로도 포기하지 않고 첫째를 자연주의 출산할 수 있었던 것도, 어떻게 보면 좋은 환자가 되려는 이 욕구 덕분이기도 하다. 환자, 보호자로 산 날보다 간호사로 산 시간이 훨씬 많았기에 그런 것 같다. 손품, 발품과 더불어 지적, 정신적 품까지 많이 가는 까다롭고 어려운 환자의 담당 간호사가 얼마나 힘이 들지 뻔히 보이기 때문이다.

특히, 둘째를 본원에서 출산할 때가 기억난다. 진통 간격이 5분 간격에서 갑자기 짧아서 1~2분 간격으로 미친 듯이 올 때였다. 진행이 꽤 빨라져 의료진들은 다급하게 교수님을 호출하고 드레이핑(draping : 멸균 포를 까는 작업)을 했다. 보통의 산모들은 거의 이성을 놓는 시점이다. 나는 이 와중에도 멸균 존을 오염시키면 안 된다는 간호사의 말에 집중했다. 당연히 컨타(contamination : 오염의 줄임말)되면 안 되지, 맞아. 진통하는 내내 간호사의 그 말을 되새겼다. 그렇게 팔 한 번 못 올리고 진통을 했다. 교육의 힘인지 정신력인지 나도 참 알다가도 모를 일이다.

이렇게 나는 이성을 잃을 만한 정신없는 상황 속에서도 간호사의 말이라면 어떻게든 지키려고 한다. 간호사의 말을 잘 들으면 자다가도 떡이 생기는 걸 잘 알고 있기 때문이다. 내가 자부심을 느끼는 부분이다. 간호사는 환자를 위한 말을 한다. 이런 나지만 처음에 내가 임상을 시작했을 때는, 도대체가 왜들 그러는지 잘 적응이 되지 않았다. 그들의 상황이 전혀 보이지 않았다. 그들은 나의 선배였다.

선배들과 나의 관계는 어디서부터 어긋났는지 모르겠지만 아마 처음부터였던 것 같다. 나는 그야말로 파격적인 아이였다. 소위 레전드였다. 병동에 배정받으면서 결혼 예정임을 알리고, 독립 후 2주차에 신혼여행을 떠났다. 이런 내가 그들의 눈에는 금방 떠날 사람처럼 보였을까. 어딘지 모르게 괘씸하고

282　　　　　　　　　　　　한국에서 간호사로 살아보기

생각 없어 보인 것은 확실하다. 임상을 준비된 마음으로 경건하게 시작해도 모자란 마당이었다. 그들에게 나는 참 대-단한 아이였다.

교육을 받으면서도 어딘가 내 마음 한구석에는 물음표가 있었다. 나는 배우는 과정인데 왜 나를 다그치는 거지, 왜 내 상황을 이해해주지 못하는 거지, 왜 내 실수에 그렇게 크게 화를 내는 거지. 선배들도 다 처음이 있었을 텐데 왜 이해를 못 해주는 거지. 도대체 왜 왜 왜…. 내 안을 느낌표로 다 채우며 쭉쭉 흡수해도 모자를 판에 나에게는 늘 물음표가 자리 잡고 있었다.

어느새 시간이 흘러 선생님의 뒤를 그림자처럼 따라다니던 나를 그림자처럼 따라다니는 학생들이 생기게 되었다. 실습 나온 학생 두 명을 그림자처럼 달고 처음 일할 때다. 나는 챠팅을 할 때마다 학생들이 앉을 의자부터 빼주었다. 그리고 짬이 날 때마다 내가 생각하고 있는 것, 내가 지금 하고 있는 것을 쉽고 간결하게 설명하려 노력했다. 내가 실습 때 선생님을 따라다니면서도 선생님이 지금 어떤 생각으로 무얼 하고 있는지 보면서도 알기가 어려웠기 때문이다. 학생들이 간호관리학 실습을 나왔을 때는 부담 없이 그냥 놓아주었다.

"선생님들은 교육실에 앉아서 머리 써요. 몸은 내가 쓸게요."

관리학 실습은 그 목적에 맞지 않게 성인간호학 성격의 실습으로 바뀌기가 쉽다. 잡무만 하다가 정작 봐야 할 것을 놓치기도 하고 과제를 해내기조차 빠듯할 때가 있었다. 그 허무함을 내가 겪어봤기에 할 수 있었던 행동이다.

내가 병동 선임이 되었을 때도 선배들이 힘들었겠구나, 미처 몰랐었는데 선임으로서 챙겨야 할 게 많구나, 여러 가지 고충이 많았겠다 짐작했다. 이때까지도 나는 선배들의 마음을 잘 몰랐다. 내 프리셉터가 다른 병동으로 로테이션이 되며 '너는 내 아픈 손가락이었다'라고 표현했을 때도 그 깊은 마음을 몰랐다. 그 정도로 무거운 책임감과 죄책감, 안타까움을 동시에 느꼈을 그 마음을 미처 몰랐다. 내가 선배의 마음을 좀 더 가까이 알았다고 느낀 순간은 신기하게도 내가 아이를 키우면서부터다.

한글을 전혀 모르는 아이에게 한글을 쓰는 법을 가르쳐줘본 적이 있는가. 6살인 첫째 인후는 요즘 토요일마다 온라인 학글학교에 다니고 있다. 선생님과 함께 모음을 제일 첫 시간에 배우더니 이제는 매주 새로운 자음 1개씩을 배운다. 지금은 시옷(ㅅ)을 배우고 있다.

아이들이 한글을 쓰는 방법은 상상을 초월한다. 인후는 오른손으로 글을 쓰지만, 왼손잡이의 뇌를 가지고 있다. 아마 아빠를 닮은 것 같다. 남편도 글씨는 오른손, 가위질은 왼손 등 본인만의 루틴이 있다. 암튼 그래서인지 인후는 뭐든지 오른쪽에서 시작할 때가 많다. 이십일(21)을 가끔 십이로 읽기도 한다. 그리고는 "아, 엄마, 헷갈렸어요."라고 한다. 평생을 오른손잡이로 산 나의 세상 밖에서 논다. 기역(ㄱ)을 한 번 쓸래도 여러 번의 코치가 필요하다.

"왼쪽에서 시작해야지. 한 번에 써야지."

시옷(ㅅ)을 쓰는데 왼쪽 아래에서 시작해서 위로 올려 긋는다.

"이건 위에서 시작해서 내려와야지. 두 번에 나눠 써야지. 내리고, 내리고."

리을(ㄹ)은 더 많은 설명이 필요하다.

"자, 봐봐. 왼쪽에서 시작해서 세 번에 나눠서 쓰는 거야. 기억 쓰고 막대기 옆으로 긋고 니은 쓰고! 그러면 리을이 되는 거야. 이제 해봐. 기억 먼저 쓰고 멈추고 손 떼고, 손 떼라고! 다시 막대기 긋고, 옆으로. 오른쪽으로! 그다음에 니은 쓰고, 니은 쓰라고. 니은!"

나도 모르게 언성이 높아진다. 그러자 인후가 말한다.

"나는 니은(ㄴ)이 뭔지 몰라!"

나는 머리를 띵 한 대 맞는다. 지금 네가 말한 문장에 니은(ㄴ)이 벌써 6개나 있는데 모른다고 라고 반박하지는 않았다. 그렇다. 낫 놓고 기역(ㄱ) 자도 모르는 해맑은 상태였던 것이다. 수업시간에 선생님이 기역, 니은을 다 가르쳐주긴 했지만 그걸 들은 것과 흡수하는 것은 별개의 일이다. 한 번 들었다고, 한 번 배웠다고 다 기억하고 체득하는 사람이 얼마나 될까. 당당히 모른다고 말하는 인후의 모습에 나는 살짝 누그러들었다. 30년가량 한글을 써왔지만 한글을 가르치는 거는 나 역시 처음이다.

"아 그래? 알았어. 말해줘서 고마워. 이게 니은이야."

이번에는 자기 이름을 적는다. '인'을 쓰는데 결과물은 인이지만 쓰는 순서가 ㄴ - ㅣ - ㅇ의 순으로 쓰고 있다.

"잠깐만, 순서가 틀렸잖아. 그렇게 쓰면 '닝'인 것 같은데. 너 '서닝후' 되고 싶어?"

인후가 까르르 웃는다.

이 세상 모든 아이는 부모로부터 세심한 관심과 사랑을 받고 싶어 한다. 부모도 어린 시절이 있기에 그런 마음을 모두 다 알고 있다. 하지만 좋은 부모

286

가 되는 것만큼 세상 어려운 일이 없다. 큰 인내와 무한한 사랑이 필요하다. 매순간 지치지 않고 이를 아이에게 내보이는 것은 상당한 체력과 정신력을 필요로 한다. 이 세상 모든 부모가 자녀를 매순간 사랑으로 키우고자 노력한다. 하지만 안타깝게도 이 세상에 한 번도 상처 받지 않은 자녀는 없다.

막상 부모가 되어보니 내가 어릴 때 부모를 크게 바라보았던 것처럼 부모가 그리 큰 사람이 아니란 걸 깨닫는다. 슈퍼맨이 아니다. 나와 같은 인간이다. 아이들보다 인생의 선배로서 앞서 걷고 있을 뿐이다. 부모로서 감당해야 할 일도 많고 나 역시 서른은 처음이며 나 역시 애 키우는 것은 생전 처음 해보는 일이다.

신규 간호사들 역시 마찬가지다. 마치 한글을 처음 배우는 6살 아이와 같다. 내가 모르는 것을 내가 잘 알 때까지 친절하게 프리셉터가 반복해서 가르쳐주기를 바란다. 새로운 것을 배우고 습득하는 과정을 믿고 지켜봐주길 바란다. 선배 역시 이미 이를 다 겪어서 몸소 알고 있다. 신규 간호사에게 좋은 선배가 되어주고 싶다. 하지만 선배 역시 내 앞가림을 다 하며 하나부터 열까지 가르치는 것은 처음이다. 선배도 버거울 때가 있는 사람이다. 인내심의 고갈을 느끼기도 하고 부담감, 죄책감 등 여러 가지 감정을 느낀다. 인간이기 때문에 모든 면에서 완벽하지도 않다.

모든 부모는 결국 자신의 성향대로 아이를 키운다. 프리셉터들도 모두 제각각의 성향대로 신규 간호사를 키워낸다. 프리셉터십이 육아와 다른 점은 키우는 사람, 키워지는 사람 둘 다 성인이라는 점이다. 둘 다 성인이기에 이미 각기 다른 경험으로 다져진 서로의 주관과 생각이 있다. 아이들에게처럼 흰 도화지에 아예 새로 그리는 것을 가르치는 게 아니다. 어느 부분은 지우고 다시 그려야 하고 어느 부분은 연결만 필요하기도 하다. 서로 맞추어가는 과정이다.

두 사람이 서로 맞추어가는 과정에서 중요한 것이 무엇일까. '우리는 서로 다르다'와 '모두는 그 자체로 존중받을 만하다'를 전제로 시작하는 것이다. 서로에게 더 나아진 모습을 기대하는 마음은 물론 좋다. 하지만 선배는 이래야 하고, 후배는 이래야 한다는 틀은 서로 숨 막히게 한다. 그보다는 프리셉티는 프리셉티로서, 프리셉터는 프리셉터로서 함께 성장하는 쪽을 선택하자. 서로에게 건설적인 방향을 함께 바라보자. 마음을 나누며 함께 나아가면 그 얼마나 좋은가.

한국에서 간호사로 살아보기

청춘은
눈부시게 아름답다

'청춘'이라는 단어가 어떻게 들리는가. 별다른 느낌이 없거나 오히려 다소 올드한 듯 부담스럽게 들리는 등 반감이 생긴다면 당신은 청춘이다. 참 듣기만 해도 풋풋하고 아름다운 단어라는 생각이 든다면 당신은 아마 청춘의 끝 무렵이나 노후를 보내고 있을 것이다. 청춘(靑春)이라는 단어의 뜻을 찾아보면 '새싹이 파랗게 돋아나는 봄철이라는 뜻으로, 십 대 후반에서 이십 대에 걸치는 인생의 젊은 나이 또는 그런 시절을 이르는 말'이라고 나온다. 여러분은 이 눈부신 청춘을 어떻게 보내고 있는가? 어떤 도전을 하고 있는가?

간호학과 2학년 때, 나는 학과 공부를 하면서도 J편입학원에서 스터디 조교로 활동했다. 내가 가장 자신 있던 직독직해 스터디였다. 하고 싶어 하는 친구들이 많아서 한 시간가량의 스터디를 하루에도 몇 팀을 돌렸다. 그렇게 한두 달쯤 되었을 때 성대를 너무 무리하게 사용한 건지 후두염이 왔다. 목에

면도칼이 걸린 것처럼 너무나도 아팠다. 목소리는커녕 바람 소리만 나올 정도로 심했다. 목소리가 안 나오니 학교 친구들과도 고갯짓, 몸짓으로 이야기했다. 소통이 정 안 되면 글로 쓰거나 타이핑을 해서 보여줬다. 교수님의 질문에도 목소리가 안 나오니 입 모양만 냈다. 내 딱한 모습에 교수님들이 너도 나도 따뜻한 말씀을 해주셨다.

전쟁 같은 학기를 마무리할 즈음, 함께 공부했던 국어교육과 언니가 아프리카에 IT 봉사활동을 함께 가자고 제안했다. 행정안전부와 한국정보화진흥원에서 진행하는 해외인터넷청년봉사단이었다. 현지에서 약 한 달간 살며 배치 받은 기관에서 IT 교육을 해주는 것이었다. 이미 팀 구성을 다 했다며 네 명을 보여줬다. 공대남 두 명, 그리고 언니와 나였다. 이 네 명 모두 지난 1년 동안 동고동락하며 함께 공부했던 동기들이었다. 나는 큰 고민 없이 바로 오케이 했다.

각자 학과 공부로 바쁜 와중에 지원서, 활동계획서 등 서류까지 준비하는 것은 쉬운 일이 아니었다. 하루 날 잡고 저녁 7시경에 메신저로 만나 그 다음 날 새벽 5시까지 서류 작업에 매달렸다. 시험공부를 하면서도 밤을 새본 적이 없었는데 이렇게까지 하는 나 스스로가 신기했다. 그만큼 팀원들 모두 꼭 해보고 싶은 도전이었다. 게다가 당시 지원하는 팀도 많고 경쟁률이 꽤 세서 절대 단순히 찔러보는 마음으로는 될 게 아니었다.

한국에서 간호사로 살아보기

우리 팀은 아프리카 케냐에 지원했다. 케냐의 정보통신 현황, PC 시장 현황으로 시작하는 우리의 활동계획서는 꽤 진지하고 짜임새 있었으며 열정이 가득했다. 운 좋게 1차 서류를 통과했다. 1차를 통과하자 아프리카를 향한 우리의 열망은 더 커졌다. 그때부터 발등에 불이 떨어져 부리나케 면접을 준비했다. 면접 일정을 받아보니 건강사정 과목의 수업시간이 일부 겹쳤다. 그렇지만 나는 고민하지 않고 교수님께 미리 양해를 구했다.

우리 네 명은 쪼르르 서서 쿵쾅거리는 심장을 부여잡고 면접을 보았다. 면접관은 현지에서 어떻게 수업을 할 건지 직접 시연을 해보라고 했다. 예상치 못한 요구였지만 우리는 내색하지 않았다. 열정을 가지고 수업과 동시통역을 했다. 면접을 마치고 서로의 임기응변에 감탄하며 낄낄댔다. 후회 없이 했다며 서로를 다독였다. 팀원 모두의 열정에 힘입어 우리 팀은 아프리카 모잠비크의 봉사단원으로 선정되었다. 1지망으로 케냐를 적어냈었지만 2지망 모잠비크로 배치되었다. 그렇게 우리의 아프리카 한 달 봉사활동이 시작되었다.

비행기를 3번이나 타고 홍콩, 남아공의 요하네스버그, 모잠비크의 수도 마푸토를 거쳐 도착한 켈리마네는 시골동네였다. 한밤중에 도착해서 그런지 온 동네가 암흑처럼 깜깜했다. 그래서인지 동네의 첫인상은 다소 무서웠다. 하지만 감사하게도 우리가 묵게 될 하숙집은 주변 집들보다 상당히 깔끔했다. 자고 일어나니 그제야 아프리카에 왔다는 것이 실감 났다. 벽에 걸린 시계는 건

전지가 다 된 지 이미 오래된 것 같았다. 전혀 분주하지 않은 아침 풍경이 낯설었다. 부엌에 가보니 작은 빵 4덩이와 딸기잼, 버터, 뜨거운 물 한 병이 식탁에 놓여 있었다. 한국에서 가져와 냉장고에 넣어둔 젓갈 3종류와 고추장이 냉장고 한쪽에 보였다. 나중에 힘들 때 호화로운 한 끼를 위해 눈으로만 먹고 다시 문을 닫았다.

화장실에는 큰 플라스틱 물통이 놓여 있다. 양동이에 받아서 필요한 만큼만 써야 했다. 우리가 늘상 하는 쏴아아-하며 물을 흘려보내며 쓰는 일은 말 그대로 정신 나간 일이라고 했다. 교육받은 대로 물 아껴 쓰는 것에 의식적으로 주의했다. 하루 한 번 샤워하는 것은 굉장한 사치였다. 우리는 이틀에 한 번꼴로 컵샤워를 했다. 며칠 지나지 않아 우리가 얼마나 물을 낭비해왔는지를 깨닫고는 꽤 놀랐다. 그때의 깨달음을 지속해서 실천했으면 우리가 아낄 수 있었던 물의 양이 작은 호수 하나쯤은 될 것이다.

하숙집을 나와 동네를 걸으니 모든 주민의 시선이 꽂힌다. 동물원의 원숭이가 된 듯하다. 우리는 기초 포르투갈어책에서 배운 "Bom dia(안녕하세요)!" 하며 인사했다. 무표정으로 무섭게만 보이던 마을 사람들이 환한 미소로 우리를 반겼다. 그다음 날에는 "Bom dia!" 뒤에 "Tudo bem?(잘 지내시죠?)"도 덧붙였다. 그렇게 그들의 삶과 풍경 속에 서서히 스며들어갔다.

한국에서 간호사로 살아보기

배정받은 기관은 ICT Policy Implementation Technical Unit으로 우리가 교육해야 할 대상은 공무원이었다. 현지 컴퓨터 사양과 인터넷 환경은 매우 열악했다. 무언가 대단한 것을 할 상황이 아니었다. 첫 수업으로 기초 포토샵을 하고 팀원 모두 기관장의 호출에 따라 기관장 사무실에 모였다. 기관장은 간단한 환영 인사를 했다. 그리고는 수업에 짜임새가 없다, 업데이트된 수업계획표를 달라, 포토샵 교육의 목적이 무엇이냐, 이 교육을 받기 위해 지방에서도 오고 있다 등 살벌한 피드백을 주었다. 모두 맞는 말이었다. 아무리 봉사라지만 수업의 질이 떨어져서는 안 되는 것이었다. 우리의 수업을 굉장히 공적으로 받아들이고 있으며 이 교육의 기회를 십분 활용하고자 하는 기관장의 마음이 느껴졌다. 무언가를 베푸는 입장이라고 생각했던 우리가 다시 마음을 단단히 부여잡는 계기가 되었다. 이 피드백을 받은 이후로는 우리는 수업시간 이외에도 밤낮으로 수업 준비에 전념했다.

여러 기술적인 문제들로 수업이 지연되거나 진행이 매끄럽지 않은 때도 있었다. 중간에 정전돼서 어쩔 수 없이 수업을 멈추어야 하는 일도 있었다. 이런 게 아프리카 나름의 맛이구나 하며 있는 그대로 받아들였다. 팀멤버들 모두 먼 타국에서 많은 고생을 했다. 모든 것이 낯설고 다사다난했다. 어렵고 괴로운 상황 속에서도 모두 잘 버텨주었다. 다들 한 뼘 더 성장해 돌아왔다. 대학생으로서 우리 모두에게 일생일대의 모험이었다.

나는 내가 관심이 가거나 하고 싶은 일이 생기면 주저하지 않았다. 그냥 무작정 시도해보는 쪽을 택했다. 생각만 하기보다는 행동으로 옮기려 했다. 그래서 주위 좋은 인연들이 이것저것 함께 하자고 여러 가지 다양한 미끼들을 던져주었다. 그랬음에도 '아, 이건 해보지 말걸.' 하며 해보고 후회한 일이 하나도 없다. 앞으로도 무언가 해보고 후회할 일은 단연코 없을 것이다. 모든 경험은 당사자에게 무언가를 안겨주기 때문이다.

이제는 여러분의 차례이다. 스스로 이제껏 만들어왔던 이야기 중에 가장 도전적이었던 것을 한번 떠올려보자. 가슴 설레며 무언가에 몰입하던 날들을 다시 되돌아보자. 그리고 지금은 어떤 것을 쫓고 있는지 한번 돌아보자. 잊고 있었던 청춘 속의 나를 다시 꺼내 쌓인 먼지를 훌훌 털어보라. 나의 하루하루에 생기를 더해보자.

청춘을 온전히 누리는 삶이 어떤 삶일까. 나는 바로 꿈과 미(美)친 짓에 그 답이 있다고 본다. 내가 상상하던 것을 생각에만 그치지 않는 것이다. 이 상상을 현실로 만들기 위해 내가 지금 당장 무얼 할 수 있는지를 그려보자. 사실 청춘을 객관적으로 결정하는 지표인 나이보다 더 중요한 게 있다. 그것은 바로 인생을 대하는 나의 태도이다. 이 주관적인 지표가 충족되지 않으면 나이가 어려도 청춘을 살지 못하게 된다. 이와 반대로, 스스로 청춘이라 믿고 살아가면 그는 인생의 청춘을 보내게 된다. 수백 년 전에도 수천 년 전에도

294

어른들의 걱정을 사는 '요즘 애들'이 있었듯 청춘은 언제나 상대적이다.

모잠비크에서 한 달간의 봉사활동을 마치고 한국으로 돌아오는 요하네스버그 공항에서 누가 말을 걸어왔다. 한국 사람을 오랜만에 만난다고 반가워하는 중년의 아저씨였다. 이 아저씨는 여기저기 외국 출장이 잦은 회사원이었다. 우리 또래의 아들, 딸이 있는데 못 본 지 꽤 오래되었다고 했다. 자녀와 비슷한 에너지를 뿜어내는 우리가 그저 반갑다고 하셨다. 아저씨는 우리가 극구 사양하는 데도 그 자리에서 샌드위치, 핫도그, 과자 등 간단한 간식거리를 사주셨다. 젊은 친구들이 대단하다고 칭찬해주셨다. 아저씨의 말과 눈빛에는 아들, 딸을 그리워하는 마음과 본인의 청춘을 추억하는 마음이 반반씩 담겨 있었다. 지금 이맘때가 뭘 해도 빛날 시간이라며 응원하셨다.

아마 아저씨는 속으로 '너희가 얼마나 좋을 때인지 나 정도 되면 그제야 알겠지.' 하고 생각하셨을 거다. 인생이란 게 그렇다. 지금보다 딱 5년만 젊었어도 이렇게 할 텐데, 저렇게 할 텐데 라는 말이 나온다. 이런 생각이 아예 들지 않게 잠시 멈추고 '내가 지금 당장 할 수 있는 게 뭐지?'라고 한 번만 물어보자. 어떤 꿈이건 어떤 미친 짓이건 작게라도 시도해보자. 생각지도 못했던 새로운 문이 점점 열릴 것이다. 미약하게 시작하는 특권을 내 청춘에 맘껏 누려보자. 청춘은 그 자체로 눈부시게 아름답다.

06

결국 힘들 때
나를 지켜주는 건 꿈이다

누가 여러분에게 나를 표현하는 단어 세 가지를 꼽으라면 어떤 것을 꼽을 것 같은가. 나는 CPR(Cardio Pulmonary Resuscitation : 심폐소생술)을 꼽는다. 각각 'Creative', 'Positive', 'Resilient'를 뜻한다. 즉 창의적이고 긍정적이며 회복 탄력성이 높다는 의미다. 삼성서울병원에 입사하는 면접에서도 이 CPR에 맞추어 내 자기소개를 했다. 정말 패기와 열정으로 빛나던 날이었다. 이 세 가지 중에서도 나는 P와 R의 비중, 특히 R의 비중이 높은 것 같다. 비율로 따지면 아마 2:3:5 정도로 볼 수 있을 것 같다.

학창 시절의 나는 지금처럼 참 긍정적이었다. 친구들은 내게 너도 고민이란 게 있느냐며 물을 정도였다. 나는 주로 다른 사람의 고민을 들어주는 쪽이었다. 나라고 고민이 없는 건 아니었다. 그냥 내 성격상 내가 가진 고민을 펼쳐 꺼내놓는 스타일이 아니었다. 내가 고민을 술술 꺼내 말한다면 그건 이미 고민이 아니기 때문이다. 내 안에서 충분히 프로세싱돼서 해결책이 있거나 아니면 내려놓은 것이다. 내 경험상 내가 해결할 수 없는 고민이라면 나는 더욱 안고 있지 않았다. 내가 물고 늘어질수록 나 스스로만 더 괴로워질 뿐이기 때문이다. 어차피 걱정해도 바뀔 것이 없다면 옆에 내려놓는 편이 나았다. 내가 할 수 있는 것은 내가 바꿀 수 있는 걱정과 고민을 추린 후 내가 그리는 대로 될 것이라 믿고 움직이는 방법밖에는 없었다.

내가 가장 고통스러웠던 순간, 내가 가장 좌절했던 순간, 가장 슬펐던 순간을 떠올리면 모두 내가 간호사이거나 학생 간호사일 때다. 그런데 내가 가장 힘들고 두려울 때는 오히려 간호사가 되기 전이었다.

간호학과를 목표로 본격적으로 편입 공부를 시작한 지 한 달 정도 공부했을까. 나는 특별반에 배정되었다. 상위 몇 % 이내, 성장 가능성, 학습 태도 등 나름의 기준으로 엄선된 30명가량의 친구가 모였다. 특별반의 시스템은 그야말로 살벌했다. 피도 눈물도 인정도 자비도 없었다. 지정석에서 공부할 수 있다고 해서 편한 마음으로 들어왔는데 마음이 불편한 것들뿐이었다. 이렇게 모든 것을 성적순으로 정하는 데는 난생처음이었다. 모의고사든 월례고사든 시험을 치르면 한두 시간 후 교실 벽에 성적표가 떡하니 붙었다. 1등부터 꼴등까지 성적순으로 점수와 이름이 공개됐다. 특별반 담임 선생님의 스킬은 나날이 발전했다. 나중에는 지정석도 매월 성적순으로 뽑기를 했다. 몇 달간 같은 자리에서 공부한 친구가 원하지 않는 다른 자리로 밀려났다. 아니면 심지어 특별반 밖으로 내보내지기도 했다. 새로운 친구가 매월 들락날락했다. 월말마다 시행되는 구조조정에 여기저기서 눈물바람이 불었다.

처음에는 이런 시스템이 너무 당혹스럽고 적응이 안 됐다. 면학 분위기를 조성하고 동기 부여와 자극을 주려는 것을 알겠지만 다소 비인간적으로 느껴졌다. 고도의 심리전에 내던져진 기분이었다. 하지만 시간이 지날수록 나는 본질을 깨닫게 되었다. 이 과정은 그 누구와의 경쟁도 아니었다. 바로 나와의 싸움이었다. 내가 끝까지 같은 마음으로 할 수 있느냐 없느냐의 문제였다.

답답한 걸 좋아하지 않는 나는 처음부터 교실 문 앞 맨 앞자리를 선택했다. 남들은 집중에 방해된다고 꺼리는 자리였다. 모두가 피하는 자리니 특별반에 있는 동안 자리 때문에 속 썩을 일은 아예 없을 것 같았다. 게다가 이런 번잡한 환경은 내게 오히려 도움이 될 거라 믿었다. 실제로 나는 그 자리 덕분에 주변 소리나 자극에 무뎌지는 연습이 저절로 되었다. 다소 번잡스러운 환경에서도 집중력을 높여 몰입할 수 있었다.

시험을 몇 달 앞두고는 점심과 저녁의 식사메뉴를 정하는 것도 번거롭게 느껴졌다. 밥을 주문해 먹는 것도 일이었다. 맨날 앉아만 있으니 소화도 잘 안 됐다. 나는 엄마에게 김밥을 싸달라고 부탁했다. 엄마는 흔쾌히 알았다고

298

하셨다. 나는 매일 점심, 저녁 엄마표 김밥을 먹었다. 속도 편한 데다 영양까지 만점인 김밥은 나에게 늘 최고의 메뉴였다. 엄마는 그렇게 매일 새벽 김밥을 여러 줄 싸주셨다. 한결같이 언제나 그 자리에서 나를 응원하셨다. 엄마의 꾸준한 김밥처럼 나 역시 꾸준했다. 특별반 담임 선생님이 '인제 그만 해도 된다.'라고 할 정도였다. 그게 가능했던 이유는 딱 하나였다. 내가 품은 꿈 덕분이었다. 내가 정한 내 다음 여정은 간호 하나밖에 없었기 때문이었다. 나는 이 과정들이 마냥 즐거웠다. 내 꿈에 한 발 한 발 나아간다고 생각하니 행복했다. 고민할 시간도 필요도 없이 나는 매일 나만의 루틴을 그대로 지켰다. 그럼에도 전혀 힘든 줄을 몰랐다.

그해 송구영신 예배를 드렸던 날이 생각난다. 지금으로부터 정확히 10년 전이다. 이제껏 잘 해왔는데 그날은 그냥 눈물이 마구 터져 나왔다. 당시 나는 두어 개 대학의 굵직한 1차 필기시험을 마친 상태였다. 그러나 이게 끝이 아니었다. 나머지 지원한 대학들의 1차 시험, 그다음 전공시험, 면접까지 모두 다 앞둔 상황이었다. 수개월이 넘는 장기전에 체력적으로 힘에 부쳤다. 몸이 아파지고 정신적으로도 흔들리기 시작했다. 그냥 수도꼭지처럼 눈물이 줄줄 나왔다. 내가 할 수 있는 그 모든 걸 했는데 막상 원하는 결과가 안 나오면 어쩌지. 문득 두려운 마음이 들었다. 그때가 처음이었다. 시험 당일에도 들지 않던 생각이었다. 다른 일도 아니고 내 인생 전부가 달린 일이었다. 내가 오래도록 꿈꿔오던 간호사가 되느냐 마느냐의 문제였다. 미치도록 간호사가 되고 싶은데 그 꿈을 이루지 못할까 나는 불안했다. 이제껏 꿈꾸고 좇았던 것이 다 물거품이 될까 초조했다. 꿈이 그저 꿈으로만 남을까 두려웠다.

나는 어른이 되면 안정되고 무난하게 굴곡 없이 살아갈 줄 알았다. 지금 20 대인 친구들이 30대를 보면 뭔가 꽤 자리를 잡은 것처럼 보일 것이다. 지금 내가 30대가 되어보니 전혀 아니다. 주변 또래들은 여전히 새로운 고민으로 가득하다. 고민의 영역은 더 넓어졌으며 책임은 훨씬 더 커졌을 뿐이다. 30대 에는 30대 때 처음 해보는 것이 또 가득하다. 40대, 50대 역시 아마 마찬가지 일 것이다.

현재 학창 시절을 보내고 있는 10대 중에는 학업 스트레스 때문에 얼른 어 른이 되고 싶다고 생각하는 친구들도 분명 있을 것이다. 최소한 어른들은 학 교에 가고 시험을 보는 일은 없으니 말이다. 10대의 눈에는 20대가 마냥 자 유롭게 사는 모습만 보인다. 그 누구의 잔소리나 속박 없이 하고 싶은 것을 다 하고 사는 것처럼 보인다. 그래서 독립한 성인의 삶을 동경한다. 하지만 막 상 성인이 되면 그동안 꿈꿔왔던 것과의 괴리를 하나둘 깨닫게 된다.

어른들에게는 중간고사, 기말고사가 없다. 왜 그럴지 한 번쯤 생각해본 적 이 있는가. 이제 와 생각해보니 매일 실전이자 시험이기에 그런 것 같다는 생 각이 든다. 하루하루가 시험대이다. 아니 하루에도 수십 번이 그렇다. 그렇기

300

에 굳이 별도의 시험이 필요 없는 것이다. 두 아이의 엄마로 살아보니 이 시험대는 직장에서뿐만 아니라 집안에서도 그대로 유지된다. 똘망똘망한 아이들이 세상 가장 좋은 모습의 나를 기대한다. 아이가 있는 현직 간호사나 가족과 함께 지내는 간호사들은 아마 공감할 것이다. 퇴근하고 집의 현관문을 열기 전 심호흡을 한 번쯤을 해봤을 것이다. 나를 기쁘게 맞이하는 그들의 기대를 깨뜨리고 싶지 않기 때문이다.

인생은 참 알다가도 모를 일이다. 간호대학에서 떨어지면 어떡하나 힘들고 두려운 나날을 보내다가도 막상 간호학도가 되어 빡센 학과 과정을 따라가려니 죽을 맛이다. 졸업해 간호사가 되고 나니 또 사는 게 사는 게 아니다. 간호사로 사는 것이 힘들어 죽겠다가도 또 간호를 내려놓는 게 죽을 만큼 힘든 때가 온다. 그야말로 반전과 반전의 연속이다. 이런 게 인생일까.

인간은 누구나 내가 겪고 있는 지금 현재가 가장 힘들다. 지금 이 시기가 지나면 좀 나아지겠지 라고 기대한다. 하지만 반드시 그렇지만도 않다. 반전이 언제나 우리를 반긴다. 가장 힘든 오늘을 단순히 살아내고 버텨내는 것이 아니라 기쁨과 천국으로 만들기 위해서는 꿈이 꼭 필요하다. 내 하루가 활기를 잃었다면 꿈을 불어넣어보자. 나의 일상을 심폐소생 해보자. 꿈을 이미 이루었다면 꿈 너머 꿈을 반드시 꿈꾸자. 그다음 꿈이 있어야 사람은 활기가 돈다. 소망이 생긴다.

07

꿈이 있는 청춘은
지치지 않는다

유학 1년 차, 학교에서 알찬 하루를 보내고 집에 돌아와 보니 무슨 공문이 와 있었다. 학교에서 보낸 것이었다. 아니 이제껏 학교에 있었는데 그냥 직접 주면 되지 왜 집으로 보낸 거지. 나는 의아해하며 편지를 뜯었다. 'You are accused of plagiarism…' 으로 시작하는 이 편지는 딱 봐도 뭔가 심각한 내용인 것 같았다. 좋은 내용은 아닌 듯했다. 생소한 단어들이 꽤 많아 사전을 찾아가며 찬찬히 읽어보았다.

내용인즉슨, 내가 제출한 과제가 표절 심의에 걸려 몇 월 며칠 몇 시에 청문회를 열겠다는 내용이었다. 여러 명이 함께 작성하여 팀 과제를 제출했는데 도대체 영문을 모를 일이었다. 너무 황당해서 팀원들에게 물어보니 팀원들도 모두 해당 편지를 받았다고 한다. 우리 팀원들은 모두 각기 다른 시간대의 청문회에 배정되어 있었다. 1:1 청문회였다. 'hearing'이 청문회를 의미한다는 걸 처음 알게 된 순간이었다.

청문회에 참석할 배심원의 명단도 적혀 있었다. 심의위원회장 등 정확히 어떤 직함인지는 모르겠지만, 아무튼 내가 졸업할 때까지 만날 일은 없는 사람들이었다. 청문회 초기 요청에 응하지 않으면 해당 과목의 0점 처리, 재요청에 응하지 않으면 무슨 조치, 마지막 요청에 응하지 않으면 퇴학 및 어쩌어쩌한 조치 등이 이루어질 것이라는 무시무시한 내용이 적혀 있었다. 그 와중에도 나는 청문회 날짜가 영 꺼림칙하니 걱정이 됐다. 그날은 코리안 데이를 여는 날이었다.

코리안 데이는 한인 유학생과 한인회, 현지 거주 한인 등이 합심하여 현지 사람들에게 대대적으로 한국 문화와 음식을 알리고 체험할 수 있도록 하는 축제날이다. 교재 각종 컬처데이(Culture Day : 문화축제) 중에서 코리안 데이가 가장 호응이 좋아서 규모도 꽤 컸다. 게다가 나는 그날 전통 혼례복을 입고 신부가 되어야 했다. 왜 하필 이날인지. 그래도 다행히 시간이 겹치지는 않았다. 청문회는 오전 10시, 나의 혼례식은 점심시간 이후였다.

나는 고지된 날짜와 시간에 맞춰 청문회 장소에 도착했다. 긴 탁자가 위압감을 뽐냈다. 분위기가 매우 딱딱했다. 털어서 먼지 안 나오는 사람 없다는 말이 떠올라 괜히 긴장됐다. 없던 잘못도 나올 것 같은 분위기랄까. 청문회를 본격적으로 시작하기 전 나는 선서문을 읽으라는 안내를 받았다. 그리고 지금부터 녹음이 시작될 거라며 동의하느냐는 질문을 받았다. 이건 장난이 아니었다. 나는 선언하고 조심스레 앉아 묻는 말에 하나둘 대답했다. 시간이 어떻게 지나갔는지도 모르게 내 청문회가 끝났다.

무거운 청문회가 끝나고 나는 연지 곤지를 찍었다. 조금 전까지만 해도 얼음장 같은 분위기의 가시방석에 앉아 있었다. 그런데 지금은 너나 할 것 없이 내 곁에 모여들어 나를 아름답게 꾸며주고 있다. 꽃방석 위에 앉아 있다. 다들 나의 옷매무새를 매만지느라 정신이 없다. 내 하루가 너무 다이내믹해서 나는 웃음이 나왔다.

나는 신부의 전통혼례복인 활옷을 입고 화관을 머리에 올렸다. 모아들은 양손 위에 절수건을 올렸다. 단령을 입은 새신랑과 전통혼례를 치렀다. 한복의 아름다운 자태에 학교 아이들 모두가 열광했다. 나의 혼례는 수백 명의 카메라 속에 담겼다. 직접 한복을 입어보는 한복 체험은 인산인해를 이루었다. 매우 성공적이었다.

나의 20대는 꿈과 열정으로 가득했다. 꿈을 향해 한 발 한 발 나아가는 과정이었다. 물론 그 과정에는 마냥 행복하고 즐거운 일만 있는 것은 아니었다. 위의 청문회처럼 전혀 뜻밖의 일에 연루가 되기도 했다.

청문회의 결과를 먼저 말하자면 나는 무죄로 판정 났다. 'Not guilty'라고 써진 걸 보고 알면서도 안도의 한숨을 내쉬었다. 사건의 전말은 팀원 중 한 친구가 보고서를 작성하며 이전 학기에 제출된 보고서의 표를 그대로 따와 빚어진 참사였다. 그 친구는 절차대로 대가를 치러야 했다. 이 사건 덕에 당사자와 팀원들 모두가 많이 배웠다.

그 과목이 아직도 기억난다. 과목명은 '비즈니스 시뮬레이션 게임'이었다. 실제로 팀원과 함께 비즈니스 게임을 플레이하며 비즈니스 차원에서 최선의 결정을 내려 나중에 가장 좋은 성과를 거둔 팀이 승리하는 게임이었다. 다소 엉성해 보이는 게임이었지만 막상 좋은 성과를 내기는 쉽지 않았다. 우리 팀은 매우 미약하게 시작하였고 불미스러운 사건도 있었다. 하지만 이전보다 꾸준히 나아졌다. 학기 말 즈음에는 꽤 높은 성과를 내었다. 교수님 역시 우리 팀의 성장을 매우 높이 샀다. 결국, 아이러니하게도 가장 좋은 성적인 HD를 받았다.

살다 보면 좋은 일도 있고 나쁜 일도 있다. 항상 좋은 일만 있는 것도 아니고 항상 나쁜 일만 있는 것도 아니다. 처음에는 당황스럽고 안 좋다고 느낀 일이 세상 끝까지 안 좋은 일로만 남는 것도 아니다. 물론 지금 당장 내가 편하고 좋은 일 역시 나중에도 끝까지 좋으리라는 보장은 없다.

몇 시간 전까지만 해도 가시방석이었는데 금방 또 꽃방석에 앉기도 한다. 내가 만약 아침에 가시방석 없이 바로 꽃방석에 처음 앉았다면 어땠을까. 그 꽃방석을 그리 아름답다고 여길 수 있었을까. 이전에 가시방석에서 불편과 긴장을 느꼈기에 그 꽃방석의 가치는 더욱 극대화된다.

결국 내가 현재 마주한 상황과 사건 그 자체가 중요한 것이 아니라는 생각이 든다. 더욱 중요한 것은 내가 그 일을 어떻게 소화하느냐다. 그 차이가 다름을 만든다. 내가 받아들이는 대로 나의 이야기가 되는 것이다. 꿈을 향해 나아가는 과정도 마찬가지라 생각한다. 약간의 고난과 시련이 있더라도 의연하게 대처하고 또 좋은 일이 있을 거라고 믿으면 그만이다. 꿈이 있기에 지치지 않을 수 있다.

『일생에 한번은 고수를 만나라』라는 책이 있다. 제목을 읽으니 질문 하나가 생긴다. 내가 살면서 고수를 만났던가. 내가 만난 사람 중에 고수가 누가 있을까 기억을 더듬어보았다. 오래 지나지 않아 바로 떠오르는 사람이 있었다. 꿈 하나만으로도 지치지 않고 청춘을 살던 분이었다. 물론 연배는 나보다 꽤 위다. 나이를 떠나서 주변 그 누구보다도 에너지가 넘치는 청춘이셨다.

간호학과 3학년 여름방학 때의 일이다. 나는 감사하게도 좋은 아르바이트 자리를 소개받았다. 교대역 근처에 있는 M 산부인과였다. 물론 당시는 내가 의료인이 아니었기에 나는 할 수 있는 만큼의 일만 했다. 고객 응대, 논문 검색, 번역 작업 등 필요한 대로 발 벗고 나섰다. 자연주의 출산을 집중 조명한 TV 프로그램 SBS 〈아기, 어떻게 낳을까〉에 나간 몇 장면들의 음성도 자막 번역 작업했다. 여름방학을 마무리하며 아르바이트를 마칠 때 원장님은 이런 이메일을 보내주셨다.

"짧은 기간이었지만 아주 인상 깊었습니다. 앞으로 계속 같이 일하고 싶은 사람이에요. 창창한 앞날에 많은 좋은 일 하시기 바랍니다."

2학기가 끝날 즈음이 되니 일했던 그 산부인과에서 또 연락이 왔다. 나 역시 그곳에서 일하는 게 너무 재미있어서 얼마든지 해드리겠다고 했다. 겨울방학이 시작되고 나는 본격적으로 교육 자료 관련 작업을 했다. 둘라(Doula : 출산 동반자)를 교육하는 둘라 워크숍 교육 자료를 번역하고 워크숍을 통역했다.

원장님은 그야말로 고수였다. 꿈으로 똘똘 뭉치신 분이었다. 대한민국에 처음으로 자연주의 출산의 개념을 도입하고 그 가치를 전했다. 실제로 가능하게 만들어내던 선구자셨다. 브이백 (VBAC : 제왕절개 후 자연분만), 쌍둥이, 역아(breach baby)까지 자연주의 출산 사례가 많았다. 방송국에서는 원장님을 수시로 인터뷰했다. 자연주의 출산을 한 가정에는 삶의 변화가 이루어졌다.

나는 병원에서 출산하는 방법에 의문을 가져본 적도 없었다. 출산의 주체가 누구인지 생각해본 적도 없었다. 그런 나는 덕분에 새로운 세상에 눈을 떴다. 그 덕분에 나는 두 아이 모두 행복한 출산을 할 수 있었다. 특히 첫째 인후는 그 M 산부인과에서 남편과 '함께' 낳았다. 출산 후 사모님께서 정성껏 끓여주셨던 삼계탕이 너무도 감사하고 맛있었던 게 아직도 기억이 난다. 무엇보다 고수는 어떻게 일을 하는지, 어떤 마음가짐으로 살아가는지 가까이에서 지켜보는 것만으로도 큰 감동이었다.

내가 만난 고수를 통해 나는 진정한 고수의 특징을 어렴풋이나마 그려낼 수 있었다. 고수는 철학을 담아 일을 한다. 왜 이 일을 해야 하는지, 왜 이 가치를 우리만 아는 것이 아니라 주변에 나누어 알게 해야 하는지가 명확했다. 우리가 세상을 위해 무얼 하고 있는지 그것을 주변과 끊임없이 소통하셨다. 직원들, 고객들, 방문객, 아르바이트생 가리지 않고 끊임없이 되새기고 일깨워 주셨다. 어마어마한 에너지였다. 진정한 리더의 모습이었다.

고수는 꿈과 가치를 좇으며 지치지 않는 에너지로 무장한다. 가만히 내가 가진 꿈을 들여다보는 것으로 시작해보자. 매일 꿈을 들여다보며 물을 주자. 여간해서는 지치지 않는 자신을 발견할 수 있을 것이다.

308

08

내가 걷는 그 길이
바로 꽃길이다

"크크 저 병원 합격했어용! 다 선생님 덕분입니다용!!! 나중에 한국 오시면 제가 맛있는 거 쏠게용!!!"

합격 소식이었다. 내 생일에 맞춰 생일선물처럼 좋은 소식이 도착했다. 나는 마치 내가 합격을 한 양 너무나도 들뜨고 기뻤다.

나는 최근에 미국 간호사를 준비 중인 한 간호사의 영어면접을 코칭해주었다. 미국 메릴랜드 주에서 간호사를 직접 고용하는 인터뷰 자리라고 했다. 나는 그간의 수많은 면접 경험을 통해 다져진 필승법과 내가 이전에 전문가로부터 전수받은 스킬들을 나누었다. 최근에 나 역시도 아무것도 없는 무(無)에서 수차례 전화/대면 면접, 필기시험, 연봉 협상 등을 수많은 단계와 절차를 통해 자리를 잡았기에 그 절실한 마음이 충분히 공감되기도 했다.

이 간호사는 L/D(산과)에서 임상을 시작하여 수술실, 정형외과 등 다양한 임상 경력을 가지고 있었다. 나는 그와 함께 실제처럼 면접 질문들을 주고받았다. 나중에는 나도 이 간호사를 뽑고 싶다는 생각이 들었다. 면접관 역시 같은 것을 느꼈을 것이다. 면접관과 지원자가 드디어 통한 것이다.

합격의 환희를 나누며 선생님의 이야기를 자세히 들어보니 더욱 놀라웠다. 이번이 첫 시도가 아니었다. 올해 4월경 인터뷰에서 고배를 마셔 마지막으로 한 번의 기회가 더 주어졌던 거였다. 좌절하지 않고 빛나는 노력과 발군의 성장으로 해가 지나기 전에 당당히 합격을 한 것이다. 나는 마음껏 축하해주었다. 내가 꼭 해주고 싶었던 한마디도 덧붙였다.

"최고에요 샘(선생님)! 샘이 걷는 길이 꽃길이에요. 많이많이 응원해요."

사람이 좌절하는 이유가 무엇일까. 내 경험으로 비추어보면, 좌절의 이유는 다른 사람과의 비교, 성장이 없는 답보 상태나 후퇴, 기대에 부흥하지 못한다는 비난이다. 나는 열심히 한다고 했는데 다른 사람들에 비해 한참 떨어진 것 같거나, 어제의 나보다 지금 나아진 것이 없다고 느낄 때, 타인으로부터 비난을 받을 때 사람은 고통스럽다. 즉 다시 말하자면, 내가 가지고 있는 기준이나 남이 가진 기대에 못 미칠 때 사람은 좌절하게 된다.

요즘처럼 취업으로 좌절하는 때도 없었던 것 같다. 코로나 바이러스의 영향으로 온 세계의 경제가 주춤하고 있다. 여행업, 항공업 등 장밋빛이던 산업군은 사양길에 들어섰다. 직장에 잘 다니던 사람이 일자리를 잃고 자영업자, 소상공인들은 도대체 앞이 안 보인다. 그나마 다행인 것은 간호사는 국가재난 사태이든 팬데믹이든 내 할 일이 어딘가에는 있다. 내가 원할 때 언제든지 일할 수 있다는 것은 지금 같은 시기에 큰 장점이다.

좌절을 대하는 방식은 사람마다 다 다르다. 사람들은 제 스스로를 보호하기 위해 여러 가지 방어기제를 사용한다. 주로 부정, 억압, 합리화, 투사, 승화 등의 방법이다. 이 모두가 무의식적으로 이루어진다. 무의식은 내가 어떻게 할 수 없는 부분이다. 그런데 가만히 보면 역경과 고난 속에서 누군가는 이를 승화시켜 다시 딛고 일어서는가 하면 누군가는 끝이 안 보이는 나락으로 가라앉기도 한다.

이 세상의 괄목할 만한 성공자들은 이 무의식의 영역까지 관리를 한다. 좌절이라는 감정을 순식간에 다른 긍정적인 것으로 채운다. 최근에 우연히 『파리에서 도시락을 파는 여자』의 저자 켈리 최의 영상을 보게 되었다. 그녀는 부정적인 생각을 다루는 자신만의 방법을 얘기하고 있었다. 그녀는 부정적인 생각이 들 때마다 머리를 흔들어 부정적인 생각을 날려버린다고 했다. 참 간편하면서도 강력한 의식이다. 긍정으로 가득 찬 사람은 자면서도 일을 한다.

예상보다 일도 더 잘되기도 하고 일이 저절로 술술 풀린다.

나는 영(0)에서 다시 시작하기를 반복해왔다. 고등학교 때부터 늘 그랬던 것 같다. 나는 고등학교 때 이과를 선택했다. 사회, 역사 등의 암기과목이 싫어서 소거법으로 이과를 선택했다. 어찌 되었든 문과적인 수업은 내게 익숙하지 않았다. 경영학과 수업을 처음 들을 때는 어색하기 짝이 없었다. 다시 또 영(0)에서 다시 시작한 기분이었다. 하지만 나는 울며 겨자 먹기로 선택한 것이 아니라 내가 온전히 선택했기에 또 열심히 쌓았다. 세상에 하나밖에 없는 간호사가 되라는 아버지의 격려가 큰 힘이 됐다.

영(0)에서 다시 시작하는 이런 막막한 고통은, 간호학을 처음 배울 때도 데 자부처럼 반복되었다. 경영학에서 배운 것을 우선 놓아두고 다시 바쁘게 간호학의 기반을 닦았다. 초반에는 여간 힘든 게 아니었다. 나의 신규 간호사 시절 역시 마찬가지다. 그야말로 레전드 오브 레전드였다. 초반에 와르르 무너져 영(0)부터 시작했다. 선배 선생님이 누군가를 이렇게까지 혼내본 적이 없다고 내게 고백할 정도였다. 한 치의 빈틈도 없는 선생님들 사이에서 1년 차의 나는 그야말로 구멍이 숭숭 뚫린 B급 간호사였다.

최근에도 다시 또 영(0)부터 시작했다. 현재 몸담고 있는 체외진단 의료기기 분야다. 믿기 어렵겠지만 현재 동기들 역시 다 큰 애들이 한 번씩은 눈물

한국에서 간호사로 살아보기

을 쏟았다. 두통, 복통 등 스트레스로 인한 온갖 신체증상을 호소한다. 너무 바빠서 어떤 걸 먼저 해야 할지 모르겠다고 좌절한다. 상사와 선배와의 관계도 힘들다고 토로한다. 마음을 좀 추린 후 이러이러해서 울었다고 털어놓는 동기들의 모습을 보면 이전의 나를 보는 것 같다. 나는 불행인지 다행인지 그간 영(0)부터 새로 시작했던 경험이 많아 이제는 이 과정들이 즐겁다. 레전드 신규간호사였던 내 경험이 타산지석이 된다.

나는 한시도 멈추지 않고 열심히 살았는데 왜 그대로일까? 나도 한때는 좌절에 빠져 허우적거렸다. 마치 앞이 전혀 안 보이는 것 같았다. 나이가 좀 들면 그간의 짬과 내공으로 웬만한 것은 금방금방 처리하고, 크게 힘든 일은 없을 것 같은 착각이 든다. 하지만 매일이 도전인 건 똑같다. 누구에게나 마찬가지다. 나는 오히려 '한시도 멈추지 않았기에 그대로다.'라는 생각을 요즘 하고 있다.

임상을 내려놓고 모든 걸 멈추었을 때 처음에는 참 회의적인 마음이 들었다. 한시도 멈추지 않고 열심히 살았는데 왜 또 영(0)일까, 왜 또 제자리일까? 놀랍게도 내 사고회로를 통해 번뜩 떠오르는 생각은 이거였다. 내가 거쳐온 역경과 시련이 그만큼에 못 미쳤구나. 나는 내가 내린 결론에 황당해서 기가 찼다. '왜 나는 금수저가 아니지.'라며 울부짖다가도 '차라리 흙수저 오브 흙수저, 제대로 된 흙수저를 달라.'라며 소리치는 꼴이다. 참 간사하기 짝이 없는 인간이다.

나는 고난이 인간의 그릇을 키운다는 말에 전적으로 동의한다. 인간은 고난, 시련, 역경을 먹고 자란다. '나는 왜 내 그릇을 키울 만한 시련과 역경도 없는 거지?'라는 생각이 무색하게 나는 관점을 바꾸고 나의 위치를 바꾸었다. 나는 요새 고난의 뒷면, 고난이 내게 주는 축복을 만끽하고 있다. 지금 마주한 현재가 만족스럽지 않거나 고통스럽다면, 지금이라도 그 고통 속에 온전히 나를 내던져 행동하기를 바란다. 고난에 정면으로 맞서라. 내게 주어진 시련은 내가 감당할 수 있기에 내 몫이 되었다.

시덥지 않은 불평을 하며 인생을 보내지 말라. 불평 대신 원하는 것, 바라는 것, 이루고자 하는 꿈을 말하라. 글로 적고 상상하고 시각화하라. 나의 시선이 그 꿈을 향하고 있는가를 생각하라. 부디 꿈을 등진 채 꿈을 좇지 않기를 바란다.

초행길은 누구나 낯설고 힘이 든다. 새로운 곳에서 새로운 시작을 하는 일은 누구에게나 연습이 필요하다. 새로운 영역을 배우고 받아들이는 데는 최소한의 적응 기간이 걸린다. 하지만 여러 가지 초행길을 경험하면, 낯선 길에서도 쉽게 길을 찾는 지혜가 생긴다. 초조하고 괴로운 마음에, 내가 걷는 길이 꽃길인지도 모를 정도로 눈이 어두워지진 않게 된다. 초행길을 걷는 와중

314

에도 꽃이 눈에 들어온다.

　전혀 달라 보이는 인생의 여러 갈래의 길을 걸으며 내가 깨달은 게 있다. 완전히 다른 길을 걷더라도 그 시작점이 온전한 영(0)은 아니라는 거다. 이제껏 다져놓았던 것들을 옆에 두고 다시 영(0)부터 쌓아올리는 막막함과 좌절이 있을지언정, 그것이 완전한 영(0)은 아니었다. 이 글로 조금이나마 여러분의 흔들림을 달랠 수 있으면 좋겠다. 전혀 다른 뜬금없는 길도 우리에게 지혜와 영감을 준다. 우리는 조금씩 앞으로 나아가고 있다. 내가 걷는 그 길이 꽃길이다. 그대가 걷는 그 길이 바로 꽃길이다.

에필로그

간호사 그다음도
아름다운 날들이 펼쳐진다

10대와 20대를 최선을 다해 보내며 내 평생의 꿈이던 간호사가 되었다. 원하는 대학에 들어가 바라던 병원에서 하고 싶은 일을 하면서 힘들었지만 행복했다. 환자를 간호하는 것이 그저 좋았다. 앞만 보고 달려오며 나는 졸업, 취업, 결혼, 출산이라는 인생의 고비들을 모두 수월하게 넘는 듯했다. 그러다 육아에서 걸려 넘어졌다. 내게 남은 것은 경력 단절이라는 뼈아픈 일이었다.

나는 내가 정한 인생의 방향대로 최선을 다해 쉼 없이 달려왔는데 왜 내 삶은 좀처럼 여유가 없을까. 나는 강제로 멈추어져 간호사를 내려놓고 나서야 알게 되었다. 나는 간호사 그 이후의 삶의 목표가 없었다. 퇴사 이후, 즉 탈임상의 시대에 대해서는 한 번도 생각해본 적이 없었다. 하지만 새로운 직장

316   한국에서 간호사로 살아보기

을 잡고 탈임상 이후의 삶을 상상하고 하나하나 구체화해가며, 나는 간호사로 처음 환자 앞에 설 때처럼 가슴 뛰는 내 모습을 발견한다.

간호사가 탈임상에 대한 고민을 시작하는 것은 매우 중요하다. 간호사라는 페르소나 아래 나의 진짜 민낯을 마주해야 한다. 나는 누구인지, 내가 진짜 무엇을 원하는지, 무얼 잘하는지, 나의 하루를 어떻게 더 의미 있게 보낼 것인지, 시선을 내 안으로 향하는 여정 자체가 신선한 즐거움이다. 어디 외국에 가서 간호를 해야만 멋진 간호를 하는 것도 아니고, 프로페셔널한 간호사가 되는 것도 아니다. 내 페이스대로 나만의 간호는 어떤 게 있을까 한번 생각해보는 것이 그 모든 것의 시작이다.

'한국에서 간호사로 살아보기'라는 책의 제목처럼 오늘 내가 속한 이곳에서, 내가 마주한 나의 일상을 마치 여행처럼 살아보길 바란다. 여러분에게 다시는 되돌아오지 않을 오늘 하루를 빛나게 채워보자. 이 책을 읽고 아마 너도 나도 대놓고 탈임상의 시대에 대한 화두를 꺼내는 분위기가 만들어질 수도 있겠다. 그렇게 고민하며 행복한 대안을 찾는 것 또한 인생의 여정이다. 탈임상의 시대에서 가장 중요한 것은 퇴사 그 자체가 아니다. 일하면서도 내가 행복하고 의미 있는 나의 삶을 욕망하며 이를 실현해내는 것이 그 관건이다. 이 책을 통해 간호사들이 임상에서의 시행착오를 줄이는 것은 물론이고, 언젠가 다가올 탈임상의 시기에도 유용한 푯대가 되길 바란다.

'순간의 선택이 십 년을 좌우한다.'는 말이 있다. 우리는 살아가며 수많은 선택을 한다. 그 선택에 따라 우리의 일상이, 우리의 삶과 인생이 달라지기도 한다. 어렸을 적부터 꿈꿔왔던 간호사, 내 인생을 고스란히 쏟아 붓겠다던 간호사였다. 다른 문을 연다는 것은 상상해본 적도 없지만, 이미 나는 작가로서 전혀 다른 삶의 길목에 들어섰다. 앞으로 십 년 다른 삶을 엮어가는 출발점에 서서 나의 지난 시간을 한 장 한 장 복기해보았다. 간호사로서 내가 빚었던 지난 십 년의 조각을 이렇게 책으로 남길 수 있어 행복하다. 나는 이제 조금의 후회도 미련도 없이 본격적으로 내 인생의 새 챕터를 여는 데에 박차를 가한다.

글을 맺으려니 감사한 얼굴들이 떠오른다. 항상 우리 며늘아기가 최고라며 격려와 성원을 아끼지 않으시는 시부모님, 아직도 마음 졸이며 내 소식에 울고 웃으시는 부모님, 언제나 내 편인 든든한 동반자 남편, 원고 쓰는 내내 엄마와 놀고 싶은 마음을 억눌러야 했던 사랑하는 우리 인후와 하윤에게 고마움과 애틋한 감사의 마음을 전한다. 더불어, 이 책이 세상의 빛을 보기까지 세심하게 도와주신 책쓰기 코칭계의 구루 김도사님, 굿웰스북스 출판사의 명상완 실장님 외 관계자분들께 깊이 감사드린다.

참고문헌

고도원, 『꿈 너머 꿈』, 나무생각, 2007.04

권혜림 외, 『간호사가 말하는 간호사』, 부키, 2004.10

김난도 외, 『인생에서 가장 소중한 것』, 좋은 생각, 2012.09

김도사, 『100억 부자의 생각의 비밀』, 위닝북스, 2019.07

김도사, 『신용불량자에서 페라리를 타게 된 비결』, 위닝북스, 2019.07

김리연, 『간호사라서 다행이야』, 원더박스, 2015.09

김리연, 『나는 꿈꾸는 간호사입니다』, 허밍버드 2019.05

김현아, 『나는 간호사, 사람입니다』, 쌤앤파커스, 2018.04

나가타 도요시, 정지영 역, 『업무를 효율화하는 시간단축 기술』, 아르고나인미
디어그룹, 2015.08

나히토 요시히토, 김한나 역, 『말투 하나 바꿨을 뿐인데』, 유노북스, 2017.03

박웅현, 『여덟 단어 : 인생을 대하는 우리의 자세』, 북하우스, 2013.05

이순행, 『나는 간호사입니다』, 모아드림, 2020.01

정현종, 『광휘의 속삭임』, 문학과지성사, 2008.09

제임스 클리어, 이한이 역, 『아주 작은 습관의 힘』, 비즈니스북스, 2019.02

조던 B. 피터슨, 『12가지 인생의 법칙』, 메이븐, 2018.10

켈리 최, 『파리에서 도시락을 파는 여자』, 다산북스, 2017.10.

피터 F. 드러커, 남상진 역, 『피터 드러커. 매니지먼트』, 청림출판, 2007.08

한국기업교육학회, 『HRD 용어사전』, 중앙경제, 2010.09

한근태, 『일생에 한번은 고수를 만나라』, 미래의창, 2013.07

참고문헌 **319**